anagramma

487

Della stessa autrice

Te lo dico sottovoce

Prima edizione: settembre 2016

Roma, Casella postale 6214

ISBN 978-88-541-9468-7

www.newtoncompton.com

Realizzazione a cura di Corpotre, Roma
Stampato nel settembre 2016 da Puntoweb s.r.l., Ariccia (Roma)

Lucrezia Scali

La distanza tra me e te

Newton Compton editori

A chi si alza tardi la mattina,
a chi ha più libri che vestiti,
a chi dice lo faccio dopo,
a chi dimentica di struccarsi,
a chi perde e poi vince,
a chi non trova mai le cose,
a chi sceglie di lanciarsi nel vuoto.
Questo libro lo dedico a te,
perché la perfezione sarà anche bella,
però tu brilli di più.

Prologo

Le farfalle si muovono dentro di me e le loro ali mi fanno impazzire, senza di te c'è ormai il vuoto.

Quella notte il cielo sembrava diverso, era una tela densa e dipinta di nero che si allargava sopra la mia testa. Mi osservava, come uno spettatore che ha pagato il biglietto e non ha intenzione di rinunciare così presto al suo spettacolo. Anche la luna era meno appariscente, ora che la guardavo meglio, e sfidava le stelle per farmi compagnia in una nuova notte insonne. La causa era sempre e solo *lui*, lo era da ormai trecentonovantacinque lunghi giorni. Qualcuno, in passato, mi aveva detto che il tempo è in grado di guarire ogni cosa, ma quel qualcuno non poteva sapere che una lama affondata dritta nel cuore l'avrebbe lasciato sanguinare. Per sempre.

La mia testa era un viavai di pensieri che non mi davano tregua, vocine insistenti che gracchiavano ininterrottamente e mi sbattevano in faccia la realtà. Quella realtà che, solo a nominarla, mi faceva tremare le ginocchia.

Per quanto tempo avrei ancora resistito?

Sfiorai con la punta delle dita la ringhiera del terrazzo. Era fredda a contatto con la mia pelle, come l'inverno che si era annidato dentro di me. Sospirai, incapace di trovare sollievo.

Raggiunsi il muro che separava il mio appartamento da quello dei vicini, e mi accovacciai. Spostai qualche vaso da terra e raccolsi il diario e la matita. Li avevo nascosti perché il mondo non sapesse di noi. Perdonami: volevo solo tenerci al sicuro.

Mi guardai intorno, la casa era ancora avvolta nel più totale silenzio. L'unica luce era quella della luna.

La mia mano si muoveva rapida e continuava a scrivere il suo nome. Riga dopo riga, la pagina si riempiva delle stesse parole. Ogni lettera era un colpo che mirava al centro del mio petto e poi spaccava ogni cosa che incontrava. E con la stessa velocità poi cancellavo tutto, ero una furia. Annerivo la pagina fino al punto di bucarla e continuavo, insistevo, non era mai abbastanza.

Sfogavo la rabbia che provavo, ma era un sollievo momentaneo. Lo facevo bastare.

Lacrime cocenti mi rigarono le guance e caddero sul foglio, bagnando le righe nere che avevo appena tracciato.

Chiusi gli occhi esausta e mi domandai: come eravamo arrivati a quel punto?

Capitolo uno
Isabel

Quando ero una bambina, il mio bisnonno amava raccontarmi una storia e mi ripeteva sempre: «Isabel, lo sai che un fulmine non può colpire lo stesso punto due volte?». Se oggi fosse ancora qui con me, gli risponderei: «Sì, lo so. Perché le scariche elettriche non commettono gli stessi errori, come le persone».

Tesoro, scusami tanto. La riunione sta diventando più lunga del previsto, credo che farò tardi. Non mi aspettare sveglia. Ti amo ☺

Era successo. Di nuovo.

Centoventitré caratteri disposti in fila, ventuno parole allineate come soldatini e uno smile alla fine mi informavano che potevo sparecchiare la tavola, spegnere la candela accesa per l'occasione, sciogliere i capelli, indossare il pigiamone felpato e andare a consumare la cena sul divano in compagnia di Frida.

Dovevo aspettarmelo, nell'ultimo periodo era una scena che si ripeteva con maggiore assiduità, quasi fosse un appuntamento fisso: io, la TV e il mio cane.

Mi trascinai fino al salone e sprofondai tra i cuscini. Incrociai le gambe, infilai un cuscino dietro la schiena, e mi sintonizzai su un canale a caso. *Ghost* era da poco iniziato e un colpo di pistola aveva appena messo KO Sam.

"Un film mai trasmesso in televisione", pensai ridacchiando tra me e me e cambiai all'istante. La verità era che lo conoscevo battuta per battuta, quasi a memoria. In successione lo schermo si riempì con le immagini di un imbarazzante reality show, nel quale delle coppie di innamorati venivano abbandonate su un'isola e si risvegliavano con un cerchietto di corna sulla testa, poi con uno di quei telefilm che andavano tanto in voga negli anni '80 e infine un film d'amore la cui visione doveva essere rigorosamente accompagnata da un pacco di fazzoletti e una vaschetta di gelato. Ne ero certa perché avevo letto il libro di Nicholas Sparks da cui era tratto. Ma non avevo intenzione di assistere a un'altra morte. Oltre a quella di Sam. Insomma, due storie d'amore interrotte sul nascere in meno di due minuti erano davvero troppo. Sbuffai e rinunciai all'impresa. Niente era compatibile con il mio umore e l'ultima cosa che desideravo era peggiorarlo.

Tra le mani tenevo il risultato di ore di preparazione e di cottura. Era una ricetta che avevo visto in un programma di cucina e che, con tanta premura, avevo cercato di replicare. La mattina era stata una corsa tra negozi bio e mercati generali, con occhi attenti che scrutavano etichette e qualità dei prodotti. Non compravo niente a scatola chiusa. Non ero una di quelle donne che la sera sfogliavano i dépliant con le offerte della settimana, per poi catapultarsi nei supermercati a fare scorte. Anzi, quelle pubblicità finivano direttamente nel bidone della carta. Ero arrivata a minacciare persino il ragazzo dei volantini che si ostinava a intasarmi la cassetta delle lettere pur di terminarli in fretta. Avrei voluto ricordargli che in quella casa abitavamo in due e di certo non ci saremmo messi a giocare ad Art Attack creando vasi di cartapesta. No, acquistare prodotti scontati non faceva per me, anche perché io detestavo il caos e trovarmi imbottigliata tra le corsie delle offerte del giorno. O, peggio ancora, essere assalita dall'ansia nel non riuscire a imbustare il tutto prima che la cassiera mi rivolgesse la fatidica domanda: «Contanti o bancomat?». Insomma, la mia vita era organizzata nei minimi particolari e avevo sempre tutto sotto controllo. Potevo fare affidamento sui miei negozianti di fiducia, fare acquisti quotidianamente, senza badare ai volantini i cui slogan strillavano "fino a esaurimento scorte".

Un uggiolio catturò la mia attenzione, riportandomi alla realtà.

Frida mi osservava, seduta sul tappeto, la coda in perenne movimento e uno sguardo vispo nell'attesa che, per qualche strana magia, un pezzo di cibo potesse fare un doppio salto carpiato e balzare fuori dal mio piatto. Possibilmente dentro la sua bocca.

«Ehi, non guardarmi in quel modo. Te l'hanno mai detto che è poco carino fissare la gente mentre mangia?», bofonchiai. «Sei una signorina, dovresti conoscere le buone maniere».

Le zampette di Frida si misero in movimento e fui certa di scorgere un lampo di sfida nei suoi occhi azzurri. Non avrebbe mollato tanto facilmente. Era nata nel mese di maggio, quindi era un Toro, troppo cocciuta e ostinata per rinunciare al suo obiettivo.

Mi alzai dal divano e raggiunsi la cucina. Frida scattò in piedi e mi seguì, era come un'ombra cucita addosso a me. Le sue unghie, picchiettando sul parquet, rilasciavano nell'aria un rumore simile a quello dei tacchi. Poi si bloccò e sollevò il muso in attesa di riscuotere qualcosa. Gli esattori delle tasse erano meno insistenti. Non ricevendo alcun tipo di attenzione, tentò di usare la voce per rendere chiaro il concetto "Ehi, umana, sono qui, non mi vedi? Dài, non dirmi che devo portarti la pallina per farti giocare. Ti prego, ti prego, solo un altro pezzetto…". Era un film già visto che si ripeteva ogni sera.

La guardai e scoppiai a ridere, aveva un talento incredibile nel costringermi a fare quello che voleva. E io ci cascavo ogni volta. «Sì, te lo sei proprio meritato. Prendilo al volo…», e le lanciai del seitan con funghi all'odore di tartufo.

Avrei dovuto sentirmi in colpa? Forse. Era la porzione della cena di Mattia, ma alla fine peggio per lui. Avrebbe potuto rinunciare al lavoro e rientrare a casa per godersi con me la serata, per una volta.

Mattia lavorava presso uno studio legale in fase di espansione. Nell'arco di pochi anni si era ingrandito tanto da inglobare uffici più piccoli e fidelizzare clienti di una certa importanza. Alcuni erano personaggi dello spettacolo e per quel motivo era uno degli studi più richiesti. Se da una parte il lavoro procedeva a gonfie vele e lui era sempre più impegnato e deciso a far carriera, dall'altra parte c'ero io: Isabel, ventinove anni, disoccupata. Disoccupata non era proprio la parola giusta, in realtà io mi tenevo occupata tutto il giorno, anche se a fine mese non avevo nessuna busta paga accreditata sul mio conto. Mattia non era mai stato intenzionato a farmi cercare un lavoro. Non che io avessi insistito, certo. Lui preferiva che mi dedicassi alle mie passioni perché il suo stipendio bastava per entrambi. Avevamo i nostri interessi e la possibilità di soddisfarli. Era un male? Forse sì, almeno per alcune persone là fuori, pronte a fare i conti in tasca agli altri. O forse era invidia? Be', qualunque cosa fosse, pazienza! Io vivevo bene anche senza il loro consenso.

Io e Mattia eravamo sposati da quattro anni, ormai avevamo trovato il nostro equilibrio e una routine che ci appagava. Non ero mai stata una di quelle donne assillanti, capaci di spostare mari e monti per una serata fuori, amiche, divertimento... no. Io ero molto legata alle mie abitudini. Tenevo sempre un'agenda nella mia borsa, sulla quale annotavo ogni singolo dettaglio della mia giornata. L'importante era sapere cosa fare il giorno dopo, anche l'ora dopo, avere tutto sotto controllo, perché le sorprese mi scombussolavano. Non sapevo se la colpa risiedesse in una qualche rara modifica della replicazione del mio DNA. Anche se nella teoria poteva sembrare complicato, in pratica la situazione era più semplice del previsto: mai cambiare i miei piani da un momento all'altro. Ricordavo ancora con orrore il giorno in cui i genitori di Mattia si erano presentati alla nostra porta, senza avvertirci. Mi ero svegliata molto presto: avevo deciso di lavare tutte le tende e pulire i mobili, in alto si annidava sempre un villaggio in festa di polvere e acari, e io ero anche allergica. Ero pronta: Mary Poppins con il suo schiocco di dita era una pivella a confronto. Una mascherina a proteggermi le vie respiratorie, guanti in lattice, uno sgrassatore in una mano e nell'altra il mio fedele alleato di una vita: il Folletto. La casa era sottosopra, io prossima all'infarto vedendola in quello stato e in quel momento il citofono suonò. Capite? Avevano avuto la brillante idea di venire senza avvisarci, pretendendo pure di essere invitati a pranzo.

Tic, tac. Tic, tac. Dovevo decidere in fretta.

In realtà ero intenzionata a non farli entrare, sarei riuscita benissimo a fingere di non esserci, ma erano pur sempre i miei suoceri. In fondo avevo sposato il loro unico figlio e un po' di sopportazione doveva toccare anche a me.

Potrà sembrare una cosa da sfigati, ma io pianificavo tutto. Avevo sempre odiato il motto "Cogli l'attimo". Perché dovevo accettare e subire quello che mi offriva il momento e non essere invece io l'artefice del mio destino, decidendo cosa, come e quando lo volevo? Ogni mattina scrivevo un menu sulla lavagna in cucina e lasciavo che Mattia evidenziasse le sue preferenze. Con gli anni ero riuscita anche a convertirlo a un'alimentazione priva di carne. Fino all'età di vent'anni avevo frequentato catene di fast food, organizzato grigliate senza preoccuparmi di cosa potessi ingerire, poi era cambiato tutto. Facendo zapping in TV mi ero imbattuta in un servizio sugli allevamenti intensivi e sulla macellazione: ne ero rimasta scioccata. Sì, amavo gli animali, ma non mi ero mai posta il problema di come potessero arrivare fino alle nostre tavole. Il coniglio era vietato perché da piccola ne avevo avuto uno e il solo pensiero di avere un cosciotto tra i denti era come mangiare la mia Dolly. Così, da quel giorno, mi ero ripromessa di non decidere della vita di un altro essere vivente. Sarei ugualmente sopravvissuta. Mattia non era contento, ma se lo faceva andare bene perché mi aveva sposato. Anche se ero certa che, durante le sue riunioni fuori città, non si privasse di una tagliata al sangue o di una bella porzione di pasta al forno.

Ogni sera aspettavo mio marito seduta a tavola davanti al piatto che lui aveva scelto. Mi piaceva prendermi cura di lui. Mi faceva sentire utile. Fu durante una di quelle cene che lo guardai e gli chiesi: perché non ci prendiamo un cane? Cosa piuttosto rischiosa visto che da bambina non riuscivo a tenere in vita il mio Tamagotchi per più di tre giorni. Poco dopo Frida entrò nella nostra vita. Un bellissimo esemplare di Australian Shepherd. Erano giorni che curiosavo tra siti internet e annunci di giornale alla ricerca di un cucciolo, la casa mi sembrava troppo vuota. Il buonsenso mi suggeriva di fiondarmi nel primo canile e salvare un cane in difficoltà, magari uno di quelli malconci che nessuno si sarebbe mai sognato di adottare, però ero innamorata, capite? Mi ero innamorata di una razza ben precisa. Ogni pomeriggio passavo davanti a Villa Borghese, mi addentravo per qualche metro e poi mi sedevo su una delle panchine libere a leggere un libro. Non faceva per me chiacchierare e improvvisare conversazioni con perfetti sconosciuti.

Che palle! Di cosa avrei dovuto parlare poi? Non mi interessavano i loro problemi di coppia, la vicina che curiosava dalla finestra, la ricetta per la pasta fatta in casa, o le bollette astronomiche arrivate con il conguaglio. Mi tenevo alla larga da tutto ciò e ancora di più dai single over 30 in cerca di compagnia. Erano la specie più pericolosa, soprattutto se tiravano fuori quel repertorio di complimenti da ergastolo immediato. «Scusa mi daresti indicazioni? Devo raggiungere il tuo cuore». Ecco, Mendel non poteva avere a cuore il progresso dell'uomo invece di quello dei piselli lisci o rugosi? Così mi mettevo comoda, recuperavo dalla borsa il mio romanzo e prendevo del tempo per me.

Quando una persona ha un libro in mano, difficilmente chi non ama leggere andrà a disturbarla. Il motivo?

Perché non saprebbe da che parte iniziare. È vero che su Facebook si improvvisano tutti poeti, ma non è facile ricordarsi le citazioni senza avere Google sottomano.

Mi capitava spesso di notare famiglie con passeggini e bambini che si rincorrevano. Non li invidiavo, dentro di me non era scattato ancora alcun istinto materno. Al momento non desideravamo avere dei figli. Era presto per entrambi e Mattia era troppo concentrato sulla sua promozione. Poi un pomeriggio, mentre stavo per tornare a casa, un cucciolo di pochi mesi si lanciò contro le mie gambe e ruzzolò poco più avanti, mettendo in mostra un pancino quasi glabro. Una ragazza si mise a correre sbracciandosi nella mia direzione, supplicandomi di fermare il suo cane. Mi abbassai per afferrare quella piccola massa di soffice pelo bianco con sfumature nere e marrone che non la smetteva di mordicchiarmi e allungare la sua lingua, e poi feci il gravissimo errore di incrociare i suoi occhi: erano di un azzurro chiarissimo. Sembravano due ritagli di un oceano paradisiaco, e me ne innamorai all'istante. Così, qualche tempo dopo, Frida era entrata in casa nostra, colmando quel vuoto che mi sembrava di respirare. Dato il suo temperamento, avevo pensato di farla partecipare a qualche gara, ma per arrivare a quel punto era necessario affrontare un lungo percorso. Mi ero quindi iscritta a un corso di addestramento per agility dog, la sua razza si prestava alla perfezione e Frida sembrava nata per quello: era veloce, scattante e precisa.

Eravamo una coppia vincente, insieme. Senza che me ne accorgessi lei mi stava cambiando, mi stava portando a fare cose che non avrei mai pensato di compiere prima.

Anche se era un cane, o "solo" un cane, come dicevano in molti, era tutto per me.

Passai un piatto sotto l'acqua e poi lo infilai nella lavastoviglie e l'azionai prima di salire al piano di sopra. Mi assicurai per ben due volte di averlo fatto correttamente e tirai un sospiro di sollievo quando si mise in funzione. Ero ossessionata dagli elettrodomestici di ultima generazione. Io non andavo d'accordo con loro e loro non andavano d'accordo con me.

Ti brucerai, piccola stella senza cielooooo, canticchiai ad alta voce per spezzare quel silenzio innaturale che c'era dentro casa. Era un tentativo di trovare conforto sentendo una voce, anche se era la mia. Aiuta a stare meglio.

Camminavo scalza, era piacevole la sensazione del legno sotto i miei piedi, mi trasportava indietro nel tempo quando ero una bambina e trascorrevo le mie giornate nella casa in montagna, giocando a nascondino per interi pomeriggi.

Mi rifugiai in bagno e con molta calma feci scivolare via quel troppo trucco messo per la serata. Mi appoggiai con entrambe le mani sul lavabo e mi osservai nello specchio: quando mi erano spuntate quelle piccole rughe ai lati dell'occhio? Corsi subito ai ripari spalmando una generosa dose di crema antirughe. L'avevo comprata su consiglio di mia madre, lei di anni ne aveva cinquanta ma la sua pelle era più giovane della mia. Assurdo ma vero. Non c'era giorno in cui non mi ricordasse che era dall'età di sedici anni che si prendeva cura del suo corpo e che io ero già in ritardo. Sbuffai al pensiero, anche se aveva ragione.

Entrai in camera e una folata d'aria fresca mi investì. Avevo dimenticato di chiudere la finestra. Sbirciai fuori, il posto auto di Mattia era ancora vuoto.

Frida intanto si accomodò sopra il tappetino di fronte al letto, facendo diversi giri su se stessa prima di trovare la posizione giusta. Girava, girava e poi si lasciava cadere a peso morto, producendo un suono di ossa schiacciate. Metteva i brividi. Certe volte accompagnava il tutto con tanto di sbuffo finale, come a dire "Ooooooh, era ora! Una fatica oggi...". Due zampe appoggiate sotto al muso e uno sguardo assonnato.

«Certe volte mi domando se sei un piccolo Dumbo o un cane. La parola delicatezza non fa parte del tuo vocabolario... comunque hai ragione, si è fatto tardi e siamo ancora qui e, ovviamente, sole. Sai che novità...», le dissi controllando la sveglia sopra il mio comodino. «Però noi ce la siamo spassata stasera, vero ragazza? Resterà un nostro segreto, non diremo niente a Mattia dei due biscotti in più che hai spazzolato e che ci siamo ordinate un paio di scarpe su internet».

Una scarica di adrenalina mi investì senza preavviso al ricordo di quelle fantastiche e costose Jimmy Choo tacco dodici e un sorriso da ebete si stampò sul mio viso. Mi sfregai le mani emozionata al pensiero di quando avrebbe suonato il corriere. Ormai eravamo entrati in confidenza, visto che ero diventata una vittima di Amazon e dell'acquisto compulsivo di libri. Dopo aver scoperto i vantaggi del comprare su internet, la situazione mi era un po' sfuggita di mano. Giusto un po'... ero consapevole di avere metà libreria ancora piena di libri da leggere, ma accumularli mi rendeva felice e appagata. Sapevo di poter contare su di loro in ogni momento della giornata. Dovrebbero allegare un bugiardino all'acquisto di ogni libro con su scritto: nessuna controindicazione. Qui dentro potrai trovare la giusta quantità di pagine per curare qualsiasi cosa tu vorrai.

Frida inclinò leggermente il muso e strizzò un occhio. Anche se era una pura coincidenza, sembrava d'accordo con me. Adoravo comunicare con lei, anche se ero consapevole che il massimo della sua risposta consisteva in un *bau bau* o una grattata con quelle sue zampe grassocce, quando era in cerca di attenzioni.

Almeno lei c'era. C'era sempre.

Che stupida a essermi preparata per ore, con i capelli in piega, trucco impeccabile, senza aver avuto la conferma della sua presenza per cena.

Mi accoccolai sotto al piumino, sollevandolo fino all'altezza degli occhi. Era importante coprire ogni parte del mio corpo, anche se di anni ne avevo ventinove ero ancora ferma all'immagine di me bambina e del mostro che avrebbe mangiato tutte le zone scoperte. E poi vorrei strangolare chi sostiene che i bambini sono la voce dell'innocenza. Perché la maggior parte delle mie paure sono il frutto delle storie dei miei ex compagni dell'asilo e dei film che mi hanno costretto a vedere. Anni trascorsi a urlare che non volevo i palloncini colorati per il mio compleanno e col timore di ritrovarmi It vicino a ogni tombino.

Ero patetica, lo sapevo, ma avevo paura del buio. E anche di molte altre cose.

Era quasi mezzanotte e non c'era verso di chiudere occhio. Continuavo a girarmi e rigirarmi nel letto. La casa era silenziosa, le coperte mi avvolgevano in un abbraccio consolatorio, ma il lato destro del letto era ancora vuoto. Allungai una mano verso il comodino e schiacciai il tasto della sveglia. Erano passati solo due minuti dall'ultima volta che avevo ripetuto quel gesto. Non volevo ammetterlo ma iniziavo a preoccuparmi. Forse avrei dovuto chiamarlo per verificare che stesse bene? Però poi avrei rischiato di passare dalla parte della moglie asfissiante. Se non si fosse presentato entro un'ora, allora l'avrei fatto.

A un occhio esterno potevamo apparire come la coppia più forte e solida del secolo, e forse era vero. Ero sicura di conoscere tutto di Mattia, tra di noi non c'erano segreti e a me stava bene così. Perché incasinarsi la vita con la gelosia, perché rischiare di rovinare tutto quello che si poteva creare con il proprio uomo? Bastava soffermarsi su quello che lui poteva offrirti e il gioco era fatto. Non c'era niente di meglio di gustarsi i piccoli momenti e concentrarsi su quelli, il resto non aveva importanza. Se stavo bene con lui, non avevo motivo di dubitare. Avevo fatto mio il detto "Occhio non vede, cuore non duole". In fondo la fiducia altro non è che la base della piramide su cui si appoggia un rapporto. Se viene tolta quella pietra, ti crolla tutto tra le mani.

Afferrai il mio cellulare e mi nascosi sotto il piumino, piegai leggermente le gambe per creare un effetto tenda e iniziai a giocherellare con le applicazioni. In realtà non sapevo bene cosa fare. Cercavo un modo per passare il tempo e sperare di addormentarmi. Tra le mani stringevo uno degli ultimi smartphone, regalo di Mattia per il nostro anniversario, e ancora mi domandavo perché io e la tecnologia vivessimo su due pianeti così lontani.

Non che fossi incapace di mandare messaggi o fare delle chiamate, ma non trovavo divertente perdere tempo sui social. Avevo due notifiche su Facebook. Mi collegai. Una era di Candycrush, gioco che tra l'altro detestavo, e l'altra l'invito a una delle prossime gare di agility dog. Confermai la mia presenza all'istante.

La foto del mio profilo era di qualche anno fa, avrei potuto aggiornarla, magari con una di quelle del matrimonio, ma di amici ne avevo pochi e a nessuno poteva interessare la mia vita privata. Giusto qualche ex compagno di scuola resuscitato grazie al tag di una foto, alcuni miei parenti e di Mattia, e poi una manciata di amicizie nate grazie a Frida. Nulla di più.

Proprio mentre dicevo sì alla gara, la serratura di casa scattò e la porta si richiuse poco dopo. Sentii Mattia levarsi le scarpe all'ingresso, imprecare per aver calpestato un gioco sonoro di Frida e il bagliore di una luce sulle scale. Almeno aveva la decenza di fare piano per non svegliarmi. Anche se il più delle volte fingevo di dormire. Non volevo che capisse che l'avevo atteso sveglia.

Spensi in fretta il telefono e lo misi nel cassetto del comodino. Quella infame di Frida, però, scattò in piedi e corse ad accogliere mio marito con tutto il suo entusiasmo. Maledetta palla di pelo!

Il mio orecchio riconosceva il rumore di ogni sua singola azione, dal togliersi il completo, andare in bagno, indossare il pigiama e infilarsi poi sotto le coperte.

Sapevo anche che, appena spenta la luce, si sarebbe girato dal mio lato del letto e mi avrebbe abbracciato da dietro, tenendomi stretta. Era un gesto abitudinario, familiare.

Il materasso cedette sotto al peso di Mattia e una folata

d'aria mi colpì la schiena. Poi lui mi avvolse con le sue braccia e depositò un tenero bacio sul mio collo, e un altro all'altezza dell'orecchio. Il suo alito era caldo e sapeva della menta del dentifricio.

«Buonanotte, amore», sussurrò debolmente.

La sua barba mi fece il solletico. Mi stiracchiai e mi strinsi ancora di più contro la nicchia creata dal suo corpo.

«Ti ho svegliato?».

Scossi la testa. «Ero ancora nel dormiveglia, hai fatto tardi anche stasera».

«Isabel, mi sento una merda», esclamò. «Ho visto la candela sul tavolo, in cucina c'è ancora il profumo di funghi e il tuo abito di seta era appeso in bagno. Ti ho rovinato la sorpresa e adesso mi sento in colpa», si giustificò.

Scossi la testa. «Non ti devi scusare con me, il tuo lavoro è più importante. Ti stai facendo in quattro per il nostro futuro, vorrà dire che domani dovrai farti perdonare. E anche tanto...».

Mattia fece scivolare le sue dita in basso, verso l'elastico dei pantaloni. Fui colta da un brivido inaspettato e un piacevole formicolio si impossessò del mio corpo, risvegliandolo. Di solito non tentava mai un contatto fisico quando faceva tardi, crollava dalla stanchezza ancora prima di riuscirci. Con una mano si fece strada fin sotto al tessuto delle mie mutandine e mi sfiorò. Delicatamente. «E allora perché non provarci subito, ti va?».

Gemetti al solo pensiero e poi una violenta ondata di calore si insinuò tra le mie gambe. Non era da noi improvvisare, ma l'idea non mi dispiaceva poi così tanto. Un ampio sorriso si dipinse sul mio volto e mi voltai verso di lui. Pronta ad accoglierlo e perdonarlo, ancora una volta.

Capitolo due

Andreas

Quando sei un bambino guardi con fastidio e una punta di gelosia i tuoi genitori mentre si baciano, perché vorresti che quei baci fossero tutti per te. Poi cresci e faresti carte false per vederli baciarsi un po' di più.

«Andreas, hai visto per caso il mio reggiseno? Non lo trovo da nessuna parte...».

Sollevai gli occhi e guardai il riflesso nello specchio. Alle mie spalle c'era Regina che bofonchiava con uno spazzolino stretto tra i denti e saltellava sul posto nel tentativo di infilarsi dei pantaloni neri aderenti. Era la sua divisa da lavoro e anche una taglia più piccola della sua, ma lei tratteneva il fiato e si contorceva tutta per entrarci a ogni costo. Non voleva essere come le sue colleghe, rassegnata a nascondersi dentro un ingombrante sacco di patate. Era decisa a puntare sulla sua femminilità: glutei alti e tonici in primo piano e gambe dritte da esibire. Non ero mai stato un tipo geloso, ma razionale sì. Continuavo a ripeterle che era bella a prescindere dalla sua uniforme, ma lei era talmente cocciuta che ormai avevo smesso di farglielo notare. O forse avevo semplicemente smesso di tentare di capire le donne.

«Merda, merda, merda! Se faccio tardi anche oggi il capo mi uccide», imprecò disperata. Regina lavorava presso una nota catena di fast food, una di quelle dove entravi profumato di detersivo e uscivi strizzando olio dai vestiti. Doveva ancora abituarsi al cambio turno perché da pochi mesi avevano inserito anche il servizio colazione. La sveglia suonava alle sei del mattino per tre volte a settimana. Niente di così sconvolgente. Tanta gente si alzava anche prima e affrontava una giornata da pendolare, ma in casa nostra significava una cosa: trovarsi in due a dividersi l'unico bagno. E vi sfido a contenderlo con una donna. Non lo vedrete mai più. Avevo dovuto rinunciare alle mie lunghe sedute a giocare a Fifa e con una sigaretta accesa tra le dita. Un appuntamento mattutino a cui era stato difficile dire addio.

Finii di passarmi la lametta vicino al labbro superiore. «Hai provato a controllare sotto il letto? Mi ricordo di un balletto sexy e di una ragazza scatenata, e anche molto ubriaca, che se lo sfilava e lo lanciava da quelle parti come fosse una fionda…».

Regina tirò su la cerniera e finalmente chiuse il bottone. «No… non dirmi che l'ho rifatto. Ho di nuovo ballato?», domandò con un po' di imbarazzo. Mi fissava con la bocca semi aperta.

Feci segno di sì con la testa e lei corse in camera, per tornare poco dopo indossando un reggiseno di pizzo nero. Strisciò al mio fianco, appoggiando il sedere sul mobile del lavandino e mi fissò. «E anche questa volta mi sono messa a usare la sciarpa come fosse un frustino?».

Scoppiai a ridere, la sua espressione era troppo buffa. «No, quello è successo con il vino rosso, ho scoperto che quello bianco ti fa ritornare bambina e ricordi alla perfezione tutti i balletti di *Non è la Rai*».

Si bloccò all'istante e iniziò a balbettare qualcosa. Sembrava una bambina impacciata durante un'interrogazione a sorpresa. «E tu… tu non hai provato a fermarmi? Sei rimasto lì a guardare?»

«Era un bello spettacolo, cosa dovevo fare? Eri eccitante, così disinibita, saltellavi sul materasso con quella spazzola in mano che usavi come microfono. E poi, Dio, quel culetto che sai muovere così bene. Ma il pezzo forte era quando ti chinavi e dicevi: "e adesso giura". E dopo partiva pure il coro che, mi dispiace doverti deludere, era sempre fatto da te... Stonatella, lo sai?».

Si portò le mani al viso per coprire il suo imbarazzo. Era diventata tutta rossa. Adoravo quando si sentiva a disagio e abbassava le sue difese, appariva ancora più bella. «La prossima volta ti autorizzo a togliermi qualsiasi bicchiere dalle mani, non vorrei essere ricordata per questi momenti. Ci manca solo una lapide con inciso sopra "Qui riposa Regina Montelli, amante del vino e delle figure di merda"». Rimarcò il finale, gesticolando.

Mi sciacquai la faccia per ripulirmi e mi asciugai con cura. Regina stava ancora aspettando, era imbronciata e con le braccia conserte.

«E allora?».

Mi avvicinai e le baciai la punta del naso. «E te lo giuro...», chiusi la mano a pugno come fosse un microfono e la portai verso la bocca. «Uh, uh, uh, uh. E te lo giuro...», continuai in un crescendo di tono.

Mi ero messo anche a muovere i fianchi e la testa, avanti e indietro. Ero dentro al pezzo e mi divertiva troppo prenderla in giro.

Spalancò gli occhi e mi puntò un dito contro. «Tu me la pagherai! Sei proprio una cretino», si limitò a dire prima di afferrare una camicia bianca appesa al box doccia e finire di vestirsi.

Che caratterino.

Terminai di prepararmi e mi passai d'istinto una mano

sulla testa. Dovevo ancora abituarmi all'idea del nuovo taglio. In realtà avevo deciso di dire addio ai miei capelli lunghi per qualcosa di più pratico. Erano anni che non li portavo più così corti. Lasciavano il volto scoperto, mettendo in risalto la mia fronte alta e il colore dei miei occhi. Erano il regalo di mio padre, per non dimenticarmi di lui. Lo rivedevo in me ogni volta che mi fissavo nello specchio o in una foto. «Azzurri come la nuova casa di papà», diceva sempre mia madre indirizzando un dito verso il cielo.

Uno strillo acuto mi riportò alla realtà. Proveniva dalla camera da letto.

Mi fiondai e vidi Regina che stringeva nella mano un oggetto non ben definito. Un corpo informe di plastica e lacci. Poi capii.

«Mi sono costate un'intera settimana di lavoro. O tu lo porti immediatamente fuori o per me può trattenere la pipì fino a questa sera. E *chissenefrega* della sua vescica piena... la tiene proprio come faccio io!», disse fuori di sé, facendo ciondolare quello che rimaneva di una scarpa davanti ai miei occhi.

Ahia, era partita con la minaccia. Promemoria: mai discutere con una donna arrabbiata o in quel determinato periodo del mese. Ha sempre la scusa pronta e finisce che passi dalla parte del torto. Tu, uomo pensavi di avere ragione? Povero illuso!

«Dài, vieni fuori da lì», mi limitai a dire. Non sapevo bene cosa fare. Da una parte c'era la mia fidanzata in piena crisi isterica, con gli occhi lucidi e il mascara che iniziava a colare, dall'altra c'era Ulisse, il mio *stupido* cane.

Un muso spuntò da dietro la tenda, sollevandola di poco

da terra. Pensava di essere invisibile, ma la trasparenza del tessuto e la sua coda lo tradivano. Non potevo annoverare anche l'invisibilità tra i suoi poteri.

Regina era una furia. Si buttò di peso sul letto e nascose il viso tra le mani. Era prossima alle lacrime. «ANDREAS, lo so che sono solo un paio di scarpe, ma non posso spaccarmi la schiena e lavorare fino a tardi per pagare le bollette e basta. Lo capisci? So anche che adori Ulisse e non ti metterei mai di fronte a una scelta, ma ti prego di trovare il modo per togliergli questo vizio».

Promemoria numero due: quando una donna pronuncia il tuo nome per intero, devi iniziare seriamente a preoccuparti. E hai pochi secondi di tempo per valutare i pro e i contro delle tue azioni. Ogni cosa che dirai o che farai potrà essere usata contro di te.

Mi sedetti al suo fianco e le presi la mano, intrecciando le nostre dita. Ma perché le donne si perdono in un bicchiere d'acqua e piangono per certe stronzate? Erano solo… scarpe!

Mi imposi di fare il mio dovere di fidanzato, ovvero tentare di consolarla. In sei mesi era già il quarto paio di scarpe che Ulisse distruggeva, senza tenere conto dei trucchi che rubava dal bagno e dei libri che sfilava dalla borsa. Con una particolare predilezione per i pennelli del fard, possibilmente i più costosi e con le setole morbide, e per i romanzi con le copertine rigide. E quanto amava mangiucchiarne gli angoli! «Domani andiamo a ricomprarle, va bene? Anzi, te ne regalerò due paia», proposi purché smettesse di singhiozzare. «Ulisse non ha preso bene il tuo arrivo in casa, ma sono sicuro che si tratti di una fase passeggera. Se la cosa può aiutarti a stare meglio, ne parlerò con un educatore dopo la gara. Va bene?».

Regina annuì in modo meccanico e mi abbracciò, affondando il viso sul mio collo.

«Davvero due paia? Me lo prometti?», mi bisbigliò all'orecchio.

Mi sembrava di comunicare con una bambina che aveva appena fatto i capricci. Mi congratulai con me stesso, alle donne bastava davvero poco per tornare di buonumore. Conoscendola, mi ero appena assicurato una notte di sesso sfrenato.

«Certo, sono un uomo di parola e mantengo le mie promesse».

Qualcosa di umido si era appoggiato in mezzo a noi. Abbassai lo sguardo e vidi che Ulisse aveva infilato il muso nello spazio creato dai nostri corpi. Due occhi traditori ci fissavano, ma dato che nessuno sembrava accorgersi di lui, passò al piano b: un uggiolare insistente e quasi lagnoso. Se falliva anche con quel piano, passava direttamente al successivo: avrebbe usato la sua zampa come strumento di tortura.

Non riuscii più a trattenermi. Il mio autocontrollo si disintegrò e scoppiai a ridere senza contegno. Poteva essere il cane più pasticcione e combinaguai del mondo, ma per me era perfetto così. Era il mio migliore amico.

«Per quando sarà pronta?», mi domandò una squillante voce femminile.

Feci un giro intorno al costoso SUV nero e mi ripulii le mani dal grasso con uno straccio. A giudicare dalla targa e dall'anno di immatricolazione, doveva avere pochi mesi di vita. Lo dicevo sempre: mai mettere le chiavi di un colosso del genere nelle mani di una donna. Erano da ritiro di patente immediata. «Bisogna prima attendere la perizia, sentire le assicurazioni, e poi il tempo necessario per sistemarla. Credo non più di due settimane, è messa un po' male», risposi, controllando con attenzione le condizioni della carrozzeria.

Non ero stato del tutto sincero: non era messa un po' male, era messa proprio male! Ero stupito che la donna davanti a me fosse lì e non ricoverata in qualche ospedale.

Lei appoggiò una mano sopra il cofano e inclinò leggermente la testa. I capelli biondi scivolarono come onde setose lungo il fianco, oltre la spalla. Avrebbe potuto fare da testimonial in una di quelle pubblicità di noti shampoo.

Oddio, no, non farlo. Non guardarmi così.

Riconoscevo quello sguardo. Le donne sfruttavano sempre l'arma della seduzione per ottenere uno sconto o una corsia preferenziale. Come se avessi potuto sdoppiarmi e lavorare gratis per loro. «Non c'è la possibilità di accelerare un po' i tempi? Sai, l'auto mi serve per fine mese, ho una riunione di lavoro fuori città». Pronunciò quelle parole con un tono seducente, la schiena dritta e il petto in fuori. La scollatura della camicia si aprì quel poco che bastava per lasciare intravedere il bordo del reggiseno: era di pizzo nero. Sono un uomo, chiamateci anche sesso debole, e l'occhio mi scivolò su quel fantastico scorcio di curve mozzafiato. Dovevo ammettere che aveva un seno generoso e invitante. Forse era anche naturale, ma per scoprirlo avrei dovuto toccarlo e sbirciare più da vicino. Molto probabilmente era una di quelle donne in carriera, sempre con la risposta pronta e la convinzione di avere il mondo ai loro piedi. Si mordicchiò il labbro inferiore, trattenendolo tra i denti, e continuò a sostenere il mio sguardo. La sua pelle era bianchissima e i capelli biondi ne sembravano il proseguimento, tanto erano chiari. Lineamenti perfetti, labbra turgide e accoglienti dipinte di un rosso ciliegia e un fisico atletico. Di sicuro arrivava dall'Est o aveva origini straniere, perché una bellezza simile a Torino non l'avevo mai incontrata.

Mi asciugai la fronte con il braccio. Il caldo era insopportabile e detestavo non avere denaro a sufficienza per acquistare un dannato climatizzatore. Ogni estate mi proponevo di mettere da parte una somma per affrontare la spesa. Avevo ormai perso il conto degli anni che passavano e delle promesse non mantenute. «Come ho già detto, tutto dipende dai tempi del perito e delle assicurazioni. Prima mi daranno il via a procedere e prima avrà la sua macchina».

La donna sembrò offendersi, forse si aspettava una risposta differente o non era abituata ai no, il suo atteggiamento non fece che confermare la mia teoria. «Oh», si limitò a dire. «Io pensavo che…».

Pensavi cosa? Immaginavi di rimettere il fondoschiena sul tuo macchinone in pochi giorni? Mi dispiace, dolcezza.

Lanciai un attrezzo di ferro sopra al tavolo e mi avvicinai. «Questo è tutto. Dipende da lei, prendere o lasciare… Non credo che altre officine potranno venirle incontro, ma la scelta è sua».

Forse ero stato un po' brusco, ma la mia pazienza si era esaurita per colpa di clienti come lei. Certe cose non erano in vendita.

Fece un lungo respiro e si grattò la tempia. «E va bene…», rispose cercando qualcosa dentro la sua borsa. «Questo è il mio numero, mi può contattare a qualsiasi ora. E chissà… magari riesce lo stesso a fare un miracolo». Mi diede il biglietto da visita e fece l'occhiolino.

D'accordo, non mi sarei mai infilato nelle sue mutande, ma almeno mi aveva commissionato il lavoro e aiutato a raggiungere il mio budget di entrate settimanali.

Una raffica del suo profumo mi investì con prepotenza quando uscì dall'officina. Nell'aria aleggiava ancora una nota di vaniglia, o comunque una fragranza molto dolce. Contrasto insolito per un luogo intriso di benzina, grasso e acido.

«Cazzo, Andreas!», tuonò una voce alle mie spalle. «Ma che effetto fai alle donne? Dimmi il tuo segreto così pianto baracca e burattini e scappo con la prima bionda che incontro».

Era Giorgio, compagno d'infanzia di mio padre e suo migliore amico. Sebbene fosse prossimo alla pensione, continuava a darmi una mano in officina. Sapevo che era più un favore che faceva a me che non a se stesso. Forse si sentiva in dovere e in debito nei confronti di mio padre. Quando era venuto a mancare ero troppo piccolo per rilevare l'attività e quindi Giorgio aveva preso la situazione in mano, fino al momento in cui non avrei raggiunto la maggiore età per decidere sul da farsi. Mia madre aveva valutato anche l'idea di vendere l'attività, ma c'erano troppi ricordi che vivevano tra quelle quattro mura. Ed era come rompere un legame con il passato e una parte di sé. Io non ero mai stato un ragazzo dedito allo studio e non avevo l'intenzione di iscrivermi all'università. Ero sempre stato un po' ribelle. Non facevano per me le giornate chiuso in casa o in una biblioteca con il capo chino sui libri. La vita vera era là fuori e mi chiamava, così mi ero rimboccato le maniche per imparare un mestiere. Erano ormai dodici anni che io e Giorgio facevamo coppia. La CarStop era il mio porto sicuro, l'unico posto dove mi sentivo a casa. A contatto con le cose che aveva toccato mio padre, tra la polvere, lo sporco e le automobili.

«Mi hai visto?», risposi e feci una sorta di giravolta sul posto. «Merito di madre natura. Niente trucchi niente inganni», mi pavoneggiai.

«Sì, John Travolta dei poveri, muovi il culo e andiamo a prenderci un caffè».

«Dài, Giorgio. Non ti ricordi più i miei passi di danza? Vedrai, magari un giorno vi stupirò e me ne andrò all'estero per inseguire i miei sogni da bambino. Riprenderò le lezioni di ballo e diventerò qualcuno. Immagino già il mio nome sui titoli di coda di famosi musical o sulle locandine pubblicitarie in giro per la strada».

E un pubblico impazzito che batte le mani a tempo e chiama: An-dre-as, An-dre-as. Fan in delirio che lanciano le proprie magliette restando in reggiseno, pugni chiusi in alto, io che inizio a riscaldarmi e...

Giorgio mi posò un braccio intorno al collo. «Sì, Billy Elliot, senti a me. Chiudi la porta e facciamo una pausa. Ti racconto io cosa devi fare della tua vita...».

Afferrai le chiavi del negozio dalla tasca e, al solo rumore, Ulisse si precipitò verso di noi. Lingua penzoloni e uno scatto velocissimo. Non lo lasciavo mai a casa da solo e, da quando era un cucciolo, passava le giornate con noi in officina. Ogni tanto combinava qualche danno, rubava degli attrezzi per poi nasconderli, faceva a brandelli pezzi di carta, tanto da sembrare sempre carnevale, e si rotolava nello sporco, ma almeno portava una ventata d'aria fresca e i clienti ritornavano anche solo per salutarlo. Il più delle volte per offrirgli un biscotto, tanto Ulisse poteva fare concorrenza alla raccolta indifferenziata. Era la nostra mascotte. «Ok, ora siamo al completo. Andiamo...», e chiusi la porta.

Il bar si trovava a pochi metri di distanza, in una traversa di piazza Rivoli.

La città era ancora nel pieno della sua attività, tra commercianti che contavano le ore mancanti al loro rientro a casa e il rumore di sottofondo di lavori in corso, pullman e macchine che sfrecciavano su corso Francia.

«Ciao, Marco. Due caffè ristretti e una ciotola d'acqua per il nano», dissi appena varcai la soglia.

Mi appoggiai al bancone e posai sopra il portafogli, ricordandomi di estrarre la tessera fedeltà. Ogni dieci caffè, uno era in omaggio. Mia madre mi aveva trasmesso il dono della pazienza e quello del risparmio.

«Oh, guarda chi c'è. Monicaaa, è arrivato il nostro spezzacuori», esclamò Marco rivolgendosi alla moglie e portando indietro le braccia, come a imitare il gesto di spilorcio. «Monica, Monica... Ma dove caspita sei quando mi servi?»

«Sono qui, che succede?», sbraitò la donna, spuntando con la testa dal retro. Sembrava accaldata.

«Il tappeto rosso, non l'hai messo?», rispose di getto ridendo sotto i lunghi baffi e tenendosi la pancia. Marco si divertiva davvero con poco.

Sollevai gli occhi al cielo e mi accomodai su uno degli

sgabelli liberi. «Ma che avete oggi? Tutti a darmi contro. E poi non dimenticatevi che adesso sono fidanzato e convivo anche». Sottolineai la parte finale della frase per rimarcare il concetto.

Convivo, voce del verbo… farsi fregare! Una donna e un uomo non sono geneticamente programmati per vivere pacificamente sotto lo stesso tetto, sennò quel qualcuno, secoli fa, avrebbe fornito Adamo ed Eva di una casa e non di un albero con una mela.

«Povera donna, l'avrai di sicuro drogata. Come si fa a sopravvivere a te e a quello spargipelo di Ulisse?»

«Ma se non tocca neanche una sigaretta, e poi i suoi peli sono davvero il male minore. Credimi. Oggi ha distrutto un altro paio di scarpe. Regina è incazzata nera, era da tempo che non la vedevo così. Per un attimo ho temuto per la vita di Ulisse».

«Gesù», esplose la donna, congiungendo le mani e guardando il soffitto. «E ci credo. Se ero io al suo posto, a quest'ora di Ulisse rimaneva la ciotola».

Ulisse non sembrò gradire le chiacchiere su di lui, si mise seduto e con la zampa raspò la mia gamba. Iniziò a lamentarsi e a sollevare con il muso la mia mano in cerca di una carezza. «Amico mio, sono delle brutte persone. Non ti devi preoccupare di loro. Ci sono io a difenderti e poi tu mi servi integro e in forma per la gara di domani».

Giorgio finì in un sorso il caffè e pagò anche per me. «E quando avevi intenzione di dirmelo? Significa che dovrò aprire da solo l'officina?».

Stavo per confermare, ma Marco mi anticipò. «Ma lo sai che Andreas è un uomo di mondo e Ulisse è l'unico che l'ascolta. Per questo si ostina a partecipare alle gare di agility dog, almeno può vantarsi di avere qualcuno che gli dà retta. Visto che con le donne…».

«Ehi, ehi, fermi tutti. Sto mettendo la testa a posto e la convivenza è il primo passo. L'avreste mai detto? Io e Regina stiamo bene insieme. Ok, abbiamo alti e bassi come tutte le coppie del mondo, però la amo. Certo, non mi aspettavo la gelosia di Ulisse, sembra peggio di una donna… forse vuole farmi capire che si stava meglio solo tra maschi», spiegai rivolgendomi a tutti. «Ma come faccio a sgridare questa palla di pelo? È il mio migliore amico».

«Ma tu sei totalmente matto! Al tuo futuro devi pensare, a sposarti e mettere su famiglia. Quando ti renderai conto che adesso hai trent'anni? Non sei più un ragazzino… è questo il momento!», mi rimproverò Marco, cercando l'appoggio di Giorgio.

Frecciatine simili erano ormai all'ordine del giorno.

«Lo so che Regina aspetta una proposta di matrimonio, lo vedo ogni volta che apre un mio regalo e spera di trovarci dentro un anello. Magari uno di quei diamanti che mi indica quando passiamo davanti a una gioielleria. A lei spunta un sorriso a trentadue denti, io ho il principio d'infarto nel leggere il prezzo. Può pensare di fregarmi ma i suoi occhi non mentono e la tradiscono sempre. Non ho mai detto che un giorno non mi sposerò», ripresi fiato, non era facile parlare di certi argomenti così delicati. «Sono certo che riconoscerò quando sarà il momento. E poi ogni cosa a suo tempo, non funziona così?».

Da dietro il bancone apparve Monica, tra le mani una cesta piena di arance. «Sì, ciao. Per voi uomini questo discorso non vale. Se avessi aspettato il momento giusto di Marco, mi sarei ritrovata ancora senza figli e a fare la vita degli eterni fidanzatini: ognuno a casa sua». Pulì con un panno il ripiano in marmo e mi sorrise. «Però ascolta una vecchia donna che può avere l'età di tua madre: se sei davvero innamorato, lo farai e farai anche tutto ciò che non avresti mai immaginato prima».

Capitolo tre
Isabel

Impara a non guardare il mondo solo dal lato che ti piace. Giragli attorno, vedrai molto di più.

Ogni mattina iniziava sempre nello stesso modo. Avete presente il film *Ricomincio da capo*, dove Bill Murray ripeteva una giornata all'infinito? Ecco, più o meno lo stesso… con l'unica differenza che non avrei mai e poi mai cambiato il corso degli eventi barattandolo con una mia azione non prevista. Cosa c'era di meglio di sapere cosa aspettarsi dal nuovo giorno? Zero rischi e zero possibilità di rimanere delusa. Chiaro, no? La mia vita era un lancio nella prevedibilità con il paracadute ben stretto sulla schiena.

La sveglia di Mattia suonava alle sette in punto e lui la spegneva con un gesto automatico. Il più delle volte si riaddormentava e la sveglia tornava a farsi sentire per la seconda volta a distanza di dieci minuti. Si stiracchiava e si girava a pancia in giù, con la testa nascosta sotto il cuscino. A quel punto le opzioni erano due: o si alzava da solo, evento rarissimo, o toccava a me il duro compito di fargli sollevare il piumino e spingerlo fuori dal letto.

Per Mattia il notiziario della mattina era una questione di vita o di morte. Un'abitudine che aveva ereditato da suo padre. "Un uomo di successo deve sapere prima degli altri cosa accade nel mondo", gli ripeteva in continuazione fin da quando era un bambino. Nel frattempo io preparavo la colazione a base di frutta, fette biscottate, marmellata e latte fresco. Frida di solito appoggiava il suo naso umido sopra ogni cosa e intralciava i miei movimenti, gironzolando tra le mie gambe. Ormai avevo perso ogni speranza. Era più cocciuta di un mulo. Lo faceva di proposito, perché il più delle volte mi faceva inciampare e puntualmente qualcosa di commestibile finiva sul pavimento. E lei aspirava tutto, come a voler cancellare ogni prova. Poi prendevo posto accanto a Mattia, controllando che sulla tavola non mancasse niente. Odiavo dovermi alzare se avevo dimenticato qualcosa. Mio marito era piuttosto taciturno appena sveglio. Si limitava a ingurgitare cibo senza staccare gli occhi dal televisore e ad annuire alle mie domande. La cosa non mi dava fastidio, o forse semplicemente mi ero abituata al suo silenzio. Quando aveva finito di fare colazione, in genere si avvicinava al lavello e mi abbracciava all'improvviso. Poi iniziava a dondolarsi e io lo assecondavo come in una lenta danza. Con la bocca andava alla ricerca del mio collo. La sua lingua mi solleticava, creando una scia di piacere al suo passaggio. Tutte le volte socchiudevo gli occhi e mi lasciavo trasportare da quel fremito che mi incendiava la pelle. Risvegliava il mio corpo ancora assonnato. Gli bastava quel contatto per eccitarsi. Era appagante sapere di poter ancora esercitare un certo effetto su di lui. Il sesso tra di noi era un appuntamento fisso, concordato in giorni precisi e cercando di incastrarlo con gli orari di lavoro di Mattia. Non era un obbligo ma un venirsi incontro. Non mi dispiaceva affatto, avevo il tempo per prepararmi con cura e stupirlo con serate particolari e nuovi completini sexy comprati per l'occasione. Il mio guardaroba ne era pieno. Mattia sapeva dove e come toccarmi, era un tacito accordo che avevamo trovato senza doverci spiegare niente. Le sue dita erano esperte ed esploravano con destrezza ogni centimetro del mio corpo. Aveva un talento naturale a letto e non mi ero mai domandata dove aveva imparato certi trucchi. Era il suo passato e io non volevo sentirmi in competizione con le donne che aveva avuto prima di me. Certe cose era meglio non saperle, mai. La mia vita era fatta così e su di me vestiva alla perfezione. E ogni volta che Mattia mi baciava sulla bocca, mi lasciava senza fiato. Poi usciva di casa con una valigetta stretta nella mano, e la mia giornata iniziava in quel preciso istante.

Abbassai il finestrino posteriore e inclinai lo specchietto. Frida si divertiva un sacco a sporgere il muso fuori e aprire la bocca, come a catturare quanta più aria possibile. Il suo pelo veniva risucchiato dal vento e le orecchie ondeggiavano come due bandiere. Socchiudeva gli occhi, riducendoli a due fessure, e si godeva quella sensazione. Era il mio ingrediente segreto del buonumore e non lo volevo condividere con nessuno. Non era solo Frida. In generale un sorriso da perfetta idiota si stampava sul mio viso ogni volta che incontravo un cane per strada. Come se una forza sconosciuta si impossessasse del mio corpo, facendomi perdere la capacità di intendere e di volere. Anche la mia voce mutava, trasformandosi in una serie di gridolini, mentre mettevo in fila parole senza senso. Proprio come quando un adulto si rivolge a un neonato.

Se solo mi avesse sentito la mia cara insegnante, suor Gertrude, sarebbe stata capace di prendermi per un orecchio e trascinarmi dietro la lavagna, per farmi recitare il *Padre Nostro* cinquanta volte di seguito.

Erano già trascorse due ore dall'inizio del viaggio e non mi ero ancora persa: ottimo segno. Il navigatore mi invitava a proseguire dritto per cento chilometri, quindi avevo tutto il tempo per distrarmi. L'ultima volta il GPS mi aveva abbandonato proprio in prossimità dell'uscita e mi ero ritrovata sperduta in mezzo ai campi, a entrare e uscire dallo stesso casello più volte.

Mi infilai gli auricolari e digitai il tasto delle chiamate rapide. Il display si illuminò e spuntò la scritta "Il castigatore".

«Topina, buongiorno!», rispose una voce scattante e con il fiato corto. «No, no... non è nessuno. È solo mia sorella», si giustificò con qualcuno coprendo la cornetta.

Ma che schifo, non volevo pensare a mio fratello in certe situazioni. Poteva fare concorrenza ai leoni, si dice che possano accoppiarsi anche cinquanta volte al giorno.

«Ehm, ho disturbato qualcosa? Grazie per il "non è nessuno", vuoi che ti ricordi tutte le volte che ti ho salvato quel fondoschiena che ti ritrovi? A quest'ora dovresti avermi fatto una statua in qualche piazza o intitolato una via con il mio nome».

Incredibile, ogni volta che chiamavo mio fratello lo trovavo a letto con una donna. E a volte anche più di una, almeno così mi aveva confessato un tempo. Ritenevo la cosa disgustosa perché non era un attore porno, dannazione! Era un membro della mia famiglia. Forse vista la circostanza la parola membro gli calzava alla perfezione. Era di sicuro merito di quel suo fascino trasandato, barba incolta e un ciuffo di capelli che si avviava ad arte con la mano. Ecco, assomigliava a un ragazzo ribelle dopo un viaggio on the road senza un soldo in tasca. I suoi occhi erano affilati e penetranti e la pelle olivastra l'aveva ereditata dalla buon'anima del nonno. Potevamo sembrare figli di genitori diversi. Io ero il giorno e lui la notte. Vista la sua intensa attività sessuale, avevo deciso di salvarlo in rubrica con quel nomignolo. Non c'era una ragazza sulla faccia del pianeta capace di resistere a quel sorriso tanto strafottente capace di incantare anche un cieco.

«Hai le tue cose? Perché in meno di due minuti di chiamata mi hai già distrutto psicologicamente».

«Urlalo ai quattro venti, non lo so», mi spazientii. «No, nessun allarme rosso, ma è mai possibile che ogni volta che decido di chiamarti ti becco sempre a sperimentare le posizioni del Kamasutra?»

«Oddio, oddio», disse in un crescendo. «Corriamo ai ripari. Prevedo una scossa di magnitudo cinque in arrivo».

Sbuffai. «Hai finito?»

«Mia sorella ha appena pronunciato la parola Kamasutra e sa anche di cosa parla quel libro. Incredibile, ragazzi! Un evento da segnare con la X sul calendario. Allora non sei poi così tanto scontata come vuoi far credere».

«Simone, ti ricordo che sono una donna sposata e non ho bisogno di ricorrere a certe cose per mantenere vivo il rapporto. Non esiste solo il sesso in una coppia».

«Perché, che altro c'è?»

«Quanto durerà anche questa? Il tempo di pranzare, salutarla, ricordarle che sei molto impegnato in questo periodo e che la richiamerai prossimamente?»

«Bingo, baby! Comunque non parliamo sempre di me,

è così sfiancante rispondere a tutte le tue domande, tu che mi racconti? A cosa devo questa chiamata?»

«Non dirmi che te lo sei dimenticato. Non mi auguri buona fortuna? Tra poco ho una gara, sempre se riesco ad arrivare in tempo senza perdermi».

«Ah, giusto! Vedrai che andrà alla grande, hai lavorato tantissimo insieme a Frida e vi meritate la vittoria. Comunque sei un caso clinico e non perché sei donna, sia chiaro, ma è scientificamente dimostrato che è impossibile perdersi con un navigatore. Se dovesse accadere, tuttavia c'è sempre il piano alternativo: chiedere indicazioni».

«Cosa vuoi che ti dica? Hai ragione. È Mattia quello che guida e io mi limito a tenergli compagnia, non sto mai attenta a ciò che mi circonda. Per quello sono una frana e non conosco ancora tutte le vie di Roma... pensa che ogni volta devo fare affidamento su dei negozi o insegne per orientarmi. E ora non mi ripetere che dovrei chiedere informazioni a qualche passante, perché sai bene che la gente o è stronza o non è del posto, e ti manda ovunque ma non dove devi andare tu».

«Ecco, allora cerca di concentrarti e di arrivare a destinazione sana e salva. Sono a corto di soldi e non voglio ritrovarmi costretto a rubare fiori dalle altre lapidi per il tuo funerale. Chiamami appena la gara sarà finita, farò il tifo per voi. Passo a trovarti nel weekend, dopo pranzo, così non sono costretto a mangiare la roba che cucini».

«Ehi, vacci piano con le parole. E poi io cucino sano, non sono certo come te...».

«Parli così perché sono unico, dopo di me mamma e papà hanno capito che non avrebbero potuto fare di meglio. Ci sentiamo, il dovere mi chiamaaaaaaa», e riagganciò prima che potessi salutarlo.

Era la dimostrazione che una certa parte anatomica era più importante di una sorella. Ormai avevo perso le speranze, quello era mio fratello.

Quando il navigatore annunciò che mancava circa un'ora all'arrivo, iniziai a sentirmi agitata. Anche se con Frida mi esercitavo e gareggiavo da tempo, ogni volta era la nostra prima volta. L'adrenalina era ai massimi livelli e io mi sentivo piena di energia. Forse non volevo ammettere di essere un po' spaventata, era una gara di livello avanzato e speravo non troppo difficile. In realtà confidavo in qualche rinuncia all'ultimo momento o in cani non troppo in forma come la mia Frida. L'agility dog non era nei miei piani, ma era come se quel corso avesse chiamato Frida. Lei amava correre e si era dimostrata ubbidiente fin da subito. Era capace di riconoscere un'infinità di istruzioni, e senza aver fatto il minimo sforzo. Da lì l'idea di provarci.

Tra cinquecento metri svoltare a destra. Quella fastidiosa voce arrestò i miei pensieri e mi obbligò a rallentare per imboccare l'uscita. Ormai mancava poco. «Che Dio ce la mandi buona», mi ritrovai a sussurrare.

Il luogo era già affollato e il parcheggio quasi pieno. Dovetti fare diversi giri per trovare un buco e infilare la mia utilitaria. Scesi dall'auto e aprii lo sportello posteriore, Frida si diede una sonora scrollata e si guardò attorno con aria interessata. Apriva le narici pronta a catturare odori nuovi e a studiare quel luogo a lei sconosciuto.

«Andiamo a far vedere a tutti di cosa siamo capaci», la spronai invitandola a seguirmi. Mi recai all'ingresso, dove registrai la mia presenza, indossai subito la pettorina con il mio numero e restai in attesa di poter vedere il percorso, per poi iniziare la gara. Ero circondata da parecchi cani, troppi cani, non mi aspettavo una tale partecipazione. Taglie medie delle razze più disparate si osservavano tra di loro, come a individuare i punti deboli dell'altro. Io ogni volta mi divertivo a cercare le somiglianze con i loro padroni. Alla mia destra c'era un buffo signore con i baffi piegati all'insù e la pancia prominente, sembrava un personaggio uscito da qualche telefilm ambientato nel Far West e catapultato nel 2015. Spostai lo sguardo più in basso e il cane sembrava la sua fotocopia in versione quattro zampe, ma con qualche pelo in più. Non mi sembrava proprio una razza adatta a sostenere una gara di velocità, magari più per una mostra canina. Poco più in là notai una ragazza molto giovane, a occhio e croce forse appena maggiorenne, con la faccia imbronciata e gli occhi talmente infossati da scomparire sotto la sua frangetta gonfia. Ai suoi piedi c'era un Beagle che si scrutava intorno con aria svogliata, con lo stesso identico sguardo della padrona. In quel momento mi domandai cosa pensassero di me. Frida era magnifica e, anche se il detto recitava "*ogni scarraffone è bell' a' mamma soja*", lo era oggettivamente per davvero. Ogni persona che incontravo si complimentava per quel pelo così soffice e ben curato da sembrare zucchero filato. Naturale, con tutti i soldi e il tempo che spendevo in toelettatura era il minimo. Parrucchiere per me e toeletta per lei…

Qualcosa di pesante mi urtò e per poco non caddi a terra. Mi aggrappai a una sedia per non finire con la faccia sull'erba.

«Ma che modi», sbraitai tirandomi su e massaggiandomi

la coscia. Avevo messo male il piede e un dolore improvviso si era propagato fino al fianco.

Me lo sentivo che era una giornata di merda.

Vidi una mano tesa all'altezza dei miei occhi, offerta per essere afferrata. «No, grazie! Faccio da sola», risposi seria. Ero nera, certe cose proprio non le tolleravo. Il contatto fisico con gli sconosciuti mi indisponeva. Evitavo anche di prendere la metro per non rimanere intrappolata tra un corpo e l'altro. O in un angolo senza possibilità di uscita. Soffrivo del "mal di gente".

«Prego, si figuri», mi sbeffeggiò una voce calda e mascolina. Ero ancora impegnata a esaminare la mia gamba, per verificare di non essermi graffiata da qualche parte, e solo in quel momento notai che Frida stava leccando allegramente il muso di un suo simile. Sembravano due anime gemelle, tanto da non distinguere il mio cane dall'altro.

E poi si innamoreranno e faranno tanti bellissimi cucciolini. E io mi butterò in mezzo a loro per abbracciarli, ricevere baci e…

Un colpo di tosse richiamò la mia attenzione. Solo in quell'istante mi accorsi della persona che avevo di fronte e che avevo ignorato per tutto il tempo.

Merda, e io che pensavo che Ryan Gosling incarnasse la perfezione…

D'accordo, non ero solita formulare certi pensieri, ma quell'uomo mi stava privando della mia lucidità. Dovevo ritrovarla immediatamente, forse era rimasta a terra da qualche parte. Anche mio marito aveva fascino da vendere, ma qui si superava ogni forma di fantasia. Sicuramente non era reale, nessuna madre era in grado di partorire un tizio come quello.

Ero sbalordita. Spostai lo sguardo più volte su e giù, per essere sicura di non perdermi un solo dettaglio. La sua presenza era imponente. Sfiorava il metro e novanta, spalle larghe, braccia forti attraversate da diversi tatuaggi. Il fisico scolpito esplodeva sotto l'abbigliamento sportivo, capelli rasati, occhi neri e profondi, e una bocca carnosa che sembrava gridare "assaggiami e non te ne pentirai". Vedevo le labbra muoversi senza sentire alcun suono, ero ipnotizzata a studiare la loro forma… era così perfetta e invitante. Mi chiesi che sapore potessero avere. Forse di menta fresca o magari di birra? A ogni modo, un sapore buono.

Sbattei le palpebre diverse volte, nel tentativo di ritornare in me e darmi un contegno. Ma cosa mi stava succedendo? Stentavo a riconoscermi.

Isabel, fa' qualcosa. Formula una frase di senso compiuto per toglierti da questo impiccio.

L'espressione dell'uomo si fece attenta. «Ehi», mi sventolò davanti agli occhi la sua mano. «Il sole ti dà alla testa, sicura di riuscire a partecipare?». Era palesemente divertito, anche troppo. Il tono di voce e la sua figura trasudavano sicurezza.

Portai una mano al fianco e tirai Frida al guinzaglio, attirandola verso di me. «Puoi dire al tuo cane di non importunare la mia? Mi serve concentrata per la gara e non siamo venute qui in cerca distrazioni, siamo intesi?», dissi brusca e con tono severo.

Sollevò un sopracciglio e mi scrutò interessato. Incrociò le braccia e la sua espressione si fece attenta, come ad aspettarsi delle scuse da parte mia. Oddio, in quella posizione i muscoli erano tesi e ancora più visibili. Mi domandai se fossero così sodi anche al tatto e se quelle mani fossero sufficientemente calde e grandi per afferrarmi, ma scacciai all'istante quel pensiero inopportuno. Forse aveva ragione. Era una giornata molto afosa e il sole mi stava bruciando i neuroni.

«O sei tu a non volere distrazioni?», replicò serio. Rimase immobile senza cambiare espressione.

Era troppo, ma chi si credeva di essere? Uno sbruffone, ecco che cos'era. Forse era abituato ad avere a che fare con donne pronte a cascare ai suoi piedi? Tipi come lui dovevano uscire solo sotto libertà vigilata o a giorni alterni, come le targhe. Erano pericolosi. Per istinto sollevai la mano e lui fece un passo indietro. Non so se si aspettasse un pugno o che gli mostrassi il dito medio. In realtà mi limitai a ostentare la mia fede.

«*Ops*, spiacente. Ritenta e sarai più fortunato», lo sfidai con aria innocente e sbattendo le ciglia con fare civettuolo.

La sua bocca si distese in un ampio sorriso, mettendo in mostra due adorabili fossette e una dentatura da far applaudire qualsiasi dentista. «Oh, poverino, fa' le condoglianze a tuo marito. Chissà che vitaccia starà passando con una come te...», fu tutto quello che disse prima di allontanarsi e voltarsi per guardare un'ultima volta la mia espressione.

Uno sconosciuto mi aveva appena messo KO.

Capitolo quattro
Andreas

Puoi anche essere il primo in ogni cosa, ma se poi arrivi e lasci gli altri indietro... con chi condividi la tua felicità?

Ma che razza di stronzetta smorfiosa. Pensava di avere il mondo pronto a lucidare le sue scarpette di cristallo? O che un Principe azzurro la conducesse nel suo regno? La colpa era della Disney e delle loro stupide favolette. Ogni volta che una donna ci paragona a quegli esseri in calzamaglia, da qualche parte nel mondo la virilità di un uomo muore. Le conoscevo bene le tipe come lei, con la puzza sotto il naso e quell'aria da "so tutto io". Di sicuro una figlia di papà e con tanti di quei soldi da non sapere come fare a spenderli. E perdonatemi se userò un luogo comune, ma era pure bionda.

Voleva impressionarmi, si credeva forte, e mi aveva sfidato mostrandomi un solitario capace di sfamare il Terzo mondo. Un anello, ma dài. Di solito ero pronto a ricevere uno schiaffo dalle donne, ma mai e poi mai ero stato provocato con un anello. Voleva sbattermi in faccia la sua vita perfetta stile moglie di un calciatore? Altro che due cuori e una capanna, era due cuori e una banca! Le donne come lei mi urtavano, mi portavano a odiare l'universo femminile. Contavo i minuti che mancavano prima di vederla gareggiare con quel suo cane tutto *fru fru*, proprio come lei. Non dovevo preoccuparmi: Ulisse era un vincente. Non avrei avuto rivali in quella gara. Magari non il primo posto, ma di sicuro il podio, in un modo o nell'altro, era nostro.

Mi voltai e quella smorfiosa era ancora lì, proprio dove l'avevo lasciata. Accarezzava il suo cane ed evitava di guardare dalla mia parte. In realtà aveva lo sguardo fisso a terra. Si era seduta su una panchina, accavallando le gambe in maniera seducente. Forse aveva scambiato la gara di agility dog per una mostra canina?

Il mio guinzaglio era teso al massimo e Ulisse tirava con tutta la forza per raggiungere il suo cane. Stupidi, stupidi ormoni.

«Vedi subito di smetterla, una come quella non te la faccio annusare neanche a chilometri di distanza. Resta concentrato», lo sgridai serio.

Ulisse inclinò il muso e si sedette, agitando la coda e strappando ciuffi di erba da terra. Era intento ad ascoltarmi. «Le tipe come loro portano solo guai, mettitelo bene in testa. Da' retta a me che me ne intendo».

Ridicolo, mi stavo rivolgendo a Ulisse come fosse un mio amico di vecchia data. Quella donna mi aveva scombussolato i pensieri. Se eri gentile con loro non ti prendevano sul serio e se non eri gentile ti prendevano a schiaffi verbalmente, quindi che cosa volevano? Mio padre, che la sapeva lunga, me lo diceva sempre: le donne erano, sono e saranno un'equazione senza soluzioni.

Non l'avevo spinta di proposito, la colpa era di Ulisse che era scattato nella sua direzione. Mi aveva preso alla sprovvista e non ero riuscito a fermarmi in tempo, e così l'avevo presa in pieno. Se avessi saputo che avrebbe reagito in quel modo mi sarei portato dietro un CID da firmare. I soldi sistemavano sempre le persone come lei, ma nel mio mondo funzionava diversamente. Erano le parole gentili a fare la differenza.

Presi una bottiglietta d'acqua per smorzare l'attesa. Ormai mancava davvero poco all'ispezione del percorso di gara. Zero distrazioni e massima concentrazione. Peccato che quella tipa mi avesse appena fatto salire il sangue al cervello. Mi ricordava una delle mie prime fidanzate: Giulia. Mi ero innamorato di lei tra i banchi di scuola, tra palline di carta lanciate con la penna e cellulari nascosti dentro gli zainetti sbagliati. Infastidirla era il metodo che avevo per dimostrarle il mio interesse. Noi maschietti abbiamo il cervello che lavora al contrario rispetto a quello femminile. E io la punzecchiavo in continuazione. La professoressa di italiano era disperata, costretta a tenere a bada una mandria di trenta alunni indisciplinati. Così un giorno si inventò le ricerche svolte in coppia, un maschio e una femmina. Inutile dirvi che Giulia fu la mia compagna. Mentre io ero innamorato di lei, lei mi usava per poi vantarsi con le amiche. Una donna mi aveva ridicolizzato, giocando con i miei sentimenti. Così mi ero vendicato pubblicando il suo numero di cellulare su una rubrica di incontri... scriverlo sul muro di qualche gabinetto di un autogrill era un tantino esagerato. Ancora oggi ho l'impressione di sentire le sue urla e le varie maledizioni che mi aveva lanciato. Ero ancora vivo per qualche miracolo.

Perso tra i miei pensieri non mi accorsi di una voce che richiamava tutti i partecipanti. Il momento della ricognizione era finalmente arrivato: studiare il percorso e memorizzarlo in pochissimo tempo. La prima difficoltà era proprio quella, camminare in un rettangolo di terra con una serie di ostacoli per calcolare gli spazi e la sequenza esatta di ognuno. In poco meno di trenta secondi il cane doveva superare circa quindici ostacoli, tra cui tubi, slalom e passerelle. Il mio compito era quello di fotografare tutto nella mia testa e poi di trasmetterlo a Ulisse. Gareggiare per noi era un gioco, un divertimento, ed era qualcosa che ci veniva naturale. Lui eseguiva ogni mia richiesta intuendo il mio sguardo. Era un'intesa silenziosa tra i nostri occhi. La gente si ostinava a parlare per far afferrare un concetto perché non riusciva a farlo con altre parti del corpo. Ma tra me e Ulisse era diverso, le parole erano superflue.

Tutto era nato tanti anni fa, quando mio padre mi aveva regalato, per il mio sesto compleanno, un cucciolo di Australian Shepherd. Ero tornato a casa con il broncio perché nessuno si era ricordato di me e di comprarmi un regalo. Non appena avevo varcato la soglia, mio padre si era precipitato per invitarmi ad accomodarmi in salone. Di fronte a me c'era una scatola enorme, tempestata da piccoli fori e stelle dorate. Mi aspettavo di trovarci dentro uno dei giochi che avevo visto in una pubblicità. L'avevo aperta e avevo scovato, nascosta da tanta carta, una pallina simile a quelle da tennis. Ero piuttosto deluso, ma non volevo ammetterlo. Poi mio padre mi invitò a chiudere gli occhi. Percepii qualcosa di caldo sopra le mie gambe e trovai un cucciolo di pochi mesi, un bellissimo batuffolo di pelo con due puntini azzurri che mi fissavano. Avevo iniziato a singhiozzare dalla felicità. Era il regalo che avevo sempre desiderato. Lui fu il mio primo cane e anche quello di papà, poi ci fu Argo e infine Ulisse, l'ultimo della generazione. Erano stati i miei migliori compagni di viaggio.

Eccomi qua, in mezzo a una massa di gente che sgomitava per superare gli altri e osservare tutto in prima linea.

Ero davvero concentrato, mi portavo in continuazione una mano al mento come nel tentativo di memorizzare meglio e… signore e signori, davanti a me c'era la smorfiosetta. Si atteggiava pure in un contesto dove non era necessario, camminava in modo elegante e gettando continuamente i lunghi capelli dietro le spalle. Si muoveva a passi lenti e spostava gli occhi sopra ogni cosa. Ci mancava solo che tirasse fuori il quaderno degli appunti. Come si dice? Se conosci il tuo nemico e te stesso, la vittoria è assicurata. Eccoti accontentata.

«Ti servono un goniometro e un compasso per misurare anche gli angoli?», la stuzzicai raggiungendola. «Forse c'è una cartoleria in zona. Vuoi che cerchi su around me?».

Si voltò e la sua espressione seria cambiò all'istante. Aveva lasciato spazio a qualcosa di più… imprevedibile.

«Oh, ma ancora lei? Nessun tombino aperto per metterla KO?».

Aveva tirato fuori l'artiglieria pesante. Non la credevo così preparata.

Mi girai e iniziai a camminare all'indietro, proprio per osservarla direttamente in faccia. «Contenta di rivedermi, eh? Sembri un po' tesa, paura di perdere?».

Sbuffò e alzò gli occhi al cielo. «Sciocchezze, io non perdo mai. Piuttosto vedi di non cadere tu addosso a qualche ostacolo… Sai, visti i precedenti».

«Ma questa acidità è un trattamento speciale riservato a me o fai così con tutti? Ti consiglio di essere un pochino più carina e disponibile con la gente».

Fece spallucce. «Mmm, no. Semplicemente odio le persone come te, ne sono proprio allergica», arricciò il naso e imitò uno starnuto. «*Etciù*, hai visto?».

Poi sfoderò un sorriso angelico e diabolico al tempo stesso.

«E io quelle come te», replicai. «Ma vedi, sei come uno di quei motivetti antipatici che non ti levi più dalla testa. Che conosci a memoria e ti pare di sentire ovunque. Hai presente?».

Si bloccò all'istante e portò le mani sui fianchi. Una posizione molto sexy, dovevo ammetterlo. Gambe leggermente divaricate, petto in fuori, guance rosse e labbra contratte in una smorfia. Chissà se erano vere o rifatte? Erano gonfie ma troppo perfette per essere merito di un ritocchino chirurgico. «Senti, qualcuno ti ha pagato per farmi innervosire? Magari qualche altro partecipante? No, allora vorrei sapere perché questo non ti è bastato». Rimarcò il concetto mostrando la fede.

Pensava di avere tra le mani il potere de *Il signore degli anelli*?

«Fossi in te farei attenzione a tutto quell'oro che indossi».

Alzò un sopracciglio. «Come scusa?»

«Spero che il tuo vecchio abbia una buona assicurazione in caso di smarrimento», sfoderai il mio sguardo pari a un sinistro dritto in faccia. «Ha più o meno di sessant'anni? Anche se per voi donne, che avete sempre la scusa del mal di testa…».

Non aspettai una sua risposta e la salutai. «Be', direi che il percorso l'ho visto e ti auguro tanta fortuna. Ne avrai bisogno. Io vado, tu resta pure nel tuo meraviglioso mondo di Favolandia», e la lasciai lì, facendo un *ciao ciao* con la mano. Mi sembrava di sentire nell'aria la "o" finale della parola stronzo. O era di in bocca al lupo?

La gara era iniziata e già cinque partecipanti avevano eseguito il percorso correttamente e con ottimi risultati. Mi sbagliavo nel sottovalutare i miei avversari, non se la cavavano male. I loro cani erano agili e scattanti, rispondevano a ogni comando senza alcuna esitazione come fosse la cosa più naturale al mondo. L'agility dog non era solo una disciplina, ma un gioco di squadra, e il cane si divertiva sapendo di ottenere delle ricompense alla fine di ogni esercitazione. Vedevi le razze più disparate correre e saltare tutti gli ostacoli, sempre tenendo l'attenzione davanti a loro e sul proprio proprietario. Riuscivano a fare due cose contemporaneamente e potevo giurare di scorgere dei sorrisi sul loro muso canino. Sapevano che a fine percorso qualche leccornia sarebbe finita direttamente nella loro pancia.

Una voce annunciò il cane numero 96 e il nome di Isabel Borgia. Un nome, un programma. Seguii la figura della smorfiosetta accompagnata dal suo cane, pronta sulla linea di partenza. Un fischio le invitò a partire. Le sue gambe esili scattarono in contemporanea alle zampe del suo cane, pronta a fare due salti consecutivi e la prima passerella. L'ostacolo successivo, lo slalom, era quello più difficile nel mantenere il tempo. Mi ricordavo i primi mesi trascorsi a incitare Ulisse a entrare dalla prima porta, sempre attento a fargli posare una zampa lasciando il paletto alla sua sinistra. Dopo settimane di esercitazioni, anche la seconda, la terza e quarta porta potevano essere avvicinate per eseguire uno slalom perfetto.

Non erano per nulla male e quella ragazza sembrava un'altra persona mentre correva con il suo cane. Appariva diversa, spensierata, più bella di quanto già non fosse.

E va bene, era notevole e dannatamente sexy, anche se non da rientrare nei miei parametri di bellezza. Avevo sempre preferito le donne più in carne, con forme generose e dai tratti mediterranei. Lei era l'esatto opposto. Sembrava più una bellezza nordica, fredda, con quei lunghi capelli color del grano e una spolverata di lentiggini sul naso. Era alta ma molto magra, il corpo era tonico, ma aveva un viso dall'incarnato troppo pallido. Non saprei dire, c'era qualcosa che non mi convinceva. Erano anni che non facevo sesso con una tipa come lei e forse ero ormai abituato al corpo di Regina, più burroso e più accogliente. Se dovevo toccare un corpo femminile, volevo sentirlo tra le mie mani, stringerlo e afferrarlo. Non contare le ossa.

La donna che fino a un attimo prima mi era apparsa rigida e perfetta, ora sembrava trasformata. La vedevo senza alcun tipo di freno, con i capelli che volteggiavano come stelle filanti all'indietro e con gli occhi colmi d'amore verso il proprio cane. E…

Oh, no, no, no! Merda!

E poi quel corpicino che stavo ammirando con tanta attenzione finì a terra. Non servì a nulla il tentativo di aggrapparsi al paletto, anzi peggiorò solo la situazione. Un coro di *ohhh* e *che peccato* accompagnò la sua caduta.

Purtroppo una svista del genere sarebbe costata una penalizzazione tale da non poter pensare di salire sul podio. Frida corse verso di lei, preoccupata e cercò di confortarla con il suo naso umido.

La smorfiosetta si mise carponi con la testa bassa. Il luogo era troppo affollato per poter udire qualcosa, ma ero certo di vedere le sue labbra muoversi. Rimase in quella posizione per qualche secondo e poi si accovacciò per allacciarsi la scarpa. Svelato il mistero: era inciampata sui suoi stessi lacci.

Baby, allacciare le cinture di sicurezza fa parte dell'ABC di una gara.

Capitolo cinque
Isabel

Non è mai esistito un fiocco di neve che fosse uguale a un altro, e sai perché? Perché la neve se ne frega, mentre noi cerchiamo di uniformarci.

La delusione mi trafiggeva. Mi ero infilata nel letto incapace di reagire e di trovare un diversivo per non pensare a quanto era accaduto. Ma più mi sforzavo, più la mia mente continuava a visualizzare quella scena a rallentatore. Il mio piede che pestava il laccio, la gamba che cedeva, i miei occhi che sembravano due sfere pronte a esplodere e poi uno *sbang*.

Mi ero dedicata con tutte le mie forze a un'avventura e poi avevo deluso chi credeva in noi, avevo deluso me stessa. Quello era l'aspetto peggiore.

Frida era perfetta, stavamo andando così bene, sarebbe bastata una manciata di secondi per terminare la gara in maniera eccellente e invece una scarpa slacciata aveva decretato un finale inaspettato.

«Amore, vedrai che la prossima volta andrà meglio. Non è colpa di nessuno», mi consolava Mattia, tirandomi su le coperte fino al collo.

Mi girai e mi rigirai, incapace di trovare una posizione comoda. Non solo i pensieri avevano deciso di non darmi tregua, ma sembrava che anche il mio corpo non riuscisse a trovare sollievo. La sensazione era quella di essere avvolta da lenzuola tempestate da spilli.

«No, la prossima volta non andrà bene perché non ce

ne saranno altre. Sventolo bandiera bianca. Comandante, mi arrendo! Tu non hai idea della figura che ho fatto, e non puoi saperlo perché non eri lì mentre altre duecento persone mi stavano guardando e giudicando». Sputai quelle parole senza riuscire a controllarmi. «Spero di non ritrovare la mia fotografia in qualche rivista con il titolo *Colpa del laccio: come un cane talentuoso può dire addio alla medaglia d'oro a causa del suo padrone*».

Mattia mi scrutò serio. «Non la stai facendo un po' troppo tragica? Lo so benissimo quanto tempo hai dedicato a tutto questo, e io ho sempre appoggiato ogni tua decisione. Ma basta Isabel, non devi fartene una colpa. Può capitare anche ai migliori, vuoi che ti dica quante stronzate faccio quotidianamente?».

Afferrai un cuscino, lo posizionai tra me e Mattia, e lo abbracciai stretto. Certe volte mi piaceva rotolarmi così su un fianco, e allungare un braccio fino a raggiungere la sua pancia. Era un gesto che mi confortava e rilassava.

«No, non c'è bisogno. Poi non ci credo neanche, tu sei perfetto così come sei e di sicuro non avrai mai fatto uno scivolone come il mio». Sospirai. «Frida non se lo meritava, lei era eccezionale… dovevi vederla».

«A Frida basta ricevere una tua carezza o un biscottino e tutto passa. Cerca di non pensarci e dormici sopra. Vedrai che domani ritroverai l'energia e lo spirito giusto per ricominciare… presto dimenticherai tutto».

«Sì, sì, come no», bofonchiai con un tono scocciato.

«Al massimo troverai il video caricato su Youtube. Ah, ah, amore, ma ci pensi? Voglio assolutamente vedere la tua caduta a rallentatore», terminò soffocando una risata.

Lo trovava divertente, peccato che non fossi dello stesso parere.

Mi sollevai sui gomiti e lo guardai fisso negli occhi, sfidandolo. «Il compito di un marito non dovrebbe essere quello di tranquillizzare la propria donna?».

Mattia non perse tempo e mi afferrò per un polso, attirandomi a sé. Dalla rapidità del gesto, andai quasi a scontrarmi contro il suo volto. Il profumo della sua pelle riempiva non solo la camera da letto, ma anche i miei polmoni. Era così buono. Sfoderò quel suo sorriso capace di farmi dimenticare tutto il resto, il suo respiro riusciva a calmarmi. Una scintilla di passione passò dal suo corpo al mio, un filo invisibile di corrente ad alto voltaggio in grado di generare un black out. Non conoscevo il suo trucco, ma quella magia tra di noi funzionava sempre. Posò l'indice sopra entrambe le mie labbra e poi lo fece scivolare giù, sollevandomi leggermente quello inferiore. I suoi occhi erano fissi sulla mia bocca e carichi di desiderio.

Stavo per stringere e racchiudere il suo dito tra i denti, quando un rumore ci colse alla sprovvista. «Ma cosa diavolo è?», sbottai, mettendomi seduta. Quella specie di vibrazione continuò una seconda e una terza volta. Mi guardai intorno. Proveniva dal cassetto del mio comodino. Impiegai qualche secondo per capire che si trattava del mio cellulare. Non lo spegnevo quasi mai perché tanto nessuno mi disturbava durante la notte. In realtà nemmeno durante il giorno. Quindi chi poteva essere? Magari qualcuno che aveva sbagliato numero.

«Isabel, ma chi è che ti cerca a mezzanotte? Non sarà mica successo qualcosa di grave?», mi domandò Mattia. La patina di eccitazione sul suo volto si era dissolta.

«Ah, non ne ho proprio idea. Non credo perché ha già smesso, e poi chi mi conosce di solito chiama e non manda dei messaggi», risposi aprendo il cassetto.

Qualcosa, sul display ancora illuminato, catturò la mia attenzione: c'era una richiesta di amicizia in sospeso e un messaggio privato. Feci scorrere il pollice sullo schermo e schiacciai il tasto dell'applicazione di Facebook. La richiesta di amicizia era di un certo Andreas Keller. Andreas, Andreas, perché quel nome non mi era nuovo? Scavai tra i ricordi per afferrarlo, ma niente. Non mi restava che entrare nel suo profilo. Mi bloccai all'istante.

Brutto maleducato che non sei altro, pensai tra me e me.

Come si permetteva di cercarmi sui social? La foto in bianco e nero era inequivocabile: sguardo severo, labbra carnose, barba incolta e una testa rasata che spuntava al di sotto di un cappellino sportivo con la visiera. Però, ne aveva di coraggio. Il mio primo pensiero fu quello di annullare la sua richiesta di amicizia e rimettere il telefono a posto, ma la curiosità non voleva saperne. Cliccai e recuperai il messaggio. Lo schermo si riempì con un foglio bianco con la scritta "Puoi scusarmi?", agganciato a una cordicella che pendeva dal collo di un cane. Doveva trattarsi di Ulisse. La foto mi fece sorridere. Immaginai un cane che chiedeva scusa a me e a Frida per avergli soffiato il posto sul podio. Poco dopo arrivò un altro messaggio:

3 aprile 2015 ore 01:14

Ciao Isabel! Dovevo cercare una scusa plausibile per scriverti a quest'ora. Mi dispiace per quello che è successo ma non è colpa di nessuno, sono incidenti di percorso. Mi auguro di incontrarti presto in un'altra occasione. Buonanotte.

Andreas.

P.S. Ulisse ha fatto del suo meglio per strapparti un sorriso, ci è riuscito?

Eh, no. Tutto potevo accettare ma non un consiglio dato da uno come lui. Cosa pensava? Che bastasse una foto e un messaggio per cancellare l'accaduto? Facile per lui, visto che si era aggiudicato la medaglia di bronzo e non doveva convivere con il disagio di aver fatto una figura pessima come la mia.

«Ehi, tutto a posto?», chiese mio marito un po' confuso dal mio improvviso silenzio.

Annuii. «Sì, amore. Ma tu guarda… ora ci si mettono anche le discoteche a invitarti alle serate tramite SMS. Come avranno preso il mio numero?», tentai di recitare la mia parte e depistarlo.

Volevo davvero dirgli una bugia? No, cercavo solo di evitare una discussione. Tra di noi non c'erano segreti ma quello non mi sembrava il momento adatto per affrontare l'argomento. In fondo era una cosa di poca importanza, no?

«Io ho un vago presentimento su chi sia il colpevole e forse lo sai anche tu, però ti consiglio di chiamare il gestore e bloccare i messaggi in entrata. Purtroppo hanno trovato la persona sbagliata…», si divertì a punzecchiarmi.

Già, la persona sbagliata. Tornai con lo sguardo sulla chat e sospirai. Ignorai il messaggio e spensi il cellulare.

Che vada al diavolo, esplosi prima di girarmi verso Mattia. La notte mi avrebbe aiutato a scacciare via quella sensazione di fastidio.

La mattina seguente mi svegliai con un cerchio alla testa. Lo specchio mi restituiva un'immagine molto poco invitante. Bastava una notte agitata per farmi spuntare due occhiaie così marcate? Mi sciacquai il volto e iniziai a truccarmi, passando una buona dose di correttore e fondotinta. Neanche un mago poteva salvarmi da quel disastro. Stavo per legarmi i capelli quando il cellulare suonò. Lo controllai ed era un altro messaggio, sempre di Andreas. Sì, lo strafottente Andreas Keller.

Ma che *disturbo* aveva? Ma soprattutto: che voleva ancora da me?

3 aprile 2015 ore 7:45

È davvero un peccato, il tuo silenzio conferma la mia teoria. Rispondere è educazione. Detto ciò, è stato un vero piacere parlare a senso unico con te.

Buon proseguimento di vita, smorfiosetta.

Dovetti stropicciarmi gli occhi per essere sicura di aver letto bene. Passi il nomignolo di smorfiosetta, ma l'idea di essere considerata una donna maleducata, proprio no. Tutto mi si poteva dire, ma non maleducata. Mi prudevano le dita per il bisogno impellente di rispondere in modo scortese e mandarlo direttamente a visitare un noto paese, ma contai fino a dieci.

Inspira ed espira, Isabel. Inspira ed espira. Ok, rispondiamo.

3 aprile 2015 ore 7:48

Carissimo Andreas, ma buongiorno anche a lei! Di tutti i messaggi ricevuti l'unica cosa che ho gradito era la foto di Ulisse. I miei più sentiti complimenti al suo cane. Almeno lui è dotato di senso dell'umorismo e di fascino, molto fascino.

Cordiali saluti, Isabel.

Invio. Merda.

No, no, no. Tentai di premere più volte sopra lo schermo per bloccare in qualche modo quel messaggio. Troppo tardi.

Ma che avevo scritto? Sembrava un'email mandata all'attenzione di qualche datore di lavoro, ci mancava solo l'allegato del curriculum a completarlo. Che patetica. Ora capivo perché non usavo mai i social: ero un pericolo pubblico.

Per qualche insolito motivo restai in attesa a osservare lo schermo e a battere nervosamente il piede a terra. Non sapevo se sperare di vedere la scritta "visualizzato" o se preferire un suo silenzio. Anche un emoticon poteva andare bene, purché evitasse di dire realmente cosa pensava. Aveva solo l'imbarazzo della scelta.

Aiuto, panico! Isabel vedi subito di calmarti, continuai a ripetermi come una brava maestrina. Stava digitando. Tanti puntini comparirono nella schermata della chat.

Ma quanto aveva da scrivere? Le possibilità erano due: o era incapace di usare la tastiera o stava stilando il proprio testamento. Giuro che mio padre era più rapido.

3 aprile 2015 ore 7:50

Ok.

Alt, fermi tutti! Qui c'è qualcosa che non va.

Ooookkkay? Che significava ok? E poi con tanto di punto alla fine? Neanche tre puntini di sospensione. Pure taccagno con i simboli.

Aveva impiegato esattamente due minuti per scrivere due semplici lettere. E un punto! Che nervi mi faceva venire quel tizio. Era preferibile il silenzio a un ok che diceva tutto e niente.

Cancellai la chat e trovai sollievo solo quando vidi sparire quella futile conversazione. Sbuffai e finii di prepararmi. Aria fresca, ecco di cosa avevo bisogno.

«Frida?».

Una valanga di trenta chilogrammi corse verso di me, iniziando ad agitarsi e saltellare sul posto, indicando il cassetto dove tenevo il guinzaglio. Le sue zampette si muovevano veloci e il fondoschiena andava a ritmo con la coda.

«Miseria santissima, sta' un attimo ferma», le ordinai, cercando di moderare il suo entusiasmo. «Amore, ti dispiace se questa mattina andiamo a fare colazione al bar?», domandai a Mattia comparendo sulla soglia della cucina.

Lui era già seduto al tavolo e con gli occhi fissi sul televisore. Stava guardando il telegiornale, proprio come ogni mattina.

«Amore, mi hai sentito? Andiamo a fare colazione fuori, ti va?», riprovai con più insistenza, alzando leggermente il tono.

Mattia si scosse da quello stato di torpore. «Scusami, mi ero incantato. È successo qualcosa, non stai bene?», mi domandò preoccupato, alzandosi di scatto.

Scossi la testa. «Semplicemente mi va di fare qualcosa di diverso e di prendere una boccata d'aria». Che cosa avevo detto di male?

Appoggiò una mano sul mio viso e fece scivolare il pollice sul mio labbro inferiore, solleticandolo. Non c'era traccia di esitazione in quel tocco e mi lasciai andare. I suoi occhi mi scrutavano, erano alla ricerca di qualcosa che non erano capaci di afferrare. Forse riusciva a leggermi dentro? Era un pensiero che iniziava a farmi paura. Ma no, mio marito si fidava di me. «Sicura che non c'è dell'altro? Mi sembri così strana, come scossa da qualcosa...», insistette cocciuto.

Gli baciai le nocche delle dita e cercai di apparire convinta. «Va tutto bene, ho solo voglia di uscire un po' prima per poi andare ad allenarmi con Frida».

La bocca di Mattia si distese in un ampio sorriso e le sue spalle si rilassarono. «Ma certo, mi hai fatto quasi preoccupare. Ti ho consigliato io di dormirci sopra e di ritrovare la carica giusta. Va bene, appoggio la tua scelta», mi rispose senza perdere il contatto tra i nostri occhi. «Non ti arrabbiare ma sono già in ritardo, mi faccio un caffè al volo e poi vedrò di rimediare con un pranzo più sostanzioso».

«D'accordo, non c'è problema. Vorrà dire che mangerò un buonissimo cornetto con la marmellata anche per te. Allora ci vediamo stasera?».

All'improvviso mi prese con decisione il viso, tenendolo stretto tra le sue mani. Sentivo il loro calore sprigionarsi sulla mia pelle. Erano forti e delicate al tempo stesso, e io amavo il modo in cui sapeva come usarle, differente in ogni situazione. «Cercherò di non fare tardi, ti chiamo verso l'ora di pranzo. Poi aggiunse. «Ti amo, ti amo tanto». Appoggiò la sua fronte contro la mia, senza interrompere il contatto dei suoi occhi sulla mia bocca. In quel tocco sentivo solo l'urgenza di marchiare a fuoco la sua proprietà. Sua moglie.

Anche io, amore mio. Anche io ti amo. Scusami se ti ho fatto preoccupare.

Quello fu il giorno in cui iniziai a raccontargli bugie...

Capitolo sei

4 aprile 2015 ore 9:05

Ok.

4 aprile 2015 ore 9:06

Ok?

4 aprile 2015 ore 9:07

Sì, è la mia risposta in ritardo al tuo messaggio di ieri. Ti è più chiaro adesso?

4 aprile 2015 ore 9:09

Già, mi ero quasi dimenticato. Ok, se lo dici tu…

4 aprile 2015 ore 9:13

Per la memoria consigliano degli integratori a base di fosforo, mentre recenti studi dell'università di Oxford hanno detto che latte e latticini aiutano a prevenire l'Alzheimer. Tu segna che può rivelarsi utile per la vecchiaia. Comunque non lo dico io, hai iniziato tu con la parola ok. O ricordo male?

4 aprile 2015 ore 9:15

Mi hai nascosto il fatto di essere un medico o il titolare di una farmacia? Sì, va bene, ho capito. Io la mia parte l'ho fatta e voleva essere un gesto carino nei tuoi confronti, non credo di averti mancato di rispetto in alcun modo. Ma cosa avrei dovuto rispondere al tuo messaggio di finta cortesia? Che risposta ti aspettavi?

4 aprile 2015 ore 9:18

Da bambina sognavo di diventare chirurgo, impazzivo per un gioco di società tanto in voga negli anni '90. Hai presente quello che ti rompeva i timpani se sbagliavi e perdevi il paziente? Poi ho scelto un'altra strada. Niente da dire, la foto con Ulisse era davvero simpatica, e fin qui tutto bene… ma poi volevi farmi passare per una persona maleducata e non ce l'ho fatta a trovare un modo più carino per replicare. Mi dispiace se non era quello che ti saresti aspettato. Sinceramente il tuo messaggio di ieri notte mi ha un po' stupito, tutto mi sarei aspettata tranne un contatto da parte tua. Non hai niente di meglio da fare che perdere tempo a cercare una persona su Facebook?

4 aprile 2015 ore 9:20

No, a parte che non vado mai a letto prima delle due e poi non vado a cercare, come dici tu, persone a caso con l'intento di disturbarle. Non sono uno stalker se è questo che pensi. Con te è una storia a parte, e poi non riuscivo a prendere sonno a causa tua. Non vedevo alternativa se non quella di trovarti e di scriverti.

4 aprile 2015 ore 9:20

Stai dicendo sul serio?

4 aprile 2015 ore 9:21

A cosa ti riferisci? Al fatto di non addormentarmi prima delle due o alla seconda parte?

4 aprile 2015 ore 9:21

Alla seconda.

4 aprile 2015 ore 9:22

Emoticon. Ma ti pare?

4 aprile 2015 ore 9:23

E io che pensavo fosse una tua tecnica collaudata per abbordare le donne, e invece devo constatare che mi trovo di fronte a un maleducato e basta. L'oroscopo di Paolo Fox aveva previsto una giornata pessima per il mio segno zodiacale, ma non mi aspettavo qualcosa di simile. Avrò quasi sicuramente tutti i pianeti contro di me.

4 aprile 2015 ore 9:24

E io mi trovo sempre più sorpreso dal tuo modo di trattare le persone e alla rigidità che hai nel reagire di fronte a delle battute. Torno a ripetere, voleva essere un gesto gentile ma sarebbe stato meglio evitarlo.

4 aprile 2015 ore 9:25

Che cosa? Rimarcare il fatto che tu hai vinto e io ho perso?

4 aprile 2015 ore 9:26

Non mettermi in bocca parole non mie. Mi dispiace per la tua caduta, ho visto la determinazione nei tuoi occhi e ti meritavi di vincere. Eravate davvero veloci, forse anche più di me e Ulisse. Spero che almeno queste parole facciano il loro effetto.

4 aprile 2015 ore 9:27

Per te è facile parlare così. Non hai fatto altro che prenderti gioco di me per tutto il tempo, mi stuzzicavi, mi scrutavi, cercavi di trovare i miei punti deboli. Eccoti accontentato, sarai soddisfatto adesso…

4 aprile 2015 ore 9:31

Mi sembra una cosa poco carina da chiedere a una donna, ma soffri di qualche complesso di inferiorità?

4 aprile 2015 ore 9:32

E tu soffri di manie di protagonismo?

4 aprile 2015 ore 9:34

Isabel, Isabel…

4 aprile 2015 ore 9:34

Andreas, Andreas…

4 aprile 2015 ore 9:36

Conosco il mio nome, ci convivo da ormai trent'anni. È anche bello, l'ha scelto mia madre.

4 aprile 2015 ore 9:37

E io conosco i tipi come te e gradirei, se possibile, non essere mai più disturbata.

4 aprile 2015 ore 9:38

Ok.

4 aprile 2015 ore 9:38

Questa cosa sta diventando davvero fastidiosa! Giuro che se non la smetti di scrivermi ok, vengo a casa tua e ti stacco dalla tastiera la lettera o e la k.

4 aprile 2015 ore 9:41

E provaci, sono qui che ti aspetto e ti offro anche un caffè. Ma dubito che valga la pena farsi un viaggio fino a Torino solo per questo. Poi, dimmi un po', questo gioco deve durare ancora per molto? Perché io starei lavorando e il mio tempo libero sta per esaurirsi.

4 aprile 2015 ore 11:25

Isabel, ci sei?

4 aprile 2015 ore 11:45

Dài, stavo scherzando…

4 aprile 2015 ore 12:58

Come preferisci, buona giornata anche a te.
Andreas.

Messaggio non visualizzato.

Capitolo sette

Andreas

Vieni, stringiti a me e facciamoci una foto. Ti prego, non la cancellare se non ti piaci. Sei più bella quando non sei in posa.

Varcai la soglia del pub e una folata d'aria calda mi colpì all'improvviso. Il locale era intriso di odore di fritto e di birra, e in quel momento il mio stomaco si risvegliò e brontolò al solo pensiero. Erano trascorse più di dodici ore da quando avevo fatto l'ultimo pasto sostanzioso e la fame iniziava a farsi sentire ad alta voce. Il Kingcross non era uno di quei luoghi in cui portare una donna, a meno che uno non cercasse un pretesto per essere scaricato. Però era il punto di ritrovo con i miei amici di vecchia data, ogni giovedì sera ci incontravamo per qualche ora di svago per soli uomini, pronti ad abbuffarci di patatine fritte e hamburger. O scolarci almeno due medie bionde e brindare a noi.

Adocchiai Massimo seduto al nostro solito tavolo e mi avvicinai.

«Era ora, ma vi siete messi tutti d'accordo per fare tardi?», domandò quasi scocciato alzandosi per darmi una stretta di mano.

Doveva essere stanco o aver avuto una di quelle giornate in cui manderesti al diavolo il resto del mondo, perché il suo viso appariva spento e gli occhi erano segnati da occhiaie scure. Preferii non chiedergli niente.

«Vabbè, manca solo Davide ma sai che non è una gran novità. Io oggi ho fatto tardi al lavoro, dovevo assolutamente finire di riparare un'auto da consegnare domani. Purtroppo quando uno ha bisogno di questi», dissi, sfregandomi il pollice contro l'indice. «Non hai molte altre scelte e devi fermarti anche oltre l'orario di chiusura, che ti piaccia o no».

Con una mano tesa in avanti Massimo mi bloccò, come a invitarmi a non aggiungere altro. «Per favore, non iniziamo a parlare di soldi che poi mi deprimo. Giusto oggi Sabrina mi ha ricordato che siamo fidanzati da sei anni e tutte le sue amiche sono già sposate o hanno figli», andò indietro con il busto per aderire meglio allo schienale della panca. «Non so più come farglielo capire... non abbiamo soldi a sufficienza per sposarci, almeno finché lei non trova di nuovo un lavoro e possiamo mettere da parte una piccola somma».

«Dipende anche dal modo in cui cerchi di spiegarglielo. Però alla fine non ha tutti i torti, state bene insieme e perché non fare questo passo? Non c'è bisogno di una cerimonia in grande stile, potete fare anche una cosa semplice e raccolta».

Massimo scosse la testa. «Raccolta, intima?», scoppiò a ridere come se avessi detto la cosa più ridicola del mondo. «Sabrina pretende una cerimonia fatta come Dio comanda, lei dice che la sua famiglia può darci una mano ma non sono d'accordo. Il matrimonio è una cosa nostra e siamo noi a doverne affrontare le spese, non voglio dipendere da altre persone e avere debiti con loro...».

«Be', ma non è un debito...».

Sgranò gli occhi. «Ehi, amico... ma tu da che parte stai? Pensavo fossi del mio stesso parere», sferzò il colpo.

«Ma certo che sono dalla tua, ma la vostra situazione è

totalmente diversa. Tu e Sabrina vi conoscete da quando eravate dei bambini, avete fatto praticamente tutte le scuole insieme e poi avete cominciato a frequentarvi. Direi che è l'ora di ufficializzare la cosa».

Una voce risuonò alle nostre spalle, interrompendo la conversazione. «Ciao ragazzi, scusate il ritardo ma non trovavo un buco dove parcheggiare», ci salutò Davide prendendo posto a sedere.

«Sì, il parcheggio... piuttosto fai prima a dire che ti eri addormentato dentro la vasca da bagno».

Davide lavorava per una nota azienda informatica e da qualche mese l'avevano promosso, offrendogli una ghiotta opportunità di crescita a Milano. Inizialmente era stato un po' titubante, visto che non aveva intenzione di abbandonare la *sua* Torino, ma di fronte al nuovo stipendio non aveva avuto più dubbi. Ogni sera, al rientro dopo il viaggio in treno, si preparava un bagno caldo e si rilassava ascoltando della buona musica. A volte si rilassava fin troppo, tanto da cadere in un sonno profondo da cui neanche i colpi secchi sulla porta, che sua madre batteva con decisione visto che aveva bisogno del bagno, potevano risvegliarlo.

Davide si portò una mano al petto, come se l'avessero colpito. «Beccato!», e si ricompose subito. «Su, ordiniamo? Ho interrotto qualche discorso interessante?».

Massimo fece un lungo sospiro e io alzai la mano per chiamare una cameriera. «Sì, stavamo parlando di me e Sabrina. Andreas è dell'idea di organizzare il matrimonio senza pensarci troppo sopra...».

Davide mi guardò e si morse una guancia. «Ah, ragazzi! In queste cose non voglio proprio entrare. Sapete come la penso e non credo che il matrimonio sia una buona idea per le coppie d'oggi...». Fece una pausa, guardando dritto Massimo negli occhi e puntandogli un dito contro. «Mio nonno sostiene che il matrimonio è la tomba di ogni rapporto. Bisogna viverla così una relazione, prendere quello che viene e se va male, allora fai "ciao ciao" con la manina e tutto torna come prima».

Scoppiai a ridere per quella perla di saggezza. «E poi si domanda perché non trova uno straccio di donna. Tu le spaventi con questi pensieri», lo presi in giro. «In parte sono d'accordo perché anche per me il vincolo del matrimonio è una puttanata. Non devo firmare niente per promettere amore eterno a una donna, anche se io non credo alla formula "e vissero felici e contenti", però è anche vero che se pensi che sarà quella la persona giusta, allora il passo si può anche fare».

Massimo e Davide si bloccarono all'istante. I loro sguardi indugiavano su di me. Cosa mi ero perso?

«E da quando parli così? Forse Regina è riuscita a farti mettere la testa a posto?».

Una cameriera si avvicinò al nostro tavolo per prendere le ordinazioni. «Sempre il solito, ragazzi?»

«Cristina, o dolce Cristina, sei sempre un passo avanti a noi», iniziò a prenderla in giro Davide. Sapevamo che non le era del tutto indifferente, solo che gli mancava il coraggio di invitarla a uscire con lui.

Lei, di fronte alla sua risposta, fece spallucce. «Ovvio, sono una donna. Non potrebbe mai essere il contrario», lo schernì e continuò seria: «Quindi iniziamo con tre medie bionde, due cheeseburger e due porzioni di patatine fritte?», chiese per conferma.

«Tutto corretto», replicò Davide con aria sorniona e sfoderando un sorriso malizioso.

Cristina si lasciò andare a una risata e si mordicchiò il labbro inferiore. «Bene, e ho vinto qualcosa di interessante?», lo provocò.

«Oh, ohhhhhh», ci limitammo a dire all'unisono.

Davide scosse la testa, chiaramente colpito. «Come premio c'è un invito a cena, dipende da te se vuoi riscuoterlo o meno…».

«Possiamo parlarne…», e gli fece l'occhiolino. «Ragazzi, torno dopo con il vostro ordine», e si allontanò.

Massimo diede una gomitata a Davide. «Ma tu dimmi se dovevi aspettare una sua mossa per deciderti a invitarla fuori. Sei proprio un pappamolle…».

«Ehi, andiamoci piano con le parole e poi fino a poco fa stavamo facendo il terzo grado ad Andreas».

«Già», confermò Massimo. «Però non lo assilliamo troppo, che se fa scappare pure Regina poi dobbiamo accudirlo noi. Io mi ero stufato di averlo sempre tra i piedi a casa, eh», si prese gioco di me.

«Non mi sono mai autoinvitato, mi pare…».

«Dài, non essere permaloso! Alla fine non ci hai raccontato com'è andata la gara, hai sbaragliato la concorrenza?».

Annuii. «Be' ho conquistato la medaglia di bronzo, non mi lamento. Poteva andare meglio ma c'è sempre tempo per rimediare…», feci una pausa. «Più che altro Ulisse era poco concentrato per colpa di una cagnolina. Già non è facile trovare un cane della sua razza, ancora di più una con la stessa macchietta a cuore sul muso».

«Per fortuna era solo Ulisse quello poco concentrato», commentò Davide divertito.

Non confermai e non negai. Un silenzio avvolse il nostro tavolo e gli occhi di Massimo e di Davide mi scrutarono con aria curiosa.

«C'è qualcosa che vuoi raccontarci?».

Scossi la mano. «Naaaa, niente di così importante. C'era la sua proprietaria che non era niente male, e parlo come concorrente. Solo che si è dimostrata scontrosa fin da subito e sapete come sono fatto... detesto essere sfidato da una donna», mi giustificai.

«Ti ha puntato una pistola alla testa? Perché diversamente non riesco a capire cosa può aver combinato».

«Stupidaggini, Ulisse mi ha fatto sbattere contro di lei e ho provato a chiederle scusa, ma lei niente... irremovibile! Ha pensato che ci provassi e non ha fatto altro che mostrarmi la sua fede e prendersi gioco di me per tutto il tempo. Quando è arrivato il suo turno stava andando davvero da Dio, ma la sfiga ha voluto che cadesse e quindi ha dovuto salutare la gara».

«Ooooook, fino a qui non c'è niente di male», giudicò Massimo, restando concentrato su di me.

«Poi ho provato a cercarla su Facebook per dirle che mi dispiaceva, anche se non avevo niente a che fare con la sua caduta. E diciamo che non ha reagito ai miei messaggi come avevo previsto».

«Andreas, perdonami... ma perché dovevi scusarti con questa ragazza? Non era colpa tua. Non so, la situazione mi puzza un po'».

Alzai un sopracciglio e lo guardai serio. «Cosa vorresti dire con questo?», chiesi diretto.

«Ti devo ricordare che adesso convivi? Questo può bastarti come risposta?»

«Stronzate, l'ho fatto solo come gesto di cortesia. Che c'entra...».

«Cortesia o meno ti sei ricordato il suo nome e cognome e hai perso tempo anche a cercarla su Facebook».

«Ho impiegato giusto due secondi, ha un nome talmente poco comune che non mi è servito così tanto lavoro...».

«Sentiamo, e come si chiama questa ragazza?».

Intanto Cristina aveva portato le nostre birre. Speravo di spostare l'attenzione altrove ma conoscevo i miei amici e sapevo che non avrebbero mollato così facilmente.

«Oh, no. Non se ne parla! Per chi mi avete preso, mica sono così stupido da dirvelo».

Massimo e Davide si scambiarono un'occhiata d'intesa. «Abbiamo capito, è una gran figa!».

Non riuscii a trattenere una risata. «Mmm, sì, è bella... ma davvero non è il mio tipo», mi giustificai. «Non so più come dirvelo che non l'ho fatto per secondi fini, ormai mi conoscete... io scherzo e rido con tutti, poi non è un problema mio se le donne interpretano male le mie buone intenzioni».

«Vabbè, sarà meglio per te. Mi auguro che Regina non scopra niente o quella lì ti rovina la vita. L'ho già vista in azione e, ragazzi miei... fa davvero paura!», disse mimando il gesto di un taglio alla gola.

«Io non so davvero più cosa fare, non la tradisco, ho occhi solo per lei ma non sembra mai sufficiente. Perché le donne devono trovare per forza un pretesto per litigare? No, perché a volte sono certo che lo faccia per sentirsi dire quanto ci tengo a lei, ma non ha capito che a lungo andare questa cosa fa sfinire un uomo».

Massimo bevve un sorso di birra e poi appoggiò rumorosamente il boccale sul ripiano in legno, facendo fuoriuscire un po' di liquido. «Ascolta me. Basta che una volta a settimana lasci qualche bigliettino di buongiorno sparso per casa, senza dimenticarti di scrivere ti amo alla fine, compri una rosa rossa o dei cioccolatini e dici sempre sì… Non è poi così complicato».

Davide annuì. «Oh, giustissimo! E non dimenticare i cuori. I cuori, cazzo!».

«Ma smettila! Tu che ne vuoi sapere che non hai le palle per invitare una ragazza a uscire? Sei rimasto con la testa e con il cuore legati a Laura. Ma ormai lei se ne è andata… te lo dice anche la canzone».

«Sì, ma con un altro», esplose Massimo con una risata sguaiata che non tentò di moderare.

«Ridete, ridete… voglio vedere come sarete tra dieci anni. Bloccati a casa con una mandria di pargoli urlanti e una moglie con il pigiama felpato di Hello Kitty, con la ceretta da fare e con una molletta tra i capelli. Di sicuro io sarò un uomo ancora affascinante, anche se con qualche capello argentato qua e là. Si dice che con il passare degli anni la bellezza delle donne sfiorisca e che gli uomini acquistino fascino. Per me sarà sicuramente così…».

«Io spero di essere ancora qui tra dieci anni, visto che il lavoro mi sta facendo venire l'ulcera». Afferrai due patatine dal piatto e le mandai giù.

Lasciai Massimo e Davide a chiacchierare tra di loro, e controllai ancora una volta il mio cellulare. C'era la notifica di un messaggio, ma non era di Isabel.

Che cosa patetica, perché una parte di me attendeva con trepidazione una sua risposta?

In fin dei conti lei non mi doveva niente e io non ero interessato a stringere una qualsiasi amicizia. Almeno non dopo il suo atteggiamento. Avevo anche provato a curiosare su Facebook per andare alla ricerca di qualche informazione utile, ma il suo profilo era quasi tutto privato, solo per gli amici e lei, ovviamente, non aveva confermato la mia richiesta. Quindi spiacente.

Tra le poche informazioni visibili avevo scoperto che viveva a Roma e aveva un anno meno di me. Non gliene avrei dati più di venticinque, e quell'aria da sbarazzina ingannava molto. Probabilmente non usava molto Facebook perché la sua foto profilo risaliva a diversi anni prima e non mi dava l'impressione di una che perdesse tempo lì sopra. Probabile che mi sbagliassi, mi stavo limitando a fare delle supposizioni sulla base di quel poco che leggevo.

A differenza sua, decisi di fare una foto alla mia cena e di scattare un selfie con i miei amici. Era davvero una bella foto e noi tre formavamo un trio formidabile. La caricai subito, registrando la posizione e il locale, e rendendola visibile a tutti. Io non avevo niente da nascondere, anzi ero vanitoso ed egocentrico. Che guardasse anche lei, la mia vita andava avanti a gonfie vele pure senza la sua amicizia.

Capitolo otto

8 aprile 2015 ore 10:05

Buongiorno carissimo Andreas, ho visto che sei tra gli invitati alla gara che si terrà in Toscana. Mi puoi far sapere se ci sarai o meno? In base a quello deciderò per la mia partecipazione, grazie.

8 aprile 2015 ore 10:10

Ma buongiorno anche a te, mia cara! Sinceramente non ho ancora avuto modo di guardare l'invito. E tu come fai a saperlo? Sei andata a spulciare tutta la lista dei partecipanti? Però… che voglia!

8 aprile 2015 ore 10:11

Lo sapevo che era una pessima idea contattarti, e mi sto ancora chiedendo perché continuo a perdere del tempo prezioso a parlare con te. No, mi dispiace deluderti. Facebook ha deciso di prendersi gioco di me ed eri uno dei primi profili in evidenza nell'evento. Grazie Facebook, davvero grazie.

8 aprile 2015 ore 10:15

Ah, ok. Probabilmente ha solo capito come gira il mondo…

8 aprile 2015 ore 10:16

E come gira?

8 aprile 2015 ore 10:19

In senso anti orario.

8 aprile 2015 ore 10:24

Hai mai valutato l'idea di cambiare mestiere e metterti a fare il comico? Io ci penserei bene fossi al tuo posto, non è poi tanto male. Se invece sei così anche nella vita di tutti i giorni, inizio a chiedermi se sei uno dei tanti casi che vedo su *Real Time*. Per caso soffri di qualche malattia che accelera la crescita corporea ma fa rimanere il cervello indietro?

8 aprile 2015 ore 10:29

Ah, ah, questa mi mancava all'appello. E chi sarebbe ora il comico? Devo ammettere che quando ti ci metti sai essere anche spiritosa e reggi bene il gioco. Comunque non so ancora se parteciperò, ho appena controllato che c'è oltre un mese di tempo per iscriversi e devo capire anche in base al mio lavoro. In linea di massima è più sì che no.

8 aprile 2015 ore 10:31

Certo, capisco. Allora questo sarà uno dei miei prossimi desideri: pregherò ogni notte di non incontrarti. Spero possa essere sufficiente, anche perché Lourdes è un tantino fuori porta.

8 aprile 2015 ore 10:32

Io davvero non ti capisco. Toglimi una curiosità, perché hai questo astio nei miei confronti? Cosa ti ho fatto?

8 aprile 2015 ore 10:34

Cosa ti fa pensare che ce l'abbia con te?

8 aprile 2015 ore 10:39

Le tue risposte sono sottili come gli spifferi. *Brr*, senti che freddo.

8 aprile 2015 ore 10:41

Ma certo che no! Il problema non sei tu, ma il genere di persona che rappresenti.

8 aprile 2015 ore 10:42

Scusa, ma sono molto interessato all'argomento che hai appena tirato fuori. Quale sarebbe il mio genere?

8 aprile 2015 ore 10:44

Quello che più lo conosci, più lo eviti.

8 aprile 2015 ore 10:49

Ahhhhh, adesso si spiegano tante cose. Allora ti sarai sposata con un uomo zerbino, rugoso e pieno di soldi. Così facendo colmi con la bella vita la mancanza di altro.

Dài, dimmi che ho indovinato ;)

8 aprile 2015 ore 10:55

Carissimo Andreas, mi dispiace informarla che no, è proprio fuori strada. Non solo oltre le strisce continue, ma direttamente oltre il guardrail. Mattia non mi ha mai fatto e non mi fa mancare niente.

8 aprile 2015 ore 10:56

Ora sei tornata a darmi del lei? La mia ricerca su Google ha prodotto il seguente risultato: Mattia, nome di origine ebraica che significa "dono del Signore" e lo si invoca contro il vaiolo. Per carità, lascialo subito! Da' retta a me finché sei giovane e ancora in tempo… poi vai a leggerti il mio così puoi farti un'idea.

8 aprile 2015 ore 10:58

Come immaginavo, si fa riferimento solo a qualità fisiche: virile, forte, indomito… Il cervello non è contemplato?

8 aprile 2015 ore 11:01

Continua a esercitarti perché il tuo senso dell'umorismo è davvero arrugginito. Memorizza questo messaggio, così hai presente con chi hai a che fare se ci incontreremo alla prossima gara. Tutto questo per dirti che ti voglio ancora più determinata.

8 aprile 2015 ore 11:05

Invece mi sto preparando per portare Frida a esercitarsi un po'. Ne approfitto, oggi c'è bel tempo e la giornata è anche calda. Lei è già pronta qui con la pallina in bocca ad aspettarmi, e confido di battere il nostro record.

8 aprile 2015 ore 11:06

Sì, ma ricordati di allacciarti bene le scarpe.

8 aprile 2015 ore 11:08

Lo vedi come sei? Ho provato a deviare il discorso e iniziare una conversazione intelligente, ma ecco che siamo tornati al punto di partenza e senza aver lanciato i dadi. Non si può parlare seriamente con te e non c'era bisogno di ricordarmelo.

8 aprile 2015 ore 11:09

Ma che ho detto di male? Era solo un consiglio, mica una battuta per prenderti in giro.

8 aprile 2015 ore 11:10

A me non sembrava, magari mi sbaglierò.

8 aprile 2015 ore 11:10

Isabel, davvero, te lo giuro… non prendere sempre per vera ogni cosa che ti dico. So essere anche una persona altruista, ho anche io dei valori. Sono umano, cazzo!

8 aprile 2015 ore 11:11

E va bene, d'accordo, cercherò di crederti!
Cosa che non mi è facile pensando a te.

8 aprile 2015 ore 11:12

Perché, tu mi pensi?

8 aprile 2015 ore 11:20

No, ma che sciocchezze. Forse mi sono espressa male… è che sei un tipo difficile da dimenticare, tutto qui.

8 aprile 2015 ore 11:21

Invece credo di aver capito bene. Voleva essere un complimento?

8 aprile 2015 ore 11:22

Sei proprio… proprio…! Uffa, lasciamo perdere.

8 aprile 2015 ore 11:23

Ok.

8 aprile 2015 ore 11:23

Ti prego, non scrivermi più "ok". È una di quelle risposte che non mi vanno giù perché vogliono dire tutto e niente. Qualsiasi altra parola ma non quella, è qualcosa che non mi soddisfa perché non aggiunge niente al discorso.

8 aprile 2015 ore 11:24

Mi hai appena ricordato la sfida che mi hai lanciato qualche giorno fa. Non avevi detto che saresti venuta fino a Torino per staccarmi le lettere dalla tastiera? Se fai un salto fino a qui, è ancora valido il caffè per te e un biscotto per Frida. Ulisse si sacrifica volentieri per una bella cagnolina come lei.

8 aprile 2015 ore 11:35

Spiacente, non bevo caffè ma solo orzo. La caffeina mi rende nervosa.

8 aprile 2015 ore 11:46

Solo la caffeina? Perché mi sa che ci sono tante altre cose a renderti nervosa, tra cui il sottoscritto. Ora ti devo proprio salutare che il lavoro mi chiama, tu continua pure a restare sdraiata sul divano mentre la donna delle pulizie passa l'aspirapolvere. Non vorrei ti stancassi troppo. Ti auguro una buona giornata.

P.S. E buon allenamento per dopo.

Capitolo nove
Isabel

Non esiste né il momento perfetto né la persona perfetta, è una balla che raccontiamo a noi stessi quando qualcosa ci spaventa. Tu sei qui adesso, domani non lo so.

Uscii dal box doccia e tastai con gli occhi chiusi la parete alla ricerca del mio accappatoio. Il nuovo shampoo era troppo aggressivo, la sua schiuma mi aveva appena distrutto i dotti lacrimali. Continuai a toccare il muro finché non trovai l'accappatoio e mi coprii in fretta, avendo cura di appoggiare i piedi sopra il tappeto e non sulle piastrelle. Tamponai un po' i capelli e li sfregai energicamente per asciugarmi in fretta. Lo specchio era una patina di vapore, ci feci scivolare sopra una mano per pulirne una parte. Avrei finito dopo, ora non avevo tempo.

Contemplai il mio volto e feci diverse smorfie per scrutarmi meglio. Allargai la bocca a dismisura, feci una linguaccia e strinsi gli occhi fino a ridurli a due strette fessure. Ero sulla soglia dei trent'anni, e la sola idea mi metteva in allerta. La vedevo come una sorta di transizione tra la fase della spensieratezza e quella della maturità. Uno scoglio che comportava obblighi e doveri. Scossi la testa al pensiero, in fondo mancavano ancora otto mesi e avevo tutto il tempo per fissare un post-it nella mia testa e ricordarmelo più avanti.

Mi spostai in camera. Frida non si era lasciata scappare l'occasione per balzare sul letto e addormentarsi tra i cuscini gonfi di piume. Aveva addirittura nascosto parte del muso con la vana speranza di non essere colta in flagrante. La sua coda fu la prima cosa a tradirla. Appena mi vide iniziò a sferzare la coperta e a comporre una melodia di tonfi discontinui.

Tum-tum-pausa. Tum-pausa-tum-tum.

Feci qualche passo verso di lei. «Signorina, e tu cosa ci fai qui? Lo sai che non puoi salire eppure ogni volta provi a fare la furbetta. Hai la tua cuccia ai piedi del letto, bella calda e morbida… perché non ti basta mai?».

Al suono delle mie parole Frida si giocò la carta dello sguardo da cane abbandonato, quello che riservava per le occasioni simili, rotolandosi su un fianco e girandosi a pancia in su. Era davvero adorabile e non potevo che ringraziarla di essere entrata nella mia vita. Perché da quando c'era lei io mi sentivo meno sola.

Puntai i piedi a terra come una bambina, un po' per gioco e un po' perché era l'effetto che aveva su di me. «E va bene! Te lo concedo, ma solo per oggi e sarà il nostro piccolo segreto. Dovrò ricordarmi di cancellare le prove prima del rientro a casa di Mattia».

Frida si stiracchiò e allungò ancora di più le zampe anteriori. Quello sì che si chiamava stretching. Accompagnò il tutto con un sonoro sbadiglio, mettendo in mostra la sua lingua lunga e i denti aguzzi.

Aprii l'armadio e rimasi immobile, indecisa su cosa indossare. Forse era meglio qualcosa di comodo e pratico. Stavo per infilarmi dentro a un paio di leggings aderenti quando un rumore all'ingresso mi colse di sorpresa. Frida scattò in piedi e corse via, raschiando con le unghie sul parquet. Sembrava la porta di casa. Impossibile, Mattia non sarebbe tornato prima di cena. A meno che…

Mi precipitai di corsa e per poco non mi scontrai contro il corpo possente di mio fratello. «Simone, perché entri con le chiavi? Non si usa più il citofono?», sbuffai adirata, strappandogli il mazzo dalla mano. «Te lo darò indietro quando avrai imparato le buone maniere. Bisogna trattarti come un bambino per farti capire le cose».

Lui appoggiò entrambe le mani sopra le mie spalle e mi guardò fisso negli occhi. «Comunque ciao sorellina. Guarda e impara. Inspira ed espira, inspira ed espira». Si stava prendendo gioco di me. «Non sapevo di trovarti, di solito a quest'ora sei sempre in giro e non avevo voglia di aspettarti sotto. Così potevo approfittare un po' della tua connessione WI-FI».

Mi divincolai, riportando le sue braccia lontane dal mio corpo. «Anche dalla strada puoi usare la mia linea. Ti ho visto anche ieri appostato qua sotto. Ho come l'impressione che prima o poi qualcuno farà una segnalazione alla polizia, sembri uno stalker», lo accusai. Intanto Frida non la smetteva di saltellare e girare su se stessa come una trottola impazzita. Si lanciò alla ricerca della sua pallina e tornò poco dopo, facendola cadere ai piedi di mio fratello. Abbaiò tre volte per richiamare l'attenzione.

Simone la raccolse e la lanciò verso la stanza opposta. «E che c'è di male? Mamma e papà hanno cambiato gestore e stiamo aspettando che venga allacciata la nuova linea. Mi trovavo nei paraggi e mi sono fermato, così non spreco i miei giga».

«Sei davvero esasperante. Ventitré anni buttati nel gabinetto e con tanto di sciacquone tirato», continuai a rimproverarlo seguendolo in salone. «Mamma e papà li faranno presto santi. Alla tua età ero già fuori casa. Mi stupisco del fatto che ti parlino ancora dopo quel fatto…».

Simone si tuffò a peso morto sul divano. Feci un passo in avanti nel tentativo di spostare in tempo il tavolino di vetro, ma per fortuna non lo urtò con le scarpe. L'ultima volta era riuscito a far cadere un vaso di cristallo, che si era frantumato in un numero infinito di pezzi. Ogni tanto trovavo ancora qualche piccola scheggia sparsa per casa. Avevo smesso di ripetergli che doveva mettersi delle pantofole per camminare sul parquet e dentro casa mia. Simone, come la maggior parte degli uomini, strisciava i piedi e lasciava quei terribili segni sul pavimento che non andavano via neanche con la candeggina. In realtà anche Mattia lo faceva, ma aveva almeno la decenza di usare le ciabatte.

«Ancora con questa vecchia storia? Ero un bambino che voleva registrare i suoi cartoni animati, non potevo sapere che era la videocassetta del filmino del matrimonio! Ormai è acqua passata e hanno fatto i lavori in casa creando un ingresso indipendente per raggiungere la mansarda. Non mi sentono neanche…».

Afferrai con decisione le sue gambe appoggiate sopra il bracciolo e gliele rimisi per terra. «A proposito giacché sei qui, volevo ringraziarti per avermi inserito in una delle tue mailing list. Ti odio».

«Non c'è di che. La Star2000 è la nuova discoteca dove lavoro come PR, dovresti fare un salto a vederla. Ha anche una sala liscio al piano inferiore, ti ci vedo bene tra i tuoi coetanei!».

Mi morsi la lingua per evitare di replicare alla sua provocazione.

«Comunque dovresti rilassarti, neanche mamma e papà mi parlano in questo modo e perché dovresti farlo tu?»

«Forse perché si sono rassegnati?», risposi di getto. «Davvero non provi nessun fastidio a vivere così sulle loro spalle? Gli esami come vanno, ne hai dato qualcuno?»

«Senti chi parla, non mi pare che tu stia lavorando in fabbrica alla catena di montaggio. E gli esami... sì, ma Economia è difficile, ho bisogno del mio tempo per ingranare».

Ingranare? Erano trascorsi quattro anni dalla sua immatricolazione.

Fin da piccoli era stata piuttosto evidente la differenza tra me e Simone. Io ero la figlia modello, quella di cui tutti si complimentavano, cresciuta rispettando le regole di casa e con l'impostazione rigida delle suore. Mio fratello, invece, era sempre stato un po' ribelle, collezionava note sul registro di classe e cambiava continuamente scuola per evitare la bocciatura. La sua media scolastica era sempre stata pessima, e poteva contare sul diploma solo perché i professori avevano chiuso un occhio per levarselo dai piedi. Ne ero certa. Tutti pensavano che, una volta concluso il liceo, si sarebbe cercato un lavoro e invece arrivò il colpo di scena. Lasciò tutti senza parole, ma non la sottoscritta. C'era qualcosa che mi sfuggiva. Scoprii solo qualche tempo più tardi che si era iscritto alla facoltà di Economia perché i corsi erano frequentati da molte ragazze. Rinunciai a farlo presente ai miei, confidando che, prima o poi, avrebbero aperto gli occhi e visto la realtà dei fatti.

«Sì, ma i soldi di mamma e papà non aspettano i tuoi tempi. E poi io ho già una laurea e magari un giorno troverò il lavoro dei miei sogni, ma per il momento Mattia non mi mette fretta. Anzi, se le cose andranno per il verso giusto lavorerò nel suo nuovo studio».

«Allora puoi dire addio al tuo matrimonio». Si alzò svogliatamente dal divano e raggiunse la cucina. «Conosco un sacco di coppie che lavorano insieme e sai com'è finita?», mi domandò fermandosi sulla soglia della porta.

«Mmm, si sono sposate?», tirai a indovinare con un filo di voce.

«Ma no! Hanno chiesto il divorzio».

Sbang. Mio fratello aveva il dono della delicatezza. Era un angelo adorabile! Gli mancava solo una testa piena di soffici riccioli biondi e due ali dietro la schiena.

«Ma che dici… tu vuoi solo spaventarmi come al solito», replicai seguendolo come una bambina che aveva paura di perdersi per strada.

«Sono serio, un giorno mi dirai "mio fratello aveva ragione" e sarà il momento più bello della mia vita», ammise soddisfatto aprendo lo sportello del frigo e ficcando la testa dentro alla ricerca di qualcosa. «Birre è chiedere troppo?», mormorò spostando qualche sacchetto di frutta e un barattolo di sottaceti.

«A casa mia, sì. Comprale e portale qui così hai risolto…», gli feci notare.

Simone scosse la testa e rinunciò all'impresa. Chiuse il frigo, reggendo tra le mani una bottiglietta di limonata. «Vedrò di accontentarmi».

In quel momento il mio cellulare suonò una volta, poi un'altra e ancora una terza.

«Qualcuno ti sta cercando. Non vai?», esclamò indicando con la testa il telefono sopra il mobile d'ingresso.

Feci spallucce. «Saranno le solite pubblicità dei gestori, niente di importante».

Lui si appoggiò con il sedere contro il bancone della cucina e tornò a fissarmi serio. Aveva la bibita sollevata a pochi centimetri dalla sua bocca. «Non sei curiosa di sapere chi ti cerca con tanta insistenza? Guardami, sono curioso io al posto tuo…».

Restammo per un attimo a osservarci, nessuno dei due voleva distogliere lo sguardo. Sembrava di essere in un film ambientato nel Far West, dove i due duellanti si studiavano prima di sparare il primo colpo. Il telefono tornò a squillare e le labbra di Simone si distesero in un sorrisetto inequivocabile: aveva riconosciuto le notifiche di Messenger.

Feci un passo indietro, molto lentamente e Simone ne fece uno in avanti, molto velocemente. Potevo farcela, era sufficiente non farmi prendere dal panico ed essere più rapida di lui.

E invece no.

Fu una frazione di secondo. Simone mi spostò con un braccio, rischiando di darmi una gomitata, e si fece spazio per raggiungere di corsa il mio cellulare. Inutile il tentativo di aggrapparmi alla sua maglia per rallentarlo. La tirai a tal punto che il gesto fu accompagnato dal rumore di stoffa strappata. Era determinato a raggiungere il suo obiettivo e ce l'aveva fatta.

Vittorioso sollevò in alto il suo "trofeo", come se fosse la coppa più importante del mondo, e io per poco non scivolai sul pavimento. «È mio, tutto mio!», mi sfidò tutto orgoglioso.

«Dammelo subito, non sono cose che ti riguardano», lo

sfidai puntandogli un dito contro, cercando di apparire abbastanza severa.

«D'accordo, sicuramente sarà il tuo gestore. Quindi non c'è niente di cui preoccuparsi», sussurrò allungando la mano.

Appena le mie dita sfiorarono il telefono stretto nella sua mano, lui scappò via e si nascose dietro il divano. «Lo vuoi? Vieni a prendertelo...». Aveva le lacrime agli occhi per quanto rideva.

Era ufficiale: avevo un unico fratello ed era pure imbecille.

Ero disposta a tutto pur di tornare in possesso del mio telefono: iniziai a rincorrerlo. Qualsiasi persona fosse entrata in casa in quel preciso momento credo che ci avrebbe condotto in una clinica psichiatrica. Lo scenario era più o meno questo: Simone scappava imitando la mia voce e i miei insulti, io cercavo di afferrarlo e Frida, non avendo capito la situazione, si divertiva a saltarmi addosso limitando così i miei movimenti.

A un certo punto i miei polmoni chiesero pietà. O forse era la mia pazienza? «Ora basta, dammelo immediatamente!», esplosi fuori controllo.

Simone e Frida si bloccarono all'improvviso e mi fissarono. «Ok, d'accordo, però non scaldarti così tanto. Tu non hai segreti, vero?», domandò Simone con una certa ironia nella voce. «Però prima...», non terminò la frase che accese il display per leggere l'anteprima dei messaggi.

«Andreas, che nome interessante. Chi è?», domandò lasciandomi finalmente il telefono e prendendo il suo dalla tasca dei pantaloni.

«Era ora, sei davvero un cretino! Non esiste la parola privacy nel tuo piccolo e limitato cervello?».

Scosse la testa, continuando a picchiettare sullo schermo. Anche se non vedevo cosa stava facendo, ero certa di intuire le sue intenzioni. «Però, sorellina. Non ti facevo una ribelle...», scherzò mettendomi davanti l'immagine del profilo Facebook di Andreas e atteggiandosi come un culturista.

In quella foto sembrava ancora più intrigante, con i capelli più lunghi e un sorriso che illuminava il suo volto. Ecco, il sorriso era la prima cosa che guardavo in un uomo, avevo sempre pensato che fosse lo specchio del mondo interiore di una persona. Dicono che gli occhi lo siano per l'anima, ma avete mai pensato alla forza di un sorriso? Un sorriso non si può nascondere, certo, puoi soffocarlo con una mano ma il resto del volto ti tradirà. Ti coglie impreparato e ti fa sentire vivo ovunque ti trovi. Un sorriso ti fa vibrare il cuore. Mentre sorride una persona si mette a nudo. E Andreas mi stava mostrando tutto questo. Indossava una divisa da lavoro e aveva una guancia sporca di nero, forse di grasso. In quella foto afferravo la sua essenza.

«Ti blocco subito, non metterti in testa strane idee. Andreas è il padrone di Ulisse, partecipano anche loro a delle gare di agility dog». Mi sedetti accanto a Simone.

«Per carità, sono cose che non mi riguardano, ma tu non entri mai su Facebook e soprattutto detesti la tecnologia».

«Nella vita si può sempre cambiare, no?», risposi tentando di apparire convinta. Ma chi volevo illudere? Se non ci credevo per prima, chi altro poteva farlo?

Simone alzò un sopracciglio e si portò una mano al mento. «Tu? È impossibile, tu vivi nel tuo mondo fatato, pieno di brillantini, principi azzurri, cavalli bianchi e troppo perfetto per poterlo cambiare. A volte mi domando se sei davvero figlia di mamma e papà o se ti hanno adottato».

Normalmente avrei riso di fronte alla sua uscita, ma in quel momento mi sembrava fuori luogo. Avevo la testa altrove e dovevo trovare un modo per risolvere quella situazione. «Cosa pensi di me?», chiesi senza troppi giri di parole.

«Scusa?»

«Sì, hai capito benissimo. Quando mi guardi, cosa vedi? E non voglio che tu mi risponda nei panni di mio fratello. Devi guardarmi e dirmi qualunque cosa ti passa per la testa… qualunque».

Simone sembrava sorpreso dalla mia domanda. «Non ci penso neanche per sogno, poi tu mi uccidi. C'è qualche telecamera nascosta e sono in una candid camera?», guardò alla sua destra e alla sua sinistra per controllare.

«Dài, sono seria! Voglio saperlo», gli presi una mano e catturai la sua attenzione. «Dimmi cosa vedi».

Simone fece un lungo respiro e impiegò qualche secondo prima di rispondere. Sembrava troppo concentrato nel trovare le parole giuste e dosarle con cura. Quasi avesse paura di ferirmi. «Io vedo una bellissima donna, una figlia perfetta e una sorella altruista e generosa, ma non vedo la *vera* Isabel. A volte ti guardo e penso di non conoscerti, di non aver capito niente di te e che la vita che conduci non ti appartenga». Si bloccò per osservare la mia reazione e poi proseguì. «Una vita va vissuta, le cazzate devono essere fatte, e non puoi sempre proteggerti dietro un muro di perfezione perché hai paura di mostrare le tue debolezze. Perché Isabel, quelle non si chiamano debolezze, ma cose da amare. Se tu vuoi lasciare un piatto sporco nel lavandino fanculo, lascialo! Se sei in ritardo e non hai pulito come si deve questa casa fanculo, lo farai domani. Se vuoi prendere e andartene via per un giorno, compra un biglietto e non pensare di commettere un torto verso qualcuno. Ricorda che sei tu quella che si fa problemi, perché la gente là fuori se ne frega di tutto. Mattia sa cavarsela da solo, lui se la cava anche senza di te».

Quelle parole erano taglienti e affilate come schegge di acciaio, il mio cuore sembrò spostarsi di sede di fronte a quell'attacco così diretto e sincero. «E come dovrei vivere allora? Come te?». Non mi accorsi che stavo quasi urlando.

Simone passò il pollice sulla mia guancia, pronto ad afferrare una lacrima e a raccoglierla. «No, dico solo che ti sei annullata mentre le combattenti come te non mollano».

«Ma io sono così, mi piace la mia vita…».

«Se davvero è così, allora ti chiedo scusa. Se sei felice tu, non vedo perché non dovrei esserlo anche io per te».

Quelle parole pronunciate da mio fratello furono una carezza per il mio cuore agitato. Anche se io e lui avevamo vite molto diverse, passioni incompatibili e aspirazioni differenti, sapevo di poter contare sul suo affetto. Nei momenti del bisogno lui c'era sempre, pronto a offrirmi una spalla su cui piangere, e io facevo lo stesso per lui. Mi gettai tra le sua braccia e lo strinsi forte, respirando il suo profumo così familiare. Lui fece scivolare una mano tra i miei capelli, accarezzandoli, pronto a calmarmi come si fa con i bambini. Ero io la sorella maggiore e quel compito spettava a me, ma esistevano dei rari momenti in cui l'età restava un numero e nient'altro.

Erano trascorse diverse ore dalla visita di mio fratello e il pomeriggio l'avevo occupato facendo un po' di shopping e organizzando una serata alternativa con Mattia. Niente cena a casa e cucina da pulire, per una volta l'avrei stupito. Mostrandogli che ero ancora capace di divertirmi come una volta. Volevo prenotare in qualche ristorante, per avere tutto sotto controllo, ma seguii il consiglio di mio fratello di vivere la giornata senza troppi pensieri. Il piano era di fare una lunga passeggiata tra le vie del centro, magari a via del Corso fino a raggiungere piazza del Popolo. Tenerci per mano come due fidanzatini e poi scegliere un posto dove cenare a scatola chiusa. Non avrei guardato internet per le recensioni e non avrei chiesto consiglio a nessuno, anche se la tentazione era tanta. E dopo ci saremmo spostati in un locale a sorseggiare un drink, come facevamo tanti anni fa durante le nostre prime uscite. Poteva davvero trasformarsi in una bella serata.

Mi vestii con cura, scegliendo un look elegante ma non troppo. Indossai gli orecchini di perle del matrimonio e mi sollevai sulle punte immaginando quali scarpe indossare, se con il tacco alto o medio. Mi avvolsi in una nuvola di profumo e mi spalmai sul divano. Accesi la TV per ingannare l'attesa. Frida balzò al mio fianco e si coricò con il muso sopra le mie gambe. Alzai gli occhi al cielo. Il mio vestito nero era una calamita per i suoi peli bianchi. Mi spostai di qualche centimetro per allontanarmi, ma lei sembrò infastidita del mio gesto. Si sollevò nuovamente sulle zampe e poi si rituffò addosso a me. Decisi di accontentarla.

Trascorse un'ora e di Mattia nessuna traccia, nemmeno un messaggio. Iniziai a preoccuparmi. Non volevo disturbarlo, ma alla fine mandai al diavolo quel pensiero e afferrai il cellulare.

Dopo qualche squillo, Mattia rispose. «Amore, ciao! È successo qualcosa?», sembrava sorpreso.

«Be', sono quasi le nove...», gli feci notare senza usare un tono di rimprovero.

«Le nove? Ma come è possibile...». Seguì una breve pausa. «Scusami tesoro, non mi ero accorto dell'orario e non ti ho neanche avvisato. Ma tanto non è un problema, vero?»

«Sai che lo immaginavo? No, no, figurati! Finisci pure quello che devi fare e ti aspetto a casa. Tanto ero già in pigiama sul divano a guardare un film con Frida, niente di nuovo. Vuoi che ti prepari qualcosa per cena?»

«Allora sono salvo! Non ti preoccupare, vedo di mangiare qualcosa al volo con il mio collega e poi torno a casa. Non farò tardi, aspettami sveglia».

«Perfetto, vedi di non esagerare che poi stai male. A dopo».

«Ehi», mi bloccò con un tono più alto. «Ti amo tanto».

Mi ritrovai con gli occhi lucidi e con un senso di vuoto nello stomaco. Forse era riuscito a leggermi dentro o era semplicemente dispiaciuto per la sua dimenticanza? A ogni modo ormai la nostra occasione era saltata. «Anche io».

Chiusi la conversazione e mi alzai per non stare ferma. La mensola sopra il mobile della TV era piena di nostre foto, alcune scattate durante il matrimonio, altre con

Frida e altre dei nostri viaggi. Una cornice era leggermente storta e la raddrizzai. Forse Mattia l'aveva spostata involontariamente, aveva il brutto vizio di posare lì sopra il mazzo di chiavi senza badare al resto. Tutte le cornici seguivano un gioco di simmetrie e mi disturbava vedere qualcosa fuori posto. Anche per quel motivo non volevo nessuna donna delle pulizie dentro casa. Avevamo anche provato per un breve periodo, ma nessuna di loro sembrava mai ricordarsi l'ordine esatto delle cose. Così lasciammo perdere e abbandonammo l'argomento. Continuai a osservare quei ritagli di vita e contemplai le nostre espressioni. Sempre sorridenti, allegri e solari, ma anche gli altri erano della stessa idea? Gli altri come ci vedevano veramente? Come una coppia affiatata o una coppia rassegnata? Che pensiero ridicolo, mio fratello mi aveva solo confuso le idee e messo in testa paranoie che non esistevano. Le paranoie erano per le persone insicure. Non era proprio da me formulare certe domande, facevo sempre del mio meglio per tenermi a debita distanza. No, le seghe mentali non facevano parte del mio corredo cromosomico.

Era trascorsa un'altra mezz'ora e la fame mi era ormai passata. Molto probabilmente se Mattia fosse entrato in casa in quell'istante, mi avesse preso per mano e trascinato fuori, sicuramente avrei ritrovato l'appetito, ma lui non era lì e il mio stomaco aveva tirato giù la serranda. La casa era buia e silenziosa, anche Frida mi aveva abbandonato lasciandosi andare a un sonno senza sosta. Mi avvicinai alla libreria alla ricerca di un libro da iniziare, ne avevo talmente tanti che c'era l'imbarazzo della scelta. Ero solita sistemarli per casa editrice e genere, ma in quel momento neanche i miei amati libri potevano essermi d'aiuto. La cosa mi stava davvero sfuggendo di mano. Recuperai il cellulare e mi trovai a cercare compagnia nella persona meno probabile.

17 aprile 2015 ore 21:35

Buonasera, cosa fai?

Capitolo dieci
Andreas

In un rapporto verità e bugia sono i due lati della stessa medaglia. Tu parli e io valuto cosa dici, io parlo e tu valuti cosa senti.

Regina rotolò al mio fianco, accaldata e con il fiato corto. «Wow, che energia», sussurrò con un filo di voce, scossa ancora da fremiti.

Non riuscii a trattenere un sorriso, il mio ego ringraziava per il complimento. L'afferrai, stringendola a me. Lei si coprì con un lembo del lenzuolo e si accoccolò con la testa sul mio petto mentre con l'indice percorreva le curve del mio corpo nudo. Indugiava sul contorno del mio ultimo tatuaggio, quello che avevo fatto in memoria di mio padre. Era il simbolo dell'infinito unito alla scritta "sempre con me". Erano ormai tredici anni che aveva trovato posto sul mio corpo. Era lì per ricordarmi il motivo per cui l'avevo fatto, e io ero lì per ricordargli che, finché sarei stato in vita, non l'avrei mai rimosso.

«Ti manca tanto?», mi domandò Regina, alzando leggermente il volto per incrociare i miei occhi.

Le accarezzai i capelli e lei si strofinò su di me. Ero spiazzato di fronte alla sua richiesta. Non parlavo spesso del mio passato, soprattutto con le donne che frequentavo. Era un argomento tabù. Parlarne avrebbe scoperchiato una parte troppo privata di me, qualcosa che egoisticamente volevo tenere solo per me. Raccontare era sinonimo di condivisione e avevo paura che potesse spezzare quella magia che il ricordo racchiudeva.

Mi limitai ad annuire e baciarle la nuca. «Molto. Avrei voluto viverlo un po' di più, ma siamo granelli di sabbia di fronte alle avversità della vita». Ripresi fiato. «Mi dispiace più per mia madre, non è stato per nulla facile ritrovarsi vedova così giovane e dover crescere un figlio da sola. È una donna davvero straordinaria».

«Però ha fatto un ottimo lavoro».

«Lo spero…».

«Me la farai conoscere presto?», chiese con un filo di speranza.

Merda, non ero pronto. Sapevo che, prima o poi, quel momento sarebbe arrivato, ma era ancora presto. Non doveva essere una forzatura ma un piacere. In trent'anni non avevo mai trovato una persona da voler presentare alla donna più importante della mia vita. Lo facevo per tutelarla da ulteriori delusioni.

«Sì, perché no… magari un giorno», dissi vago.

Regina si sollevò sui gomiti, quasi infastidita. «Pensi che non potrei piacerle, è questo? Ho qualcosa che non va?».

I suoi occhi erano velati da qualcosa che non riuscivo a identificare: tristezza? Sconforto?

Mi ricordavano il giorno in cui le avevo detto che tra di noi non poteva funzionare. Mancavano pochi giorni a Natale e lei si era presentata sotto casa mia, con il naso rosso dal freddo, stringendo tra le mani un regalo per me. Io non le avevo comprato niente e neanche mi era balenata in mente l'idea di farlo. L'avevo invitata a entrare e le avevo spiegato che stava correndo troppo, che per me era qualcosa di nuovo, un terreno mai esplorato prima. Che una relazione in cui lei dava cento e io le offrivo cinquanta non poteva andare avanti. Non ero forte in matematica, ma cinquanta è la metà di cento. Solo che non si trattava di dividere un conto da pagare. Ma di rendere felice un'altra persona. E non avrebbe funzionato.

Iniziò a piangere e io mi sentii morire. Avevo perso il conto dei cuori che avevo spezzato, ma lei mi elencò una serie di motivi per i quali tra noi poteva funzionare. Era stata convincente. Era una certezza che sentiva, quel cinquanta poteva diventare qualcosa di più.

«Oh, no, piccoletta. Cosa vai a pensare? A mia madre piaceresti molto, non vede l'ora di vedermi al fianco di una donna e tu incarni alla perfezione la sua idea di fidanzata. Il problema sono io, sta succedendo tutto così in fretta e ho paura di fare passi falsi e poi ferirti. Non è quello che voglio».

«Non puoi ferirmi, tu non lo farai».

«E come puoi esserne sicura?».

Fece spallucce. «Perché certe cose una donna le sente. Tu mi ami».

«Ottima osservazione», la presi in giro.

«E poi perché sono la prima donna che è rimasta più di un giorno a casa tua. Ormai conviviamo e mi sembra che tutto stia andando bene, o no?»

«Su questo punto devo correggerti, in realtà qualcuna è durata anche un weekend… dovrei controllare l'agenda».

Regina sgranò gli occhi e una scintilla di sfida affiorò nel suo sguardo. «Questa me la paghi».

Fui più rapido e afferrai i suoi polsi. La girai con la schiena contro il materasso e mi misi a cavalcioni sopra di lei. «E ora cosa vorresti farmi?».

Non disse una parola ma mimò con le labbra "Sarai presto in paradiso".

Quella donna aveva il potere di aiutarmi a dimenticare tutto il resto e far svanire ogni preoccupazione che affollava la mia testa. Aveva un dono speciale, tutto per me. E io come la stavo ricambiando? Cosa possedevo di così straordinario da offrirle? Scossi la testa di fronte all'impossibilità di trovare una risposta. Il discorso non cambiava mai. Desideravo che con lei fosse diverso, desideravo diventare con lei una persona diversa, migliore. Ero sulla buona strada, ma qualcosa dentro di me sosteneva il contrario. Ero felice? Sì, e perché allora non riusciva a bastarmi?

Osservai il suo volto, incorniciato da capelli neri che ricadevano come fili sottili sul cuscino. Da quella distanza potevo vedere schegge di verde che screziavano il marrone caldo dei suoi occhi. Un perfetto mix di foglie di bosco e castagne. Dio, quanto era bella. Ed era solo mia. Totalmente mia.

Regina aprì la bocca per dire qualcosa ma la fermai, sigillandola con un bacio. La desideravo, la volevo, la bramavo. Racchiusi quel suo labbro gonfio di amore tra i denti, mentre con le dita mi facevo strada sotto le lenzuola per sfiorare ogni centimetro del suo corpo ancora nudo. La sua pelle era liscia, scivolava alla perfezione sotto il mio tocco, come se fosse di una seta rara e preziosa. Tra le mie mani, Regina sembrava fatta di porcellana, qualcosa di talmente raffinato e fragile da non sembrare reale. Inarcò la schiena dal piacere, offrendosi a me senza alcun ripensamento. Non mi lasciai scappare l'occasione di possederla ancora una volta. Sprofondai dentro di lei e in quel momento eravamo una cosa sola. Non mi accorsi neanche della luce del display che illuminò la camera.

Non mi accorsi del mio cellulare che vibrava sopra il comodino.

Caldo, sentivo solo tanto caldo. Aprii gli occhi e mi trovai incastrato tra due cuscini, un groviglio di lenzuola e il corpo di Regina ancorato a me. Le sue lunghe gambe stringevano le mie, e la sua testa era all'altezza della mia spalla. Un leggero formicolio mi attraversò il braccio. Con molta delicatezza, cercai di liberarmi dalla sua stretta e scansai via con il piede quello che rimaneva del lenzuolo. Regina borbottò qualche parola incomprensibile e si girò dall'altro lato. Mi assicurai di coprirla e poi mi sedetti sul letto. Mi passai una mano sulla fronte: ero sudato, indossavo solo un paio di boxer ma non serviva a farmi sentire più fresco. L'estate era ormai alle porte e in quel buco di appartamento dove abitavo si iniziava a percepire ogni minimo aumento della temperatura. Non se ne parlava di comprare un climatizzatore, non avevo denaro a sufficienza per l'officina, figuriamoci per casa. Dormire ormai era impossibile, ero talmente sveglio che potevo anche indossare la mia divisa da lavoro e mettermi a sistemare qualche macchina. Ma era ancora presto.

Così decisi di fumarmi una sigaretta e cercare un po' di refrigerio sul balcone della cucina, per non disturbare il sonno di Regina. Diversamente da me, lei detestava essere svegliata mentre dormiva. Si alzava con il malumore ed era intrattabile per il resto della giornata.

La mia casa era davvero microscopica e senza pretese, un bilocale scavato nella facciata di un palazzo degli anni '60, senza ingresso e con un bagno talmente piccolo da entrarci a fatica in due. In fondo a un uomo bastano poche cose per essere felice: un divano, un frigo, un gabinetto e un televisore. L'avevo acquistata diversi anni fa da un cliente, visto il prezzo di favore davvero irrisorio. Certo, avrei potuto aspettare tempi migliori e puntare su un appartamento più grande e definitivo, ma desideravo qualcosa di mio e avere la mia indipendenza. Con i dovuti lavori di ristrutturazione si era trasformato in un piacevole rifugio, e offriva quanto bastava per condurre una vita dignitosa. All'epoca non avevo previsto una convivenza e per il momento non ci potevamo permettere altro. Inizialmente Regina si fermava da me solo durante i weekend ma, pian piano, aveva cominciato a disseminare di oggetti personali ogni angolo della mia casa. Uno spazzolino da denti sopra il lavandino, un paio di ciabatte nella scarpiera, un pacco di assorbenti nel mobile del bagno. E poi i weekend si erano allungati di un giorno e, senza rendermene conto, si era trasferita con tanto di scatoloni e valigie.

Otto passi mi separavano dalla cucina, li avevo contati tante volte da saperli a memoria. Aprii il primo cassetto, cercai l'accendino di scorta e accesi una sigaretta.

Mi spostai fuori e accostai la porta per non far entrare il fumo. Anche se ero un fumatore non volevo che si fumasse in casa. Con la mano libera mi collegai a Facebook e notai che Isabel aveva confermato la mia richiesta di amicizia. Mi ero quasi dimenticato di quel dettaglio. Mi appoggiai con la schiena al muro e continuai a fumare, mentre curiosavo nel suo profilo.

Non c'era quasi niente di interessante. Chissà cosa speravo di trovarci. Pochi post sparsi qua e là e una manciata di fotografie delle gare che aveva vinto o a cui aveva partecipato. Sicuramente c'era qualcosa di più, ne ero sicuro, non potevo pensare di non trovare quello che cercavo.

Il dito scivolava rapido in basso, alla ricerca delle foto e notizie più vecchie e poi la trovai. Non sapevo neanche io perché fosse così importante vederla, forse era la curiosità di conoscere l'uomo che aveva sposato. Era la prima donna che non mostrava secondi fini nei miei confronti e la cosa mi suonava nuova. In quella immagine Isabel era accanto a Mattia, di fronte a un enorme tavolo bianco, in mano il coltello per tagliare la torta di nozze. Lui la guardava con occhi colmi d'amore. Indossava un abito bianco, con un bustino impreziosito da piccoli brillantini e pizzo, una gonna vaporosa ma non troppo. Al collo una collana con un punto luce, due orecchini probabilmente di perle e i capelli raccolti di lato, con una coroncina di fiori bianchi che incorniciava la sua fronte. Erano una bella coppia e ben assortita, non potevo negarlo. Ora capivo perché Isabel non si era tanto scomposta alla mia battuta sull'età del marito, mi ero totalmente sbagliato. Poteva avere la mia età. Il mio sesto senso aveva fatto cilecca. Avevo immaginato che fosse sposata con un vecchio imprenditore pronto a soddisfare ogni suo capriccio. Le tipe come lei di solito erano ben attente al conto in banca ed era difficile trovarlo in un uomo così giovane.

Era strano immaginarla nella sua intimità con quell'uomo. Una donna così rigida e composta che faceva l'amore con lui. Mi era difficile pensare a lei che facesse l'amore, indipendentemente dall'uomo con cui lo faceva. Chissà come rispondeva il suo corpo quando uno la toccava.

Se le veniva la pelle d'oca, se era scossa da fremiti, se conficcava le unghie sulla schiena e godeva ad alta voce mentre si lasciava andare, o se aspettava che facesse tutto il partner limitandosi a fingere l'orgasmo. Chissà se era una di quelle che non saziava mai la sua fame di sesso o se, una volta a letto, sperava che il marito non la sfiorasse.

La vita mi aveva insegnato una cosa: a volte le persone più prevedibili sono quelle che meno immaginiamo di conoscere.

Controllai i due messaggi non letti. Il primo era di Massimo che mi ricordava l'appuntamento di venerdì sera per la partita di calcetto e il secondo era di Isabel. Era di diverse ora prima e non aveva senso risponderle adesso, soprattutto se dormiva e il mio messaggio poteva metterla in difficoltà con il marito. L'ultimo dei miei pensieri era crearle dei problemi e riceverne altrettanti io. In fondo nessuno dei due stava facendo qualcosa di sbagliato, ma a volte era meglio fermarsi in tempo e tornare indietro di un passo. La mia vita era già troppo caotica e alimentare la gelosia di Regina era l'ultima cosa di cui avevo bisogno. Non ero fatto per dare spiegazioni e scusarmi per qualcosa che esisteva solo nelle paranoie di una donna.

Spensi la sigaretta nel posacenere e sollevai lo sguardo. Uno spicchio di luna illuminava il cielo scuro. Lo scrutai alla ricerca di un qualsiasi segno che mi indicasse la presenza di mio padre. Il giorno dopo sarei andato a trovarlo.

Capitolo undici

18 aprile 2015 ore 9:15

Buongiorno Andreas, ho appena visto il post dedicato a tuo padre. Non ti nego che mi sono commossa nel leggere le tue parole, doveva essere una brava persona e un ottimo genitore. Ecco, ci tenevo solo a dirtelo… mi dispiace per la tua perdita.

18 aprile 2015 ore 9:40

Buongiorno a te, come stai? Scusa se non ho risposto subito al tuo messaggio di ieri sera, ma era tardi quando l'ho visto. Oggi è un altro anno senza di lui e vorrei tanto sapere se è orgoglioso della persona che sono diventato. Sto facendo del mio meglio per essere come lui ma certe volte penso che non è ancora abbastanza. La sua officina sta in piedi per miracolo, i clienti sono sempre meno e sono sicuro che, se lui fosse qui con me, sarebbe tutto diverso. Forse dovrei valutare l'idea di mollare tutto e pensare di fare altro…

18 aprile 2015 ore 9:40

Scusami Isabel, non so neanche perché ti ho scritto tutto questo. Fa' finta di non averlo letto. Oggi va così…

18 aprile 2015 ore 9:45

Mi piace pensare che ci sia qualcosa oltre la nostra vita terrena, perché se fosse diversamente che senso avrebbe tutto ciò? Siamo catapultati in un modo senza averne fatto richiesta e ne veniamo strappati nello stesso identico modo, tranne qualche rara eccezione. C'è di più oltre questo, solo che non lo vediamo… E ora non prendermi per pazza e non pensare che starò qui a farti una lezione di religione, ma fidati, è così. Lui c'è, solo che non riesci a vedere il suo corpo, ma il suo spirito è in ogni cosa che fai. Nel vento che ti accarezza il volto, nel profumo di una brioche appena sfornata, nel sorriso di una persona sconosciuta che incontri per strada, lui è ovunque e sono certa che vorrebbe strigliarti per quello che hai appena detto.

18 aprile 2015 ore 9:50

Mi piace la tua visione della vita. Forse dovrei memorizzare il messaggio per quando avrò un altro momento no. Mi sarà utile.

18 aprile 2015 ore 9:53

È una visione forse poco realistica, però mi fa stare bene l'idea di credere in qualcosa. Se non hai niente in cui sperare, vuol dire che non hai niente in cui credere. Perché ci sono così tanti momenti no nella tua vita?

18 aprile 2015 ore 9:55

La società impone che un uomo non possa mostrare le proprie debolezze, deve essere l'anello forte della coppia, il bad boy della situazione... ma è una stronzata! I momenti no esistono per tutti. Tante volte ho pensato di mollare questa città e prendere il primo volo senza preoccuparmi della destinazione. Tanto ogni posto può andare bene per iniziare da zero, mi trattiene solo mia madre.

18 aprile 2015 ore 10:13

Lo sai che è un pensiero di molti? Grazie al cielo non mi è mai venuto in mente, in fondo mi trovo bene qui e mi piace la mia vita. Forse al tuo posto la penserei diversamente, ma non posso mettermi nei tuoi panni, credo abbiamo vite molto diverse. Quindi ti trattiene solo tua madre?

18 aprile 2015 ore 10:22

Sì, Isabel, vite sicuramente diverse...

18 aprile 2015 ore 10:25

Sei troppo, troppo riflessivo e giù di morale. Mi manca quasi il "vecchio" Andreas... pensi che ritornerà presto?

18 aprile ore 10:28

Io sono così, mi dispiace se oggi non riesco a fare dell'ironia.

18 aprile ore 10:35

Vorrà dire che oggi mi farò andare bene questa versione che mi era ancora sconosciuta. E comunque non hai risposto alla mia domanda di prima.

18 aprile 2015 ore 10:40

Quale?

18 aprile 2015 ore 10:40

Ti trattiene altro oltre a tua madre?

18 aprile 2015 ore 10:41

Non lo so, in questo momento sto andando al cimitero e non ho la testa libera dai pensieri.

18 aprile 2015 ore 10:42

Allora non ti disturbo più, sappi che per qualsiasi cosa sono qui. Non sarò una confidente fantastica, ma nel mio piccolo posso essere d'aiuto. Insomma, sai dove trovarmi.

Un abbraccio, Isabel.

18 aprile 2015 ore 10:43

Aspetta, non andartene ancora. Posso chiederti un favore?

18 aprile 2015 ore 10:44

Provaci ma non significa che accontenterò ogni tua richiesta.

18 aprile 2015 ore 10:44

Puoi farmi compagnia ancora per un po'? Non voglio entrare con questo umore.

18 aprile 2015 ore 10:45

Sì, non vedo perché no. Di cosa vuoi parlare?

18 aprile 2015 ore 10:46

Raccontami qualsiasi cosa, raccontami qualcosa di te.

18 aprile 2015 ore 10.47

Be', non ho molto da dire. La mia vita non è sicuramente movimentata come la tua.

18 aprile 2015 ore 10:47

Non c'è niente di interessante? Parlami di qualsiasi cosa.

18 aprile 2015 ore 10:48

Quando avevo quattro anni i miei genitori mi hanno portato al mare. Nessuno di loro sapeva nuotare e io non entravo mai in acqua senza il loro permesso, e poi, per farmi notare da un bambino, ho iniziato a bagnarmi i piedi e a camminare. Mi trovavo in Liguria e dopo due passi sono andata a fondo. Devo ringraziare il fiocco rosa che portavo tra i capelli, perché era l'unica cosa che galleggiava a filo d'acqua e per questo sono stata individuata e salvata.

18 aprile 2015 ore 10:50

E questo dovrebbe farmi stare meglio?

18 aprile 2015 ore 10:50

Certo, è per dirti che la vita è imprevedibile e che a volte può trasformare dei brutti episodi in straordinarie risorse. Guarda meglio e sorridi, perché ogni momento non va perso ma afferrato e vissuto.

18 aprile 2015 ore 10:51

Ora sono io che me lo domando: dov'è finita la donna che mi ha quasi insultato per esserle andato addosso?

18 aprile 2015 ore 10:52

Sono sempre io, solo che dipende dai momenti. Forse oggi è uno dei miei giorni buoni, no?

18 aprile 2015 ore 10:52

Dovresti dirmelo tu…

18 aprile 2015 ore 10:53

Allora diciamo che oggi cercherò di avere un giorno buono per compensare il tuo.

18 aprile 2015 ore 10:54

Quindi oggi il tuo giorno buono aiuterà il mio giorno meno buono?

18 aprile 2015 ore 10:55

Corretto!

18 aprile 2015 ore 10:56

Isabel?

18 aprile 2015 ore 10:56

Sì?

18 aprile 2015 ore 10:57

Ora sono pronto. Vado a trovare mio padre.

18 aprile 2015 ore 10:58

Salutamelo e digli da parte mia che si poteva impegnare a fare un figlio un po' meno complicato ;)

18 aprile 2015 ore 10:59

Sarà fatto e goditi la tua giornata buona. Un abbraccio.

Capitolo dodici

22 aprile 2015 ore 8:50

Volevo solo dirti grazie per quello che hai fatto l'altro giorno. Era un momento no ma sei riuscita a trasformarlo in un momento *sì*. Spero che avrai anche oggi una buona giornata, Andreas.

22 aprile 2015 ore 9:03

Buongiorno e ben svegliato! Figurati, a volte fare la crocerossina è la migliore soluzione e per me è stato un piacere. Spero anche io che sia una bella giornata. Sto per uscire con Frida e non ha intenzione di stare ferma, soprattutto ora che le ho messo il collarino e sta girando per casa come una disperata. Fissa la porta come se potesse magicamente aprirsi con la forza del pensiero. Povera, mi fa quasi tenerezza… pensi che dovrei dirglielo che non ce la farà mai o la lascio ancora lì per qualche minuto?

22 aprile 2015 ore 9:05

Come ti capisco, Ulisse è insopportabile già quando apre gli occhi e lo diventa ancora di più quando sa che dobbiamo uscire. Appena sente il rumore delle chiavi o mi vede infilare le scarpe, si catapulta davanti alla porta e inizia a tirare fuori il suo repertorio di lamenti. E ti assicuro che ne ha davvero tanti. Sono tutti uguali e dobbiamo tenerceli così.

22 aprile 2015 ore 9:07

Credo che abbiano ereditato gli stessi difetti della razza. Ora mi dirai che anche il tuo ruba i calzini dalla lavatrice?

22 aprile 2015 ore 9:11

Ma va', cosa vai a pensare? Lui prende direttamente le scarpe di Regina…

22 aprile 2015 ore 9:11

Regina? È una marca? Scusa ma non sono molto pratica di calzature maschili.

22 aprile 2015 ore 9:12

Ahahah, questa sarà meglio tenerla per me. Regina è il nome della mia fidanzata.

22 aprile 2015 ore 9:12

Oddio, scusami! Che figuraccia ☹ Di solito sono più sveglia…

22 aprile 2015 ore 9:13

Ne sono certo. Non preoccuparti, ci siamo alzati da poco e di sicuro i tuoi neuroni devono ancora mettersi al lavoro…

22 aprile 2015 ore 9:14

I miei sono già in azione da un po'. È che non pensavo avessi una ragazza. Non ne hai mai fatto cenno.

22 aprile 2015 ore 9:16

Be', solo perché non ho un anello al dito da usare per allontanare le donne, non vuol dire che non ne possa avere una.

22 aprile 2015 ore 9:17

Touché. In realtà non intendevo questo, non voleva essere una mancanza di rispetto. Intendevo dire che non dai l'impressione di essere una persona con una storia seria. Anche se non devo essere io quella a giudicare. E poi cos'hai contro il mio anello? È molto bello.

22 aprile 2015 ore 9:20

Su quello non si discute. Non solo è bello ma deve essere anche molto costoso. Quattro zeri, ho indovinato?

22 aprile 2015 ore 9:21

Di tutto quello che ti ho fatto intendere, hai colto solo il prezzo della mia fede?

22 aprile 2015 ore 9:23

Era la prima cosa che saltava all'occhio. Io avrei paura ad andare in giro con un coso del genere alla mano, non pensi che qualcuno possa derubarti? Sai quanti soldi a rivenderlo?

22 aprile 2015 ore 9:25

In realtà non ci avevo mai pensato. Forse perché non è una di quelle cose che mi fa agitare…

22 aprile 2015 ore 9:27

Davvero insolito per una donna. Voi di norma vi alimentate di paure e di ansie. E le migliori riguardano proprio noi uomini…

22 aprile 2015 ore 9:28

Cosa vorresti dire?

22 aprile 2015 ore 9:30

Che voi donne fate dei viaggi mentali che potrebbero vincere l'Oscar come migliore film d'azione. Per non parlare degli effetti speciali, che sono il vostro pezzo forte…

22 aprile 2015 ore 9:35

Non so che tipo di donne hai frequentato tu, ma io non sono come quelle che descrivi…

22 aprile 2015 ore 9:40

Vorresti negare? Vorresti dirmi che la tua relazione e il tuo matrimonio sono sempre andati a gonfie vele? Mai un momento di cedimento o di preoccupazione?

22 aprile 2015 ore 9:41

Te lo giuro, è proprio così.

22 aprile 2015 ore 9:41

Stronzate, non ci credo. Alla fine la frittata è sempre la stessa. Puoi cambiare venti donne e ognuna ti romperà i coglioni per qualcosa di diverso. È solo questione di tempo… le donne hanno una specie di timer: superati i primi mesi, ecco che criticano tutti i difetti che prima sostenevano non essere un problema. "Amore, va' pure a giocare a calcetto con gli amici", "Amore, ma non preoccuparti se ti sei dimenticato di mandarmi il messaggino della buonanotte", "Io, gelosa? Non sono come le tue ex". Una serie infinita di cazzate! Quindi non sarai mica…

22 aprile 2015 ore 9:43

? Cosa?

22 aprile 2015 ore 9:43

Un uomo?!

22 aprile 2015 ore 9:44

Ma che c…! Se il mio sì può giovare al tuo ego, allora confermo. Diversamente posso dirti che un rapporto per reggere deve basarsi sulla fiducia. Se io mi fido del mio uomo e lui mi dà motivo per fidarmi, perché dovrei pensare male?

22 aprile 2015 ore 9:50

Caspita, sembra quasi che tu stia recitando il copione di un film di fantascienza…

22 aprile 2015 ore 9:52

Perché ti ostini a farmi dire il contrario? Questo è quello che penso. Ho piena fiducia in Mattia e nel nostro matrimonio. Sono felice così e nella mia vita ho visto talmente tanti rapporti finire per delle cazzate, che ho voluto dare una possibilità al mio di essere migliore. Se ci sarà qualche problema, sono certa che lo capirò, ma fino a quel momento nella mia testa non ci sarà spazio per questi pensieri. Non voglio dargli modo di far crollare il mio matrimonio.

22 aprile 2015 ore 9:53

Ehi, perché ti stai scaldando? Tanto di cappello se la pensi così… per caso hai una sorella da presentarmi?

22 aprile 2015 ore 9:54

No, ho un fratello ma potrebbe essere la tua fotocopia.

22 aprile 2015 ore 10:05

Allora è un grande!

22 aprile 2015 ore 10:15

Sì, un po' testa di c…o ma è un bravo ragazzo.

22 aprile 2015 ore 10:20

Deve essere figo avere un fratello, io sono figlio unico. Però nella mia vita, anche se non ne ho avuto uno umano, ne ho sempre avuto uno a quattro zampe. Ulisse è il mio terzo cane e non potrei concepire la mia vita senza di lui. Sarà anche un animale, ma la sua presenza in casa mi fa sentire meno solo.

22 aprile 2015 ore 10:25

Capisco esattamente cosa vuoi dire. Anche per me è la stessa cosa.

2 maggio 2015 ore 20:45

Simpatica la foto di te e Ulisse, siete una bella coppia. Ti auguro una buona serata.

3 maggio 2015 ore 8:59

Buongiorno, che bello sentirti. Sai che l'altro giorno mi sei tornata in mente guardando le vecchie foto di Ulisse da cucciolo? Sicuramente anche la tua Frida doveva essere bella come lui da piccola. E se ti rispondessi che penso lo stesso di voi due? Non è una brutta cosa, spero. Però mi tengo per me i like o i vari commenti, so che sei sposata e non vorrei crearti problemi. Scrivimi quando ti va, a me fa solo piacere.

3 maggio 2015 ore 9:04

Però, che poema. Avevi voglia di scrivere? Ho visto quella foto su Facebook e ci tenevo a dirtelo, tutto qui ☺

3 maggio 2015 ore 9:05

Sì, mi dilungo, sono un chiacchierone professionista. Ottimo modo di evitare di rispondere al mio commento, brava.

3 maggio 2015 ore 9:06

Oh, in realtà non ci avevo fatto caso. Frida ti ringrazia. ☺

3 maggio 2015 ore 9:07

E la padrona?

3 maggio 2015 ore 9:09

Ok, accetto il complimento. Grazie.

3 maggio 2015 ore 9:12

Apro l'officina, oggi sono sommerso di lavoro. Qualcuno lassù deve aver ascoltato le mie preghiere, ti auguro una bella giornata.

3 maggio 2015 ore 9:13

Te l'ho detto, lui ti è sempre vicino. Anche a te.

16 maggio 2015 ore 1:15

Tanti auguri di buon compleanno! Pensa che sei nato un giorno prima della mia Frida. Non credo di essere la prima, visto che la tua bacheca è intasata di messaggi, ma spero di aver fatto una cosa gradita. Divertiti anche per me.

16 maggio 2015 ore 1:18

È bello ricevere un tuo messaggio, grazie mille. Come stai? È da un po' che non ci si sente. Si invecchia ma si resta sempre giovani dentro.

16 maggio 2015 ore 1:19

Oh, potrebbe andare meglio ma non mi lamento. Mi sono beccata una terribile influenza e sono anche sola a casa, passerà! Come lo stai festeggiando?

16 maggio 2015 ore 3:41

Tra tutti i messaggi e le notifiche arrivate devo essermi perso la tua risposta. Siamo in una discoteca a Torino, non sono più il tipo da locali ma i miei amici mi avevano preparato una festa a sorpresa e non ero nella condizione di poter dire di no. Devo ammettere di essere anche un po' ubriaco, un po' tanto… vedrò di non guidare al ritorno.

16 maggio 2015 ore 9:10

Sicuramente ti sarai divertito e sono certa che sarai ancora nel letto a dormire per superare la sbornia. Ancora tanti auguri.

25 maggio 2015 ore 9:30

Ciao Isabel, scusa se non ti ho più risposto ai messaggi ma è un periodo davvero di merda. Palate e palate di merda! Da quel giorno non ho fatto altro che litigare con Regina, non si fida di me, dice che faccio il cretino con tutte e che lei non vuole passare per la cornuta della situazione. Che poi cornuta di cosa, visto che parlo solo… Io davvero non ce la faccio più, per una volta che mi comporto come si deve, lei non fa che trovare pretesti per litigare. Sono stanco e mi sento uno schifo. Uno zombie forse ha il viso più colorato del mio.

25 maggio 2015 ore 9:40

Non mi piace questo messaggio, quanta rabbia! Be', devi capire che noi donne siamo profondamente insicure in amore. Almeno la maggior parte. Dovete farci sentire amate e rassicurate ogni giorno, dovete colmare le nostre paure e i nostri silenzi. Voi uomini dovete farci sentire sempre la vostra *prima* e unica scelta, perché la seconda è alla portata di tutti.

25 maggio 2015 ore 9:41

Non serve a niente.

25 maggio 2015 ore 9:43

Ma non è vero. Ora come vanno le cose? Sono sicura che tutto si aggiusterà.

25 maggio 2015 ore 9:44

Regina è andata qualche giorno a casa dei suoi e ieri è tornata, vogliamo riprovarci. Io sento di amarla e vorrei che le cose andassero diversamente, ma a volte mi trovo in difficoltà. Non riesco a capirla, e poi la vedo piangere e mi arrabbio ancora di più perché sono io il colpevole delle sue lacrime. Lei non riesce a esternare davvero tutto quello che pensa e, quando lo fa, trova il modo più duro per ferirmi. Quando è arrabbiata spara a zero su tutto, si aggrappa a mille "problemi" solo per sbattermi in faccia tutta la sua delusione. La lascio sfogare, mi faccio colpire dalle sue parole, ma non capisce che in una coppia si sbaglia in due. Non sarò un santo, ma nessuno lo è.

25 maggio 2015 ore 9:47

Secondo me dovete solo trovare il vostro equilibrio e non avere paura di mostrarvi per come siete. Bisogna accettarsi e venirsi incontro. Mai tenersi dentro le cose perché è peggio. Immagino sia dura ma fate bene a insistere e a non lasciare nulla di intentato, poi da quanto ho capito convivete e la questione è ancora più delicata.

25 maggio 2015 ore 9:48

A parole sembra facile. In realtà è Regina che vuole cambiarmi, ma non capisce che io sono fatto così e questa è la mia natura. Certo, posso fare dei passi verso di lei se sono cose utili per la coppia, ma a lei non basta mai. Vorrebbe che fossi più simile a lei, più chiuso e riservato. Il mio lavoro mi porta a stare a contatto con la gente, mi piace parlare sia con chi conosco che con gli estranei, fare nuove amicizie. Che male c'è? Secondo Regina è sbagliato, e lei vede sempre e solo del marcio nel mio comportamento. Siamo diversi, è vero, ma è la prima donna che faccio entrare realmente nella mia vita. Significherà qualcosa, no?

25 maggio 2015 ore 9:50

E allora questo dovrebbe già calmare le sue paure. Non darti delle colpe, ognuno di noi può sbagliare. E poi le esperienze e gli anni ci portano ad affrontare in modo diverso le relazioni che abbiamo, sicuramente entrano in gioco valori e sensazioni nuovi e diversi ogni volta. Quando cresci non ti aspettare più il colpo di fulmine o le farfalle nello stomaco, quello succede quando fai il liceo. Goditi il presente e quello che provi per lei. Il resto si vedrà...

25 maggio 2015 ore 9:52

Io non penso di avere colpe, anche perché le dimostro ogni giorno che sto migliorando. Cosa credi? Sarò una testa di cazzo ma anche io ho dei sogni, spero di creare un futuro con una donna e di mettere su famiglia. So che sarà difficile ma lo voglio. Farfalline nello stomaco a parte, come dite voi donne, credo di provare qualcosa di forte per lei.

25 maggio 2015 ore 9:54

Allora fate la pace e vedrai che tornerete più forti di prima.

25 maggio 2015 ore 9:54

Seguirò il consiglio. Poi oggi è una giornata molto stressante e io somatizzo come un pazzo, vorrei almeno non avere anche questa preoccupazione. Ne ho già a sufficienza...

25 maggio 2015 ore 9:56

Vedi di riprenderti e scarica lo stress, magari con una corsetta insieme a Ulisse. Io vado ad allenarmi con Frida.

P.S. Ho visto che hai dato conferma alla gara che si terrà in Toscana, per questa volta vengo anche se ci sei tu ;)

25 maggio 2015 ore 9:57

Sarò onorato della tua presenza. Buona giornata.

27 maggio 2015 ore 12:35

Carina la nuova foto profilo, sembri quasi un'altra persona. Potrei proporti uno scambio di foto in privato, ma è un gioco troppo pericoloso. Vedi quanto sono saggio?

27 maggio 2015 ore 12:46

Ma cosa dici? È una foto a tradimento che mi ha fatto Mattia, solo che Frida è venuta così carina che non potevo non metterla. Lei è il mio braccio destro. E che scambio di foto proponi? Una foto di te e Ulisse?

27 maggio 2015 ore 12:50

No, intendevo una foto così poco vestito...

27 maggio 2015 ore 12:51

Ma se sono al mare!

27 maggio 2015 ore 12:53

Anche io qui sono al mare.

- Hai inviato una foto -

27 maggio 2015 ore 12:55

Certo, peccato che qui sembri pronto per apparire sulla copertina di «Men's Health», mentre nella mia sono in una posa assolutamente spontanea e non esibizionista.

27 maggio 2015 ore 12:56

Esibizionista? Guarda che anche io sono naturalissimo in questa foto. Cosa c'è che non va?

27 maggio 2015 ore 12:58

Basta, ci rinuncio. Preferisco cambiare argomento, sembra di parlare con mio fratello.

27 maggio 2015 ore 13:05

Interessante, già mi piace tuo fratello. Come si chiama? Allora qualcuno di "normale" nella tua famiglia c'è.

27 maggio 2015 ore 13:06

Simone. E poi cosa significa "normale"? Comunque non pensavo di iniziare la giornata con discorsi così seri su argomenti altrettanto seri.

27 maggio 2015 ore 13:08

Sono STRAserio, su queste cose non si scherza.

27 maggio 2015 ore 13:15

E chi ha voglia di scherzare. Rischio poi di danneggiare il tuo ego...

27 maggio 2015 ore 13:17

Hai ritrovato il dente avvelenato? Ti preferivo quando eri più carina nei miei confronti. Comunque puoi dirmi tutto ciò che vuoi, da una parte mi entra e dall'altra mi esce. Ormai il giudizio degli altri non mi interessa più, le persone sono solo brave a parlare.

27 maggio 2015 ore 13:19

Caspita, che paroloni. Comunque non mi hai detto come va ora con Regina. Avete chiarito? Sono sicura di sì.

27 maggio 2015 ore 13:34

Sembra andare tutto bene, avevi ragione. Quell'allontanamento deve esserci stato d'aiuto. Alla prossima litigata vedo di chiedere il tuo parere.

27 maggio 2015 ore 13:40

Certo, se posso aiutarti lo faccio volentieri! Pensa che io e Mattia non abbiamo mai avuto discussioni… forse agli inizi, ma mai niente di serio.

27 maggio 2015 ore 13:45

Scherzi? Faccio davvero fatica a crederci. La perfezione non esiste, ancora meno all'interno di una relazione di coppia.

27 maggio 2015 ore 13:46

Aspetta, io non ho mai parlato di perfezione, non ho questa presunzione. E comunque te lo giuro, abbiamo semplicemente trovato il nostro equilibrio ed è qualcosa che consiglio di trovare anche a voi.

27 maggio 2015 ore 13:50

Stronzate, il carattere di una persona non si può cambiare. Certo, si può modellare ma una relazione non deve portare una persona a diventare quello che non è. E qui ritorniamo al discorso dell'altra volta.

27 maggio 2015 ore 14:11

No, sul serio. Non posso leggere queste cose, mi sembra davvero di parlare con mio fratello… solo che lui di anni ne ha ventitré.

27 maggio 2015 ore 14:12

Lo sai che mi sta sempre più simpatico? Quando me lo presenterai?

27 maggio 2015 ore 14:13

Mai.

27 maggio 2015 ore 14:15

Sempre queste risposte così ambigue.

27 maggio 2015 ore 14:28

Ti saluto, il dovere mi chiama. Buona giornata e vedi di fare il bravo.

27 maggio 2015 ore 14:29

Io sono sempre bravo.

29 maggio 2015 ore 9:04

Buongiorno Andreas! Se ti dicessi che sto per andare alle terme, ti farei arrabbiare?

29 maggio 2015 ore 9:05

No, ti fai proprio odiare.

29 maggio 2015 ore 9:06

Sì, mi sto impegnando.

29 maggio 2015 ore 9:08

E se ti dicessi che io sono al lavoro, ti sentiresti un po' in colpa?

29 maggio 2015 ore 9:09

No, neanche un po'.

29 maggio 2015 ore 9:10

Certo che sei proprio crudele.

29 maggio 2015 ore 9:14

Ma se sono "carina e coccolosa" come i pinguini di *Madagascar.*

29 maggio 2015 ore 9:17

Io sono come Alex, il leone. Scemo e bonaccione.

29 maggio 2015 ore 9:17

No, tu sei proprio bona. Coccolosa non saprei perché ti ho incontrato in un momentaccio.

29 maggio 2015 ore 9:20

Spiacente, la parola "bona" non fa parte del mio vocabolario. Ritenti…

29 maggio 2015 ore 9:23

Non ci sono i vocabolari aggiornati al 2015? Dài, ci riprovo… intelligente, sensibile, sensuale, intrigante? Queste ci sono?

29 maggio 2015 ore 9:31

Passabili, sempre meglio dell'altra. Sono appena arrivata a destinazione, dovrò lasciare il telefono nell'armadietto o rischio di farlo finire in acqua. Avevo bisogno di una giornata di completo relax.

29 maggio 2015 ore 9:32

Sì, ti conviene... soprattutto se incontri un altro uomo maldestro come me. Buon divertimento e rilassati un po'. Se poi ti va, mandami pure delle foto in costume, che non mi offendo.

30 maggio 2015 ore 9:01

Io ti mando un selfie che ho fatto appena mi sono svegliato, roba da far accapponare la pelle. Poi non mi hai detto com'è andata la giornata di relax,

30 maggio 2015 ore 9:05

Caspita, non pensavo di fare questo effetto con la mia foto appena sveglio. Dammi un cenno di vita, ti prego. Non voglio ritenermi responsabile di una disgrazia...

31 maggio 2015 ore 9:15

Sono viva.

31 maggio 2015 ore 9:16

Oh, Gesù, grazie. Mi hai fatto preoccupare. Allora, come andiamo?

31 maggio 2015 ore 9:17

Ecco, è questo il punto. Ho la febbre alta per colpa degli sbalzi di temperatura.

31 maggio 2015 ore 9:19

Sì, sono cose che capitano. Sarai delicata o sarai andata con le chiappe al vento.

31 maggio 2015 ore 9:23

Certo, come no. Ma non poteva fare un giro più largo, dico io...

31 maggio 2015 ore 9:25

Dicono che il sesso aiuti a smaltire le tossine. Appena torna a casa Mattia, io ne approfitterei.

31 maggio 2015 ore 9:26

E dove l'hai letto, su «Focus»?

31 maggio 2015 ore 9:27

Internet, credo. Comunque non ti perdi granché, il sesso fa schifo…

31 maggio 2015 ore 9:28

Sì, lo dicono tutti.

31 maggio 2015 ore 9:30

Ah, l'hai sentito anche tu?

31 maggio ore 9:31

I maschietti come te si meritano di stare in astinenza per periodi molto lunghi. A volte la sopportazione è davvero tanta…

31 maggio 2015 ore 9:35

Solo perché non ci fate capire e ci confondete.

31 maggio 2015 ore 9:36

Siamo sinceri. Tanto anche se una dice cosa non va, non cercate di migliorarla. Noi ci facciamo scivolare tante cose addosso per il quieto vivere.

31 maggio 2015 ore 9:40

Forse perché quando ci proviamo a migliorare le cose, saltate fuori dicendo che abbiamo comunque sbagliato? O, peggio ancora, ve ne uscite con la classica frase "Non ho niente". Mica siamo nati indovini! E prova a dire che non è vero…

31 maggio 2015 ore 9:46

Non nego e non confermo.

31 maggio 2015 ore 9:50

Perché ho fatto bingo.

P.S. Vedi di stare al caldo e di guarire. Buona giornata, carina e coccolosa ;)

Capitolo tredici
Isabel

Un sorriso puoi donarlo a chiunque, tanto più a chi non ha mai conosciuto la felicità.

«Amore, sono a casa».

La voce di Mattia tuonò inaspettata, irrompendo nel silenzio in cui era avvolta la casa. Frida non si era accorta neanche del suo arrivo, di solito poteva fare affidamento sul suo orecchio attento e pronto a identificare il rombo del motore dell'auto di Mattia. Probabilmente era caduta in un sonno pesante.

«Sono in camera», urlai con tono sufficientemente alto da farmi sentire.

«Ciao, che stai combinando? Hai deciso di partire per un lungo viaggio senza di me?», mi chiese confuso, rimanendo sulla soglia. Si era già allentato il nodo della cravatta e il suo volto appariva più rilassato.

Sbucai con la testa oltre l'anta dell'armadio e posai sul letto due vestiti. «Ehi, non ti aspettavo così presto... No, sto solo preparando una borsa per la gara o te lo sei dimenticato?»

«Sì, questo lo vedo», rispose avvicinandosi e scrutando l'insolito caos intorno a noi. «Ma qui c'è roba a sufficienza per affrontare una settimana di vacanza, per quanto tempo hai intenzione di fermarti?».

Afferrai dalla gruccia un altro vestito e lo adagiai sul letto accanto ad altri due. «Andata e ritorno in giornata, solo che dopo la gara hanno organizzato una specie di cena con tutti i partecipanti, o almeno chi è interessato. Hai voglia di aiutarmi a scegliere quale abito portare?».

Mattia mi guardava serio. Il sorriso a cui ero abituata, quello che di solito mi riservava, si era come dissolto. Non mi piaceva la sensazione che provavo e nemmeno quel suo sguardo indecifrabile. Speravo di sbagliarmi, doveva essere sicuramente così.

«Non ti ho mai visto così entusiasta. Sai che mi sta venendo la voglia di ritagliarmi un giorno di permesso dal lavoro e venire con te e Frida? Così potrò deliziare gli occhi vedendoti con uno di questi addosso», disse, accarezzando il tessuto. «E senza condividerti con nessuno».

Smisi di occuparmi della borsa e mi avvicinai a lui. Ora iniziavo a capire cosa gli passasse per la testa, ed era qualcosa di inaspettato. Dispiacere, gelosia, preoccupa-zione?

«Puoi davvero prenderti un giorno e staccare la spina per venire con noi?», domandai con un filo di voce.

Una parte di me lo chiedeva sperando in un sì, l'altra parte era quasi allarmata all'idea di una risposta positiva. Stavo davvero valutando di mettere le due risposte sopra i piatti della bilancia? Allontanai quel pensiero inopportuno. Io volevo Mattia, io volevo mio marito con me.

Mattia mi sistemò dietro l'orecchio una ciocca di capelli sfuggita all'elastico. «No, piccolina mia, purtroppo questo periodo è davvero incasinato. Siamo sommersi di richieste e di nuovi clienti, e sai bene che non posso dire di no. Però magari un giorno, quando la situazione si sarà calmata, riusciremo a organizzare un weekend per noi. In ogni caso sai che puoi trovarmi sempre qui», spiegò portando il suo indice all'altezza del mio cuore.

«Ah, ecco...», sussurrai giù di morale. Era la verità,

anche se era difficile conviverci e digerirla: Mattia non si sarebbe mai preso dei permessi per una gara di agility dog.

«Però potresti essermi d'aiuto per la scelta dell'abito da portare via», proposi per cambiare discorso e ritrovando il sorriso. Tanto era solo tempo sprecato insistere per la sua presenza. Era un nostro tacito accordo prematrimoniale: ero libera di potermi dedicare alle mie passioni, senza sentirmi in obbligo di coinvolgerlo.

Mattia mi zittì con l'indice, sigillando le mie labbra, senza darmi la possibilità di aggiungere altro, mentre con il pollice mi solleticava il mento. Poi scese fino al collo e, molto lentamente, abbassò prima una spallina e poi l'altra della sottoveste, che cadde a terra adagiandosi intorno ai miei piedi creando delle morbide onde. Restai quasi nuda davanti a lui.

Avevo il fiato corto per quel gesto inaspettato. Mattia non mosse un solo muscolo, limitandosi a registrare ogni mio respiro. I suoi occhi scorrevano rapidi e affamati sopra ogni centimetro della mia pelle, sembrava indeciso su quale punto volerli fermare. Al solo pensiero la mia schiena fu attraversata da brividi di piacere.

Mi sentii quasi imbarazzata di fronte a quello sguardo tanto spudorato, ma al tempo stesso eccitante. La temperatura nella stanza era salita rapidamente o forse ero io a percepire più caldo. Non riuscivo più a capirlo.

"Ti prego, toccami", pensai con una tale intensità da annullare qualsiasi altro pensiero. "Toccami", ripetei mentalmente.

Un sorrisetto complice affiorò sul volto di mio marito, quasi avesse intuito la natura dei miei pensieri. Lui mi conosceva bene.

"Dài, fallo", insistette la vocina nella mia testa.

Mattia piegò all'insù gli angoli della bocca e mise fine a quel momento, accomodandosi sul materasso.

E poi mi colse di sorpresa, afferrando le mie natiche con le mani e attirandomi a sé. La sua presa era forte e decisa, sentivo le sue dita premere sulla mia carne. La mia pelle ardeva nei punti in cui lui si soffermava. Si insinuò sotto l'elastico degli slip, creando un gioco di cerchi. Era una lenta agonia, una tortura. Avrei voluto dirgli di smetterla, di porre fine alla sua provocazione, di prendermi e di fare l'amore. Proprio lì, ora, ma le parole mi morivano in bocca ancora prima di uscire.

Invece lui mi abbassò le mutandine e sollevò lo sguardo per incrociare i miei occhi. Voleva vedere la mia reazione, l'effetto che aveva su di me. Rovesciai la testa all'indietro e mi morsi il labbro. Non resistevo più e non sapevo come dirglielo.

Si avvicinò con la bocca all'altezza del mio ombelico e cominciò a solleticarlo con la lingua. La sentivo calda, invitante. Desideravo che scendesse di qualche centimetro per darmi ancora più piacere. Però Mattia non era dello stesso avviso. Avevo capito le sue intenzioni: voleva che prendessi io l'iniziativa.

Mi sedetti a cavalcioni sopra di lui, in una di quelle posizioni che avevamo esplorato nei primi mesi di fidanzamento. Quando non avevamo una casa nostra e dovevamo accontentarci dei sedili posteriori della sua automobile.

«Isabel, è così che mi vuoi?», mi chiese senza alcuna inibizione.

Sentivo la sua erezione premere contro di me, cercare a tutti i costi una via di ingresso.

Annuii, continuando a strusciare il mio corpo contro il suo. Prima lentamente e poi aumentando di intensità. «Sì, però stai parlando un po' troppo per i miei gusti...».

«Allora vedi di farmi stare zitto», replicò affondando i denti nella mia carne.

«Su, maritino, fammi vedere di cosa sei capace. Prendimi!».

Mattia non se lo fece ripetere e mi infilò due dita dentro per capire quanto fossi eccitata. Un lampo di soddisfazione gli attraversò il volto, consapevole che a breve avrebbe potuto fare di me ciò che desiderava. Era un uomo appagato. Entrò dentro di me senza alcuna difficoltà, affondando con spinte sempre più decise. Il mio corpo lo stava aspettando ed era un invito senza limite di tempo.

Circondai il suo collo con le braccia e mi abbandonai a quell'intenso piacere, capace di farmi dimenticare tutto il resto.

«Frida, qui, veloce», le ordinai correndo accanto al primo ostacolo.

Frida lo superò senza difficoltà e passò a quello successivo in pochissimo tempo. Era rapida, scattante, concentrata in quello che gli stavo chiedendo di fare. Ci aspettava una gara il giorno successivo ed ero determinata a portarmi a casa una medaglia. Non ero una persona competitiva e non avevo intenzione di diventarlo, ma volevo che la giuria riconoscesse dei meriti a Frida. Non a me.

Ero io ad aver fallito la volta precedente, ero stata l'anello debole, non lei. Solo che in una gara del genere era richiesto l'impegno di coppia. Ci allenavamo da così tanto tempo che dovevamo farcela. La guardavo correre e saltare tutti gli ostacoli, e non pensavo ad altro che alla sua spensieratezza. Non poteva capirmi, però volevo che sapesse quanta felicità aveva portato nella mia vita.

«E stop», esclamai, piegandomi sulle ginocchia e schiacciando il pulsante del cronometro. «Niente male, davvero niente male!», ammisi soddisfatta del risultato e prendendo fiato.

«Se riuscirai anche domani a fare un percorso come questo, hai la vittoria in pugno», aggiunse una voce femminile alle mie spalle.

Era Anna, una delle mie amiche e compagna di esercitazioni. Oddio, in teoria il vocabolario definisce amico una persona con la quale si condivide un intenso e contraccambiato sentimento di affetto. Be', nella realtà non era esattamente così.

Non avevo amiche vere. Ero un tantino esigente in quel "campo" e non avevo incontrato ancora delle persone che potessi considerare tali. Non era per una forma di superiorità, semplicemente non avevo ancora trovato nessuna con la quale condividere un certo tipo di affetto. Durante gli anni delle elementari, due mani bastavano a contare il numero delle mie amiche, ed era il periodo più bello. Non c'era giorno in cui tornassi a casa da sola e non c'era giorno in cui non andassi a casa delle altre. Era quasi una convivenza pomeridiana, eravamo come sorelle, pronte a condividere le fette della torta di mele e a scambiarci le penne colorate per fare i compiti.

Cercai di sforzarmi di ricordare il momento in cui tutto era cambiato. Ma certo, al liceo! Il passare degli anni, il trasferimento delle nostre famiglie, il cambio di scuola avevano obbligato tutte noi a prendere strade diverse.

Le poche "sopravvissute" frequentavano con me il liceo classico, eravamo sempre unite e con i diari segreti pieni di dediche e confidenze. Fino al momento in cui non scoprimmo loro*: i ragazzi.* E l'amore era stato davvero portatore di guai. Serena fu la prima a cadere vittima di quella trappola, dedicando al ragazzo di allora tutto il tempo che aveva a disposizione. Fu una reazione a catena, e così il nostro gruppetto si sciolse. Dove avrei trovato delle nuove amiche?

Mattia non mi aveva mai rinfacciato il fatto di essere sola e, anche se l'avesse fatto, non mi sarei di certo giustificata. Avevo tanti conoscenti e aspettavo fiduciosa l'arrivo di una vera amica.

«Con la sfortuna che mi ritrovo, domani mi verrà un crampo alla gamba mentre corro. Voglio proprio vedermi gareggiare con la velocità di Dr House». Sbuffai al pensiero della gara precedente.

Anna mi passò una bottiglietta d'acqua e il suo Beagle si precipitò come una saetta addosso a Frida, sollevandosi sulle zampe anteriori e aprendo la bocca pronto a giocare. «Certo che se parti già così prevenuta, poi ci credo che ti va tutto storto... Io domani cercherò di mandarti un pensiero positivo e lo farà anche il piccoletto qui sotto», e indicò il suo cane.

Sorrisi. «Sicuramente ne avrò bisogno, visto che ci saranno anche alcuni dei partecipanti della scorsa volta. Dio, che imbarazzo. Secondo te si sono dimenticati della mia caduta?», le domandai preoccupata. Fino a quel momento non mi ero soffermata troppo su quel pensiero e ora sentivo l'ansia divorarmi.

«E quindi? Che ti importa», disse Anna in tono risoluto. «Secondo me sei troppo severa con te stessa, lo vedo anche quando ti alleni. È vero che uno cerca di superare i propri limiti e di dare il massimo in quello che fa, ma certe volte è meglio rallentare e vivere tutto con più serenità. Non credi?»

Mi chinai ad afferrare una pallina gialla e la lanciai lontano. Frida seguì con gli occhi la traiettoria e poi si tuffò all'inseguimento. Scattò sulle zampe e lasciò una scia di ciuffi d'erba dietro di sé. «Non sono severa, credo in quello che faccio e Frida è nata per gareggiare. Lo vedi anche tu quanto è precisa e veloce».

«Andiamo a sederci un attimo all'ombra? Non ce la faccio più con questo caldo. Se la temperatura non cala un po', mi sa che per i prossimi giorni non mi eserciterò», affermò Anna sventolando una mano davanti al volto. «Comunque hai detto bene… Frida».

La seguii in direzione della panchina, riparata dal sole grazie a un imponente albero che allargava le sue braccia colme di foglie verdi. «Cosa intendi?».

Anna picchiettò sul legno per invitarmi ad accomodarmi al suo fianco. «Che in questo esercizio tu sei la mente e lei il corpo. Sembra si tratti di qualcosa che vuoi tu e non il cane. Ma sai bene che è lei la vera protagonista. E Frida non ti farà mai una colpa se non si porterà a casa una medaglia, non le interessa se non eseguirà alla perfezione il percorso, per lei conta solo averti accanto. Ricevere il tuo affetto e divertirsi con te. Cerca sempre di tenerlo a mente».

Spostai lo sguardo verso un punto all'orizzonte, dove Frida e Pongo stavano lottando per il possesso della pallina. Erano spensierati, si limitavano a rincorrersi e ad abbaiare per richiamare la nostra attenzione. Anna aveva capito tutto, ne stavo quasi facendo una ragione di vita o di morte.

«Forse un po', ma sai bene che non ho altro».

«Ehi», mi riprese seria. «Che cosa sono questi brutti pensieri? Che significa non ho altro? Vuoi che ti ricordi tutti i motivi per cui la tua vita è molto più piena della mia?».

La sua domanda diretta mi colse di sorpresa. Il tono che aveva usato nascondeva una nota di malinconia.

«Anna, non metterla su questo piano. Credimi quando ti dico che Frida è il mio mondo, con lei ho trovato il modo di impegnare le mie giornate. Passare il mio tempo con quella massa di pelo è il mio ingrediente del buonumore. Sto spesso da sola a casa e almeno, con Frida, occupo le giornate e mi diverto», mi fermai un attimo. «E poi parli tu. Ti sei sposata, hai un bel lavoro, due figli e non ti sembra piena la tua vita?».

Anna spostò lo sguardo altrove. Sembrava pensierosa e con la testa persa chissà dove. «Isabel, mi sto per separare…».

Sgranai gli occhi. Tutto mi sarei aspettata ma non quello. La conoscevo solo da un anno, aveva iniziato a partecipare alle esercitazioni dopo di me e si era da subito instaurato un bel rapporto tra di noi. Quel giorno, quando l'avevo incontrata, mi era sembrato di rivedere me stessa. Si guardava attorno, era preoccupata o si sentiva fuori luogo. La capivo, mi ero sentita nello stesso modo quando avevo iniziato a frequentare quel posto. Così mi ero avvicinata, quasi spinta da un'attrazione inspiegabile. Non sapevo molto della vita di Anna, non mi ero mai posta il problema di indagare, non ero invadente. Una donna si apre quando lo desidera, e racconta quello che vuole raccontare. Ero al corrente che fosse sposata con Riccardo, ogni tanto lo vedevo portare i loro due figli piccoli durante le prove, e mi sembravano una coppia affiatata. Una bella famiglia.

Le sfiorai la mano, come a voler stabilire un contatto con lei. «Oddio, ma come? Ho visto Riccardo qui poche settimane fa, che è successo?».

Fece spallucce. «Sì, perché vogliamo rimanere in buoni rapporti per i nostri figli. Ma le cose non andavano già da tempo, hanno iniziato a peggiorare dopo la nascita di Gaia e non siamo riusciti a uscirne bene. Credo che la colpa sia di entrambi, io mi sono dedicata più alla famiglia, ho ripreso a lavorare e ho iniziato a trascurarlo. E lui ha iniziato a frequentare una collega di lavoro, prima solo come amica e poi, sai come vanno le cose…».

No, non sapevo come andavano le cose. Quando ci sono di mezzo due figli, non si può pensare di buttare all'aria tutto per una scappatella.

«Scusa se te lo chiedo, avete provato a parlarne? Ok, è stato con un'altra ma magari è stato un momento di debolezza, proprio per le cose che mi hai detto. So che è difficile, ma pensaci bene. Avete una famiglia».

«Credo che per loro sia meglio crescere in un clima diverso, senza bugie e circondati dall'amore. Non voglio colpevolizzare Riccardo, alla fine ha le sue ragioni, ma non approvo il modo in cui l'ha fatto. Non si è mai preso il disturbo di parlarmi delle sue preoccupazioni, ha lasciato che le cose andassero così e intanto cercava le attenzioni da un'altra donna. Questo non posso accettarlo».

«Non insisto se è questa la tua decisione. Sono certa che il tuo cuore conosca la risposta e so anche che troverai presto la tua felicità. Tu hai una vita piena e il divorzio non cambierà le cose. Tornerai a casa e la troverai comunque accogliente perché hai Pongo e due figli pronti ad abbracciarti».

«Il tuo matrimonio è stabile, sicuro. Ti auguro presto di mettere su famiglia, perché vedrai come la tua vita cambierà dopo l'arrivo di un figlio. Sei giovane, forse è questo che ti manca per sentirla completa. Non ci hai mai pensato?».

Scossi la testa. «No, un figlio, no. Adesso Mattia è troppo preso dal lavoro e desidero che prima si occupi di questo. Il resto arriverà, a tempo debito. I figli si fanno in due e per il momento non mi sembra così pronto a mettere su famiglia e neanche io lo sono».

Mi scrutò curiosa. Cercava di captare qualcosa che non riusciva ad afferrare. «Tu non mi sembri così convinta. Capisco l'esigenza di Mattia, ma se è qualcosa che tu desideri dovresti parlarne con lui».

«Mi dispiace deluderti, ma ti sbagli. Non sono pronta, il momento arriverà, quando entrambi lo desidereremo».

«E quando arriverà vedrai che guarderai il mondo con occhi diversi. Un figlio ti trasforma la vita, e tutto quello che ti sembrava un ostacolo insormontabile ti apparirà per come è in realtà: un problema e basta. Niente di più e niente di meno».

«Ma come ci riesci?», le chiesi.

«A fare cosa?»

«A tirarmi sempre su di morale».

Anna fece spallucce. «Le amiche non servono anche a questo?».

La guardai mentre agganciava il collarino al collo del suo cane e lo supplicava di tornare a casa. Lui era più cocciuto di Frida e non aveva intenzione di abbandonare la sua compagna di avventure.

«Già, le amiche», mi ritrovai a ripetere sottovoce.

Capitolo quattordici

2 giugno 2015 ore 21:42

Allacciato bene le scarpe?

2 giugno 2015 ore 21:45

Stavolta dovrò usare le forbici per sciogliere nodi tanto stretti. La lezione l'ho imparata e non si ripeterà mai più, grazie maestro Miyagi.

2 giugno 2015 ore 21:48

Ma chi? Il tizio di togli la cera, metti la cera?

2 giugno 2015 ore 21:50

Proprio lui. Sei o non sei un uomo saggio?

2 giugno 2015 ore 21:50

Dovrei sentirmi offeso, mi hai appena paragonato a un uomo ben più vecchio di me.

2 giugno 2015 ore 21:51

In realtà voleva essere un complimento. Ritiro quello che ho appena detto, non sei per nulla saggio.

2 giugno 2015 ore 21:52

Mi dispiace ricordarti, cara fanciulla carina e coccolosa, che quella che dovrà gareggiare contro la medaglia di bronzo sei tu! Quindi ti consiglio di andare subito a letto e di trovare l'energia giusta per affrontare la gara di domani.

2 giugno 2015 ore 21:53

Wow, questa sera sei l'uomo dai mille consigli. Però posso dirti che lo seguirò con piacere. Il tempo di infilare le ultime cose nel borsone e di chiuderlo.

2 giugno 2015 ore 21:54

Borsone? Dove devi andare?

2 giugno 2015 ore 21:55

Sono le cose che mi servono per domani, e anche il cambio per la cena organizzata dall'associazione. Mica posso presentarmi vestita con una tenuta sportiva e senza essermi data almeno una rinfrescata.

2 giugno 2015 ore 21:56

Ah, la cena… mi ero totalmente dimenticato. Non ho neanche dato la conferma e ormai credo di essere in ritardo. Alla fine meglio così, finisco la gara e torno a Torino prima che faccia buio. Non mi piace guidare la sera perché temo sempre di addormentarmi se sono da solo in auto.

2 giugno 2015 ore 21:59

Non credo che un posto in più o in meno possa fare la differenza, ma la decisione spetta a te. Non sono mai stata a una di queste cene, ho sempre pensato che fossero di una noia mortale, ma avevo dato per scontato la tua presenza. Vabbè, poco male… mi divertirò anche senza di te ;)

2 giugno 2015 ore 22:05

Non abbiamo mai tirato in ballo il discorso cena. Mi dispiace, non potevo saperlo.

2 giugno 2015 ore 22:25

Ehi, sei finita anche tu dentro la borsa?

2 giugno 2015 ore 22:30

Eccomi, sono pronta per andare a letto. Non devi giustificarti, come hai detto prima, non ne abbiamo mai parlato. Vedi di riposarti un po' anche tu e, niente… ci vediamo domani?

2 giugno 2015 ore 22:31

Contaci, ci sarò. Buonanotte Isabel.

2 giugno 2015 ore 22:32

Buonanotte Andreas.

Capitolo quindici
Andreas

Certe volte l'amore è come un vicolo stretto. Bisogna fermarsi in tempo perché in due non si passa.

La musica era al massimo del volume. Battevo a tempo con le dita sopra il volante, tenendo il ritmo e canticchiando il ritornello *I can't get no, satisfaction*.

Era il nostro rituale ormai da diverso tempo, una di quelle canzoni da ascoltare prima di ogni gara per ritrovare l'energia e lo spirito giusto.

«Hey, hey, hey», urlai con tutta la voce, muovendo le spalle a tempo.

Ulisse spuntò con il muso al di sopra dei sedili e osservò davanti a sé. Spostai lo specchietto per guardarlo meglio e lui incrociò i miei occhi, iniziando ad agitare la lunga coda.

La giornata era afosa. Giugno non aveva deluso le aspettative dei cittadini e del meteo, ed era giunto portando con sé un aumento notevole della temperatura.

Il sole era una sfera incandescente che infuocava l'abitacolo, rendendo l'aria irrespirabile. Accesi l'aria condizionata e sembrò che anche Ulisse mi stesse ringraziando. Avevo fatto una sola sosta di cinque minuti per offrigli una ciotola d'acqua fresca.

Erano trascorse tre ore dalla partenza e Ulisse non aveva ancora smesso di agitarsi e di abbaiare contro ogni auto che ci superava. Quello era il motivo per cui tenevo alto il volume della radio.

«Calma ragazzo, o di questo passo rimarrai senza voce oltre a farmi venire un gran mal di testa», lo rimproverai, quasi al limite della sopportazione.

Lui inclinò il muso, e le orecchie svolazzarono lungo i lati come panni stesi sospinti dalla brezza.

Azionai la freccia per segnalare il cambio di corsia, e sorpassai tre auto di seguito. Ulisse tornò ad abbaiare e io decisi di rinunciare all'impresa di calmarlo.

Il navigatore indicava che mancavano dieci chilometri all'arrivo e avevo rispettato la tabella di marcia senza trovare intralci lungo il percorso.

Guardai l'ora. Ero in anticipo. Perfetto, avevo tutto il tempo per fermarmi in qualche bar e sbocconcellare qualcosa prima della gara.

Il cellulare vibrò nella tasca dei jeans, ma decisi di ignorarlo.

«*It's the eye of the tiger*...», proseguii a canticchiare e gustandomi le ultime note della canzone.

Fui interrotto da una seconda e da una terza vibrazione. Vista l'insistenza, poteva trattarsi di qualcosa di importante. Ormai ero arrivato in prossimità del casello, pagai e mi accostai poco dopo per leggere.

Era un messaggio di Isabel.

10:59 Merda, merda, merda. Andreas, ci sei? Ti prego, batti un colpo.

11:00 Andreasssssssss! Sono nel panico più totale e nessuno mi risponde.

11:00 Dài, santo cielo, ma quanto ci metti a rispondere? Dove sei?

11:16 Eccomi, ci sono! Che è successo?

11:17 Oh, finalmente! Iniziavo a sentirmi male… e niente, mi sono persa!

11:18 Ahahah, tutto qui? E vedi di impostare il navigatore, no?

Pochi secondi dopo seguì un nuovo messaggio accompagnato da una nota audio registrata.

11:20 Giuro su quello che ho di più caro al mondo che adesso prendo questo navigatore e lo lancio fuori dal finestrino. Si è impallato e non trova più il segnale e sul mio telefono non ne ho un altro, dannazione!

11:21 Ascolta, fa' un bel respiro e dimmi dove sei

11:21 Non lo so, non ne ho la più pallida idea! Sì, ecco… vedo dei campi, tanti campi e alberi.

11:22 Questo non mi è d'aiuto. Che altro vedi? Un cartello stradale?

11:22 Sì, c'è scritto prossima uscita tre chilometri.

11:23 Ok, ho fatto prima di te. Ti ho localizzato. Tu prendi l'uscita e poi aspettami lì. Mi hai capito? Prendi quell'uscita e fermati subito dopo. D'accordo?

11:23 Sei la mia salvezza. Grazie.

Riavviai l'auto e alla prima rotonda tornai indietro. Incredibile, stavo andando in soccorso di una tipa che non aveva il navigatore sul cellulare. Perché continuavo ancora a stupirmi delle sue stranezze?

Tirai un lungo respiro e mi congratulai con me stesso. Stavo compiendo la prima buona azione della giornata, anche se l'impulso mi suggeriva di lasciarla lì in balia di se stessa.

Una decina di minuti dopo individuai la sua auto. Immaginavo fosse quella per due validi motivi: il primo era perché non c'erano altre automobili ferme con le luci d'emergenza accese e secondo perché era fucsia!

F-U-C-S-I-A. Dio, Isabel aveva una 500 fucsia. Era una violenza per gli occhi di qualsiasi uomo. Ma con che coraggio andava in giro, appoggiando il culo su una macchina di quel colore?

Accostai e scesi per avvicinarmi. Lei abbassò il finestrino di qualche centimetro e mi aggredì senza darmi il tempo di salutarla. «Ma insomma? Quanto ci hai messo?»

«Ehi, grazie per essere venuto», dissi rivolto a me stesso.

«Prego, non c'è di che», mi risposi.

Per tutto il tempo Isabel sbuffò e non si prese il disturbo di scendere dall'automobile. «Mi stavo preoccupando, pensavo che non saresti venuto».

«Hai una bella considerazione del sottoscritto. Niente anello da mostrarmi oggi?», la presi in giro sollevando la mia mano.

Fece spallucce. «Spiacente, ormai ha esaurito il suo potere con te».

«Su, quindi che facciamo? Pensi di riuscire a starmi dietro?»

«Eh, ci proviamo».

«Guarda che è davvero semplice», iniziai aprendo la sua portiera e indicando il cambio. «Ti ricordo che devi inserire la prima, la seconda, la terza in questo preciso ordine e ogni tanto giri questa cosa chiamata volante».

«Sai che sei davvero simpatico? Mi mancava quasi la tua ironia...».

«Ah, dimenticavo. Se preferisci posso farmela in retromarcia così mi guardi in faccia per tutto il tempo. Sono adorabile, lo so», e sfoggiai un sorriso angelico.

«Scelgo l'opzione numero uno, basta che andiamo», concluse chiudendo la portiera.

Per tutto il tragitto tenni lo sguardo incollato allo specchietto retrovisore. Non mi fidavo di lei, andava talmente piano che ero certo di perderla se avessi appena schiacciato l'acceleratore. Dovevo ricordarmi che stavo facendo da apripista a una donna che si era persa con un navigatore e che guidava una macchina che poteva fare concorrenza a Hello Kitty.

«Come scusa? Dici che potevo caricare Frida e lasciare Isabel in mezzo ai campi?». Mi rivolsi a Ulisse che abbaiava guardando il lunotto posteriore. Probabilmente riusciva a scorgere, nonostante la distanza, il suo simile. «Hai ragione! Tanto ormai siamo arrivati». Inserii la freccia e imboccai l'uscita alla mia destra.

Arrivati a destinazione, indicai a Isabel di infilarsi nel primo parcheggio libero. Proseguii oltre alla ricerca di un posto per me, ma notai che lei continuava a starmi dietro. Ma che stava combinando?

Mi fermai, abbassai il finestrino e tirai fuori la testa per voltarmi indietro. «Perché non ti sei messa lì? Era ottimo come posto e soprattutto vicino all'ingresso», le spiegai, puntando il dito verso quel punto.

«Oh, non avevo capito. Non importa, ti seguo così mi metto vicino a te».

Con una sola manovra infilai la mia macchina all'interno delle strisce bianche e spensi il motore, poi aprii il bagagliaio e feci scendere Ulisse, che sembrava sotto effetto di qualche stupefacente, tanto era vitale. Lui balzò giù pieno di entusiasmo e iniziò a mettere in moto quella sua coda che tagliava l'aria.

Poi mi appoggiai alla portiera e la mia mascella rotolò davvero fino a terra: Isabel doveva ancora parcheggiare. Girava il volante a destra e sinistra, alternando la prima e la retromarcia. Mi spostai per controllare che non urtasse la fiancata della mia auto con la sua sbadataggine. Davvero, ero senza parole. Mi accesi una sigaretta per gustarmi meglio quella scena che non mi era ancora capitato di vedere in tutta la mia vita. Anche mio nonno, che tra poco avrebbe detto addio alla sua patente, era più bravo di lei. Sorrisi, una volta rientrato a Torino mi sarei divertito a raccontarlo a Giorgio e a Marco.

«Ecco fatto!», esultò Isabel soddisfatta, come se non fosse successo niente, e scese dalla sua auto.

La prima cosa che notai furono le sue lunghe gambe infilate in un paio di shorts. Quella visione cancellò momentaneamente tutta la scena imbarazzante di cui ero stato testimone. Dannazione, non me la ricordavo così slanciata, così alta e ...così bella.

Si piegò in avanti per recuperare Frida, mettendo in mostra il suo fondoschiena alto e tonico. La sua schiena disegnava una linea dritta e aveva i capelli legati in un'alta coda di cavallo. Immaginai come potesse quel suo corpicino aderire al mio. Come le mie mani avrebbero potuto giocare con quella pelle così liscia e farla godere e urlare di piacere.

Scossi la testa e cercai un minimo di autocontrollo. Un attimo prima ridevo della sua goffaggine alla guida e ora stavo pensando a come sarebbe stato farci l'amore?

Isabel non si accorse di nulla, neanche dei miei occhi

puntati su di lei, e in quel momento ringraziai la sua ingenuità. Non sapevo cosa mi fosse passato per la testa, non era da me lasciarmi andare a certi pensieri, soprattutto dopo la convivenza con Regina. Certo, non ero cieco: quando una cosa è bella bisogna riconoscerlo e ammirarla.

Eppure c'era qualcosa di diverso. *Lei* era diversa. Non riuscivo a spiegarmelo.

«Andiamo?», domandò regalandomi uno dei suoi migliori sorrisi.

Doveva essere sicuramente il migliore perché le illuminava tutto il viso e, involontariamente, obbligava i miei muscoli facciali a ricambiare. Mi sforzai di ritornare in me e di non sembrarle un cretino.

«Prego, dopo di te». La invitai a precedermi, cercando di tenere a bada la forza di Ulisse che faceva del suo meglio per avvicinarsi a Frida.

Camminammo per qualche metro fino all'ingresso del padiglione dove si teneva la gara. Mi guardai attorno con aria curiosa, perché era la prima competizione al chiuso a cui partecipavo. Ulisse non sembrò farci caso, anzi, la sua attenzione era tutta focalizzata sul cane di Isabel. Gli davo pienamente ragione, aveva davanti a sé un bellissimo esemplare di Australian Shepherd. Lui doveva sempre farsi riconoscere. Anche in officina, ogni volta che entrava qualche cliente con un cane a seguito, sembrava risvegliarsi dal suo stato di torpore. Dava l'impressione di essere un animale nato per un unico scopo, ed era meglio non dirlo.

Notai subito parecchie persone occupate a parlare tra di loro. Le loro voci si mischiavano al disarmonico suono di uggiolii acuti. Era proprio come sospettavo: avrei avuto molti più rivali.

«Non… non ti sembrano tanti?», balbettò Isabel stupita. Anche lei si era resa conto del numero dei partecipanti.

Annuii. «Rispetto all'altra gara decisamente di più, però non è la prima volta che gareggio contro tante persone. E tu?»

«Nemmeno per me è la prima. Rispetto alle conferme di Facebook, direi che ce ne sono molte di più. Pensavo di sapere a cosa andavo incontro…», provò a spiegare. «E ora mi sento confusa e vorrei solo fare dietrofront e tornare a casa».

Abbassò lo sguardo, quasi a disagio. Isabel era a disagio? Sembrava sempre così sicura di sé e ora la vedevo con le difese abbassate e incapace di reagire.

«Ehi, tranquilla! Cosa devo inventare per farti ritrovare la grinta? Inciampare di nuovo addosso a te? Non so quanto ti convenga, forse ho anche preso qualche chilo nell'ultimo periodo», provai a scherzare per smorzare la tensione che si respirava.

Avrei pagato qualsiasi cifra per entrare nella sua testa. Il suo cambio di umore mi spiazzava e io non ero bravo a comprendere le donne.

E poi spuntò un altro sorriso. «No, è che… tutto questo viaggio è partito con il piede sbagliato, non avevo niente sotto controllo e se non ci fossi stato tu…», si bloccò, incapace di guardarmi negli occhi. «Io non so cosa avrei fatto».

Le toccai una spalla, ma subito ritrassi la mano, come se mi fossi scottato. Voleva essere un gesto innocuo, ma sfiorarla mi sembrava un passo falso, qualcosa di sbagliato e inopportuno. Non volevo che interpretasse male il mio gesto e, in fondo, io non volevo darle spiegazioni.

«Be', penso che avresti sicuramente trovato qualcuno che ti sarebbe venuto a prendere».

Scosse la testa. «In realtà tutti quelli che ho provato a chiamare non mi hanno risposto o erano impegnati al lavoro. Mi hanno consigliato di scaricare una applicazione da usare come navigatore, ma io non sono molto pratica in queste cose. Non sapevo chi altro contattare...».

In quel momento mi sentii affranto per lei. Le tremava la voce e il suo volto era attraversato da una traccia di disagio.

«Ora sei qui e non ha senso buttare all'aria le ore di viaggio fatte. Frida è pronta, vuole divertirsi e ha bisogno di te... quindi adesso entriamo lì dentro, ci registriamo e facciamo questa gara!», la incitai convinto.

Una parte di me voleva che lei non se ne andasse, anche se significava avere una rivale in più.

Isabel sembrò riflettere sul da farsi, si accovacciò sui talloni e appoggiò il suo viso contro il muso di Frida, mentre con una mano le accarezzava la schiena. Quel tocco era delicato e genuino, racchiudeva in un semplice gesto tutto l'amore per quel fedele compagno di avventura. Non era da me lasciarmi andare a certi sentimentalismi. Quando si trattava di animali, però, usciva fuori il mio lato sensibile, quella parte che di solito preferivo tenere solo per me. Nessuno avrebbe mai capito l'importanza di avere Ulisse nella mia vita, nessuno avrebbe mai capito come poteva sentirsi una persona quando quel suo fedele compagno l'avrebbe abbandonato per sempre, nessuno avrebbe mai capito la fortuna di avere al proprio fianco una palla di pelo capace di riempire i vuoti del proprio cuore.

Regina era l'unica donna che avevo fatto entrare nella mia vita, alla quale avevo mostrato parte del mio mondo. E aveva accettato Ulisse perché non aveva alternative. Anche perché io non avrei mai avuto dubbi tra lei e il mio cane. A volte evitavo di parlare in certi termini davanti ai miei amici o davanti a perfetti sconosciuti, perché sapevo che nessuno l'avrebbe mai capito.

Negli occhi di Isabel ritrovai me stesso davanti a quell'abbraccio, mi sembrò di viaggiare indietro nel tempo. Sentivo che di lei potevo fidarmi e che non era così stronza e smorfiosa come l'avevo etichettata. Chissà se anche lei si trascinava dietro dei pesanti fardelli.

«Entriamo e prepariamoci!», rispose Isabel sorprendendomi. «Frida, sei pronta? E questa volta ti prometto che faremo una magnifica figura, sento che tutta quella gente là dovrà mangiare la polvere...». Si alzò e incrociò il mio sguardo. «Allora, andiamo?».

Le feci l'occhiolino. «Andiamo».

Capitolo sedici
Isabel

Respira questo vento che ti spettina e ricorda che, a ogni battito di ciglia, c'è un sogno in attesa di spiccare il volo.

La giornata era iniziata nel peggiore dei modi e temevo che la nuvoletta di Fantozzi continuasse a riversare la sua sfortuna su di me. Quella mattina la sveglia non aveva suonato o, cosa più probabile, Mattia si era dimenticato di impostarla. Era stato male tutta la notte e non aveva fatto altro che fare avanti e indietro tra camera e bagno. Dato il mio sonno leggero, chiudere occhio era stata un'impresa praticamente impossibile. Quando finalmente ero riuscita ad addormentarmi, un rumore proveniente dalla strada mi aveva tirata giù dal letto. Era la serranda del garage dei vicini e significava una cosa sola: era tardissimo! Mi ero preparata in fretta, cambiando all'ultimo momento gli abiti che avevo scelto di indossare perché mi sembrava facessero a pugni con il mio umore, e avevo spuntato dalla lista tutto il necessario per affrontare il mio viaggio. Ero quasi sull'uscio della porta con le braccia sovraccariche di borse, quando qualcosa mi aveva bloccato: era il naso umido di Frida. Ma certo, mi stavo per dimenticare la *cosa* più importante. Mi scusai con lei per la mia mancanza e diedi la colpa alle poche ore di sonno. Avevo guardato un'ultima volta in direzione del salone, dove Mattia si era appena spostato. Era steso a pancia in giù sul divano, con un cuscino premuto contro la testa. Il suo aspetto era davvero terribile. Ero stata per un po' combattuta tra il restare e il partire. Mi sentivo in colpa a lasciare mio marito in quelle condizioni. Ma alla fine fu lui a insistere perché andassi.

Così ero partita, in ritardo rispetto alla mia tabella di marcia e con una sgradevole sensazione di dispiacere cucita addosso. Mi sarei precipitata alla gara, l'avrei fatta e poi sarei tornata di corsa a casa.

Come se non fosse bastato, il navigatore aveva di nuovo perso il segnale proprio quando mancava una manciata di chilometri all'uscita dell'autostrada. Ormai mi ero rassegnata all'idea di essere io il problema, perché non succedeva mai quando lo usava Mattia. Avevo iniziato a sudare freddo, non sapendo che altro fare. Il cellulare di Mattia suonava a vuoto, probabilmente si era addormentato, Simone era a lezione – evento da segnare sul calendario – e mia madre era dalla parrucchiera, cosa prevedibile. Mio padre e Anna non risposero a nessuna delle mie chiamate. In quel momento mi passò per la mente un'ultima possibilità: chiedere aiuto ad Andreas.

Ora ci trovavamo all'interno del padiglione in attesa di ispezionare il percorso. Mi sentivo così piccola e indifesa di fronte a uno spazio tanto grande. Camminavamo fianco a fianco, guardandoci attorno e valutando i potenziali rivali. La vista di almeno cinque Border Collie fece subito risuonare un campanellino d'allarme nella mia testa. Quella era la razza solitamente più abile e indicata per gareggiare e vincere, un leader indiscusso. Esistevano delle eccezioni e ne ero anche stata testimone, ma in linea di massima erano i favoriti.

Poco prima di entrare avevo avuto un momento di cedimento. Forse era ancora il ricordo della gara precedente, che non aveva intenzione di abbandonarmi. Non mi era mai capitato prima. Nella mia vita avevo sempre cercato di tenere tutto sotto controllo, ero sempre stata attenta a valutare i pro e contro di ogni cosa e quel giorno mi ero dimenticata di stringere bene i lacci delle scarpe. Era una delle prime cose che facevo. Non sopportavo l'idea di essermi distratta a causa di Andreas.

Andreas, di fronte al mio cedimento, si era mostrato gentile, e aveva sfoderato la carta della simpatia, cercando di trasmettermi un po' della sua grinta. Però c'era qualcosa che ancora non riuscivo a capire in lui. Non mi era chiaro se dietro a quel suo comportamento ci fosse qualche motivo che mi sfuggiva. Di una cosa ero certa: ogni volta che mi capitava di incrociare il suo sguardo era come se annullassi la donna che ero stata fino a un attimo prima, e mostrassi un altro lato di me, del quale ignoravo l'esistenza.

«Manca poco, sei pronta?», mi chiese richiamando la mia attenzione.

Annuii. «Sì, e guarda qui», risposi sollevando un po' il piede e muovendolo. «Ho allacciato anche bene le mie scarpe». E gli feci l'occhiolino.

Sul volto di Andreas spuntò quel sorriso disarmante che per qualche oscuro motivo, desideravo fosse solo per me. Stavo riscoprendo un uomo diverso rispetto alla prima idea che mi ero fatta di lui, e mi piaceva. Mi piaceva, l'avevo detto e ora quell'ammissione mi metteva paura.

No, no, no! Santo cielo, ero una donna sposata.

Una brava moglie non dovrebbe avere certi pensieri,

una brava moglie dovrebbe allontanare i tipi come lui, una brava moglie non dovrebbe dire le bugie, una brava moglie dovrebbe essere a casa con suo marito. E io stavo facendo l'esatto contrario. Una parte di me si sentiva lusingata dalle sue attenzioni, l'altra parte si vergognava del mio atteggiamento.

In quell'istante Andreas rovesciò la testa indietro e poi la scosse, senza però cancellare la mezzaluna del suo sorriso. «Buona fortuna, smorfiosetta».

Sbarrai gli occhi nel sentire le sue labbra pronunciare quel nomignolo. «Spiacente, mi sa che questa volta servirà più a te», risposi allontanandomi con Frida.

Avanzai di qualche passo e l'istinto mi portò a voltarmi. Mi meravigliai nel vedere Andreas fare lo stesso. Fu quello il primo momento in cui sentii le farfalle dentro lo stomaco.

La gara fu un successo. Mi sforzai di ricacciare indietro le lacrime quando sentii il mio nome. Non volevo che la parte emotiva di me prendesse il sopravvento.

Se in quel momento qualcuno mi avesse domandato: «Sei felice?», avrei risposto: «No, mi trovo direttamente al gradino successivo».

Non riuscivo in alcun modo a smettere di sorridere. La bellezza di quel momento irripetibile era troppa. Ero lì, con una medaglia che arrivava all'altezza del cuore e una coppa in mano, tra flash e applausi, mentre guardavo Frida che sembrava più eccitata di me. In quel momento mi ritrovai anche a ridere al ricordo della precedente gara e della mia stupida idea di mollare tutto. Mi voltai alla mia sinistra e scoprii che Andreas stava guardando me. E in quello sguardo potevo leggere più di quanto in realtà fossi pronta ad accettare. Il suo sorriso era per me, non per il suo traguardo. Non so come facessi a saperlo. Una donna certe cose le sa e basta.

Passai l'ora seguente a ringraziare per i complimenti ricevuti, e a rispondere a domande su Frida e sul nostro metodo di allenamento. Non sapevo mai bene cosa raccontare: in realtà l'agility dog era per noi un momento di complicità e di gioco. Avevamo iniziato così e volevo che le cose non cambiassero. Frida doveva vivere quelle gare in modo spensierato e con quel suo entusiasmo che catturava tutti. Frida saltellava contenta ogni volta che qualche estraneo si avvicinava e lei si godeva le carezze di tutti.

«Ci sarà anche lei alla cena? Sarei curiosa di togliermi qualche curiosità sulla razza di Frida. Io e mio marito abbiamo intenzione di prendere un altro cane, però prima vorrei saperne di più sul suo carattere», mi domandò una signora che aveva preso parte alla gara con il suo meticcio.

«Volentieri, per le domande non c'è nessun problema, deve solo avere parecchio tempo a disposizione per ascoltare tutti i pro», le risposi orgogliosa. «Per quanto riguarda la cena, preferirei prima sentire mio marito che sta poco bene. Questa mattina sono corsa qui lasciandolo alle prese con una brutta influenza».

«Ah, questi uomini!», replicò con una punta di complicità femminile. «Io tanto da qui non scappo».

«Mi dia solo il tempo di fare una chiamata», e mi allontanai con Frida verso un angolo più appartato.

Recuperai il telefono e notai il display pieno di chiamate perse e di messaggi ricevuti. Non ebbi il tempo di controllare che la foto di Mattia apparve sullo schermo.

«Finalmente! Iniziavo a preoccuparmi», esclamò mio marito con una voce un po' rauca.

Presa dall'euforia della vittoria, mi ero totalmente dimenticata di lui.

«Ti stavo proprio per chiamare, ma l'avrei fatto molto prima se...», lasciai la frase in sospeso.

«Se?», mi fece eco.

«Se non avessimo vinto! Amore, abbiamo vinto! Non hai idea, è stato tutto fantastico, noi siamo state forti. Abbiamo avuto anche un po' di fortuna, perché siamo arrivate prime per un millesimo di secondo, ma non ha importanza. Non riesco ancora a crederci, sono troppo emozionata». Sputai fuori quelle parole a raffica. come una mitragliatrice.

«E lo sento», rispose divertito. «Sono fiero di te e non dirmi che non te l'avevo detto. Brava!».

«Avevi ragione e io sono troppo pessimista. Solo che adesso si stava parlando di quella cena dopo la gara. Ti ricordi? Ti avevo accennato qualcosa, solo che non me la sento più così tanto di andare. Ti ho già lasciato tutto solo oggi... ma dimmi un po', come stai? Va meglio?»

«Forse è stato qualcosa che ho mangiato a cena, perché adesso per fortuna mi sento già meglio. Amore, ascoltami... non preoccuparti per me. Hai vinto una gara ed è giusto che tu ti goda questa giornata fino alla fine. Se ti fa piacere partecipare e sentirti lusingata da tutti i complimenti che riceverai, allora resta pure, davvero. Non mi offenderò certo per questo, anzi».

Per un attimo fui combattuta di fronte alle sue parole.

Avevo poco tempo per scegliere, ma dentro di me conoscevo già la risposta.

«Che scemo! E poi ho già ricevuto complimenti a sufficienza, per non parlare delle foto che hanno scattato», presi una pausa. «Sei sicuro? Non voglio stare in pensiero per te».

«Assolutamente! E poi mica devi starci tutta la notte, mangi qualcosa e poi ti metti subito in viaggio. Magari ti chiamo per tenerti compagnia lungo il tragitto se sarai stanca».

«Allora farò così e tu intanto riguardati. Ti amo».

«Anche io. A dopo», e chiuse la conversazione.

Appena mi voltai, andai a finire contro il corpo di Andreas. Le sue mani mi bloccarono per attutire il colpo. Da dove diavolo saltava fuori?

«Ah, ma allora il tuo è un vizio», lo presi in giro, allontanandomi.

«Guarda che la colpa è sempre sua», disse sulla difensiva, indicando Ulisse che saltellava sulle zampe per invitare Frida a giocare. «In realtà sono venuto per salutarti, ho visto solo dopo che eri al telefono e non volevo disturbarti».

«Sì, ero con Mattia. Stamattina, quando sono uscita di casa, non si sentiva molto bene. Stavo valutando se fermarmi a cena, ma visto che sta meglio e che ho vinto la gara… ho deciso che mi fermo».

Andreas si mordicchiò l'interno della guancia e spostò lo sguardo altrove. Era pensieroso e sembrava riflettere sul da farsi. Lo vedevo, stava lottando contro se stesso.

«Mi farebbe piacere che tu restassi, non si può festeggiare senza il secondo classificato». Mi spostai una ciocca di capelli dietro l'orecchio, alla ricerca di un modo per togliermi da quell'imbarazzo. «Ti va di andarci insieme?».

Avevo appena detto addio al mio buonsenso.

Capitolo diciassette
Andreas

Lei era come un rovo di rose dalle radici forti, che si erge spinoso. Era bella da guardare, ma lasciava i segni.

Quanto deve essere profonda una fossa per potermici seppellire? No, perché è quella la fine che farò molto presto.

Sveglia Andreas, niente domande a trabocchetto. Era semplice: sì o no, bianco o nero.

Avrei dovuto ringraziarla per l'invito, salutarla e fiondarmi immediatamente in macchina. Fare una tirata unica fino a Torino, mettendo quanta più distanza possibile tra di noi, e intrufolarmi nel letto accanto a Regina. Non era previsto che mi fermassi anche a cena. Nell'ultimo periodo non avevo fatto altro che pagare bollette in scadenza e anticipare il costo di pezzi di ricambio per l'officina, e una serata del genere significava una spesa in più da sostenere e giustificare. Non ne avevo davvero voglia. In più avevo fatto una promessa a Regina e intendevo mantenerla. Mi attendeva sveglia e non volevo fare tardi. Bene, quello era il piano più logico, più sensato, quello che qualsiasi uomo dotato di un pizzico di intelligenza avrebbe eseguito.

E invece, no. Eccomi qui, con Isabel seduta al mio fianco e Ulisse e Frida nel bagagliaio. Avevo anche abbassato i sedili per fargli più spazio, nonostante il SUV fosse sufficientemente spazioso. Ogni cellula del mio corpo era in allarme e mi suggeriva che ero ancora in tempo per dire di no e tornare a casa. Ogni cellula del mio corpo mi diceva che stavo commettendo un terribile sbaglio. Ma io ero sordo e continuai a guidare fino al ristorante, consapevole delle gambe nude di Isabel accanto a me e del suo profumo alla vaniglia che impregnava ogni angolo della mia automobile. Una parte di me desiderava che se ne andasse via al più presto per non dover dare spiegazioni a Regina, l'altra parte voleva che fosse persistente così da ricordarmi di quel momento.

Tenevo gli occhi fissi sulla strada, ma appena potevo ne approfittavo per guardarla. Non riuscivo a farne a meno. Isabel si sistemò meglio e accavallò in un modo talmente seducente quelle sue lunghe gambe sottili, che mi procurò un'erezione. Mi domandai di che colore fosse l'intimo che indossava e come fosse la sua pelle. Sarebbe bastato allungare una mano e scostare il suo vestito per scoprirlo. E poi cosa avrei fatto?

Merda, dovevo smettere di fantasticare su di lei e concentrarmi su altro.

Mi agitai un attimo sul sedile per mettere a tacere il vulcano racchiuso dentro ai jeans. Sperai che Isabel non si accorgesse di niente, anche se non mi sarebbe dispiaciuto farle vedere e toccare con mano l'effetto che aveva su di me.

Le sue dita, che trafficavano con i tasti della mia autoradio, mi riportarono alla realtà. E mi ricordai del suo brillante.

Dovevo tenerlo bene a mente: era sposata. S-P-O-S-A-T-A. E significava solo una cosa: dovevo starle lontano. Lei è come uno di quei cartelli stradali che trovi quando sei davanti a un bivio: ti obbligano a proseguire da un lato e ti vietano l'accesso all'altro. E a scuola guida ti insegnano a non imboccare una strada contromano.

Prima di Regina, ero abituato a divertirmi con le donne. Le portavo a letto e poi le scaricavo. Le occasioni non mi erano mai mancate, e non ero io a cercarle... erano loro a trovare me. Sfido chiunque a dire "no, grazie" di fronte a un invito servito sopra a un piatto d'argento. Ero un bastardo, d'accordo, ero egoista e volevo soddisfare il mio bisogno di sesso. Pensavo solo a raggiungere l'orgasmo per poi liberarmi di loro. In fondo non ero alla ricerca di una donna colta e intelligente. Quando fai l'amore ti importa che sappia dire "Oh Dio, sì ancora" o "Sto per venire". Però mi ero sempre posto un limite: tutte, ma non quelle sposate. Troppe complicazioni, troppi pericoli. L'esperienza mi insegnava a non ascoltare le loro promesse, dicevano di non affezionarsi, che volevamo le stesse cose e invece? Tutte stronzate! Arrivava sempre il momento in cui cambiavano, non accontentandosi più degli incontri sporadici e dei ritagli di tempo per fare sesso. Loro volevano uscire, fare quelle classiche cose da fidanzati. Che palle! Io non ero interessato all'argomento.

In questo caso, poi, c'era un particolare ancora più importante: non ero single. Nonostante gli alti e i bassi, ora vivevo con Regina e non volevo ferirla. Lei non se lo meritava, era diversa dalle altre. Mi sentivo in dovere di proteggerla. Con lei avevo scoperto sensazioni nuove, c'era qualcosa che mi spingeva a volere di più. Il sesso tra di noi era fantastico, ma c'era anche altro che superava di gran lunga qualsiasi avventura. Avete presente quando vi piace qualcosa da mangiare e non riuscite a controllarvi?

Continuate a riempirvi la bocca finché a un certo punto ne siete nauseati? Ecco, ero stanco di quella vita prima di lei.

Mi morsi la lingua per mettere un freno a quei pensieri e focalizzarmi sul presente. Non avevo giustificazioni. Ero uno stronzo, un verme senza spina dorsale e mi vergognavo per aver mancato di rispetto a Regina. Anche solo con la mente.

«Ma tu ascolti per davvero questa roba?», mi chiese Isabel, continuando a fare avanti e indietro per setacciare tutto il materiale.

Stava cercando qualcosa di suo gradimento. Ero curioso di sapere cosa.

«Isabel, fermati! Mi stai facendo venire il mal di testa. Comunque se è lì sopra, direi proprio di sì».

«Questa musica è un tormento per le mie povere orecchie, lo sai?», continuò lei, senza smettere di premere il tasto.

«Non riuscirai a farmi sentire in colpa. A me piace e il discorso è chiuso».

«E chi ha voglia di discutere con te. Sto notando che è tutta musica straniera, ma come fai? Non ti annoia?»

«Di solito preferisco gli artisti e i gruppi d'oltreoceano, però ne ho anche di italiana. Solo che dipende dal momento. Per esempio questa mattina avevo bisogno di qualcosa di energico per svegliarmi e caricarmi prima della gara».

«Ahhh, allora è per questo. Sei scusato. Su, forza… che hai di italiano?», mi domandò piena di entusiasmo.

«Prova a guardare lì dentro, non mi ricordo neanche io. Deve esserci anche un po' di roba vecchia perché non butto via mai niente». Indicai il vano portaoggetti.

Lo aprì e tirò fuori il mio raccoglitore di CD. Rimase un po' a sfogliarlo e poi fece la sua scelta. Si avvicinò al mio sedile e inclinò leggermente la testa per capire le funzioni della mia autoradio. I suoi lunghi capelli mi sfiorarono il braccio destro. Mi lasciai andare. Immaginai come mi avrebbero solleticato il petto nudo mentre era a cavalcioni sopra di me. Fantasticai di afferrarli e di avvolgerli intorno al polso mentre facevamo sesso. Chissà se Isabel era il tipo di donna che preferiva dominare o essere dominata. Chissà qual era la sua posizione preferita. Chissà come si trasformava il suo volto quando un uomo la faceva godere, se gridava per il piacere o mordicchiava il suo labbro inferiore per trattenersi.

Tentai di scuotermi da quello stato. Non era né il luogo, né il momento adatto per formulare certi pensieri. Intanto Isabel aveva inserito il CD. Sul suo viso c'era un'espressione stupita.

Furono sufficienti poche note per indovinare la canzone. Si trattava di *Vaffanculo* di Marco Masini. Scossi la testa sorridendo e le spiegai il motivo della presenza di quel disco nella mia macchina. Era il cantante preferito dei miei genitori e io ero cresciuto ascoltando le sue canzoni. Era il genere più distante da me musicalmente parlando, ma quel CD era un ricordo. Tutto mi sarei aspettato da lei, ma non quella canzone. Magari qualcosa di più romantico o femminile, giusto per farmi direttamente una dose di zucchero per endovena.

Isabel saltellò sul sedile battendo le mani. «Alza il volume al massimo! Dobbiamo festeggiare la nostra vittoria», esplose euforica.

Era incredibile. L'entusiasmo che emanava era capace

di attraversare il suo corpo e di arrivare fino al mio, infiammandolo. Era energia pura. Mi trasmetteva gioia, voglia di vivere e di urlare.

Accolsi la sua richiesta e alzai il volume e, senza rendercene conto, ci ritrovammo a cantare a squarciagola una canzone che ci stava mettendo a nudo. La stava mettendo a nudo, spogliandola di tutto quello che si ostinava a voler rappresentare. Si stava liberando di un peso che teneva dentro di sé. Cantava per stare meglio, cantava per dire al mondo che esisteva, cantava per tornare finalmente a respirare.

La guardai con la coda dell'occhio. Dio, era incredibilmente bella. Riusciva a far scattare qualcosa dentro di me. E non era solo merito del suo aspetto. C'era dell'altro, anche se non ero ancora in grado di dire cosa, o forse non volevo ammetterlo con me stesso.

Aveva gli occhi chiusi e faceva oscillare la testa a tempo, agitando la mano stretta a pugno come se fosse un microfono.

Iniziai a battere a tempo le dita sul volante, seguendo i suoi movimenti. «Vaffanculooooooo», gridammo all'unisono con tutto il fiato che avevamo in gola. In quel momento non ci stavamo preoccupando di niente, se non di accompagnare le parole di Marco Masini. Isabel non solo era incredibilmente sexy, anche la sua voce era in grado di aumentare il livello di testosterone di un uomo. Era intonata, seducente, vellutata anche quando non voleva.

Dietro di noi Frida e Ulisse ci imitarono, dimenandosi e abbaiando senza sosta.

Che macchina di pazzi.

Quando la canzone terminò, mi ritrovai senza respiro. Il cuore mi batteva all'impazzata.

La risata di Isabel si affievolì fino a lasciare spazio al silenzio. «Ora sì che mi sento meglio», disse compiaciuta, cliccando il tasto per passare alla traccia successiva.

Bloccai il suo polso. Era così minuto rispetto alla mia mano. Quel gesto la colse di sorpresa. Si voltò dalla mia parte e io avvertii una scarica di energia colpirmi, mettendomi KO. Se solo un tocco del genere mi mandava fuori combattimento, non osavo immaginare cosa ne sarebbe stato di me se mi fossi spinto oltre. Avrei rischiato un infarto all'istante. Sì, ma ne sarebbe valsa la pena.

«Questa lasciala, mi ero quasi dimenticato...», le dissi, liberando il suo braccio e riportando l'attenzione sulla strada.

Isabel non aggiunse altro. Si limitò ad annuire e ad appoggiare la testa contro lo schienale, rilassandosi e gustandosi il momento. Il suo respiro si era fatto irregolare e la sua gamba non aveva intenzione di restare ferma. Il corpo tradiva il suo turbamento.

«Ma se Dio ti ha fatto bella come il cielo e come il mare, a che cosa ti ribelli di chi ti vuoi vendicare...», intonai a bassa voce senza voltarmi.

Con la coda dell'occhio intravedevo le sue labbra aprirsi e chiudersi, senza emettere alcun suono. Stava cantando di nascosto. Probabilmente la stavo mettendo in imbarazzo.

Era una sensazione strana averla in macchina con me, al mio fianco. Le luci dei lampioni illuminavano il suo volto a intermittenza. Il suo silenzio mi stava facendo impazzire. Era peggio di una tortura. "Dimmi qualsiasi cosa", mi ritrovai a pensare.

Volevo sapere cosa le passasse per la testa. Fin dove la sua mente era arrivata.

E avrei voluto sapere anche io cosa stava passando nella mia, di testa.

Quando arrivammo a destinazione, Frida e Ulisse si erano addormentati e non ci fu verso di spronarli. Sembravano più contenti di rimanere lì sopra. Stretti l'uno contro l'altro. Quasi li invidiavo. Però dovevamo farlo.

Mi guardai attorno e ringraziai che il locale non fosse un ristorante a cinque stelle ma una semplice trattoria, con tanto di giardino dove parecchi cani si rincorrevano. Tolsi il guinzaglio a Ulisse e lo invitai a raggiungere gli altri.

La tavolata era già occupata per più della metà, ma non eravamo gli ultimi.

Dopo aver salutato i presenti, ci sedemmo uno accanto all'altro. Lei non perse tempo, afferrò un menu e iniziò a leggerlo attentamente. I suoi occhi scorrevano rapidi sulle pagine, avanti e indietro. O stava radiografando parola per parola o era solo indecisa. Quando arrivò il cameriere, ordinai una pizza con aggiunta di patatine fritte e un boccale di birra. Era l'accostamento perfetto per festeggiare. Isabel si limitò a ordinare una pizza con verdure grigliate e dell'acqua naturale.

Che delusione!

Isabel lanciò un gridolino di gioia quando si portò alla bocca il primo boccone. Sì, lei la mangiava senza sporcarsi le mani. La tagliava come se avesse tra le mani una prelibatezza di un qualche chef francese.

Era davvero buffa.

«Come ci si sente ad aver vinto una gara?», le chiesi portandomi un trancio di pizza alla bocca.

Isabel sorseggiò un goccio di acqua e arricciò le labbra. «È fantastico! Soprattutto perché non me l'aspettavo. Questa giornata era iniziata talmente male che pensavo non potesse migliorare, e invece...», fece una pausa. «E tu, che mi dici? Come ci si sente a essere arrivato dopo una donna?»

«Be', in questo caso devo alzare le mani in segno di resa. Le donne hanno battuto i maschietti. Quando si perde bisogna ammetterlo e basta».

Isabel prese la sua medaglia e la fece roteare con delicatezza tra le dita, come se stringesse un tesoro prezioso. «È davvero bella, non trovi? Mattia sarà contento quando tornerò a casa».

«Ecco, parlami un po' di te. Perché una tipa così precisina, perfetta e con una vita come la tua si mette a fare delle gare? Non riesco a immaginarlo», le chiesi. «Basta guardarti anche mentre mangi».

Isabel si bloccò all'istante, con la bocca semi aperta. Spostò lo sguardo verso il piatto, come se potesse leggerci dentro la risposta. «Sono vegetariana, e allora? C'è qualche cartello che lo vieta? E poi tu che ne sai della mia vita. Passare del tempo con Frida è il mio modo per staccare dalla realtà».

Ora si spiegava tutto: non mangiava carne.

Alzai le mani in segno di resa. «Contenta tu di privarti di tutto questo. Per carità, sono scelte discutibili o meno, ma che noia! E poi detta così sembra che la tua vita faccia schifo».

«Oh, no. Non è questo, è che io...», balbettò senza riuscire a dire altro. «Io ho Frida, riservo tutte le mie energie per lei. Passiamo le giornate ai giardini, ci alleniamo, ci guardiamo anche i film insieme. Questo è...».

Isabel si stava aprendo, scegliendo di mettere da parte la sua corazza. Decisi di approfittarne. «Non lavori?»

Scosse la testa. «Mattia non vuole, per lui va bene così. Preferisce che stia a casa a occuparmi del resto e fare quello che mi rende felice. A me non pesa, anzi. Sono contenta di avere tutto sotto controllo e di pensare anche a lui».

«Allora buon per te».

Isabel non gradì la mia risposta perché se i suoi occhi avessero potuto lanciare fiamme, a quest'ora sarei carbonizzato.

«No, aspetta», riformulai in fretta la frase per tranquillizzarla. «Intendevo dire che vorrei avere io un Mattia al femminile. Invece mi trovo a portare avanti l'officina che era di mio padre e sperare di non dover chiudere da un momento all'altro».

«Sì, mi hai accennato a delle difficoltà, ma non mi hai detto di Regina. Lei cosa fa?»

«È una cameriera e fa dei turni che cambiano ogni settimana. Capita che alcuni giorni ci incontriamo solo prima di andare a letto e altri quando suona la sveglia. Conviviamo da qualche mese e la nostra vita è così. Mi sopporta già fin troppo».

«Ah, sì! Su questo non c'è dubbio. Non deve essere facile stare con uno come te».

«Aspetta, cosa intendi dire con "uno come te"?»

«Uh», si tamponò le labbra con il tovagliolo. «Che sei così», mi indicò spostando la mano dalla testa ai piedi.

«Devo tirarti fuori le parole con una fune tipo come fa Indiana Jones? Spiegati meglio».

«Ma tu prometti di non arrabbiarti?»

«Ci proviamo».

«Non ispiri fiducia. Sembri il classico figaccione da copertina su cui tutte le donne sbavano. O meglio ancora, uno di quegli spogliarellisti che i locali ingaggiano per la festa della donna», rispose diretta. Un po' troppo diretta.

Scoppiai a ridere. «Figaccione da copertina, aiuto! Per carità, lo vedo anche io che non sono brutto, ma credimi a volte non capisco cosa ci trovino in me le donne».

In fondo era la verità.

Isabel si voltò dalla mia parte. Aveva la fronte corrucciata e un'espressione dubbiosa. «Be', non devo essere io a giudicare, ma posso dirti che sei uno di quei tipi che catturano l'attenzione. Ora però vedi di non montarti la testa, tanto lo so che ti stai prendendo gioco di me e vuoi tirarmi fuori le cose che vorresti sentirti dire».

Era sveglia, mirava dritta al centro e indovinava. «Magari sentirlo dire da te mi rende più contento, no?».

La cosa sembrò divertirla parecchio. «Certo che sei incredibilmente sfacciato. Ora capisco da chi ha preso Ulisse. Non sei il massimo come esempio da imitare».

«Ehi, signorina. Guarda che posso dire lo stesso di te e Frida, sembrate quelle classiche tipe che non vogliono farsi toccare o lanciarsi in nuove avventure per paura di sporcarsi».

«E anche se fosse? Non vedo dove sia il problema».

«Nessun problema, a meno che non lo sia per te».

Scosse la testa. «Non mi conosci bene allora».

«No, ma magari un giorno. Dipende anche da quanto avrai voglia di raccontarmi».

Spostò lo sguardo in basso e iniziò a giocherellare con la fede. «Sai, è la prima volta che mi fermo a una di queste cene. Di solito scappo sempre via perché non sono molto socievole e ho paura di annoiarmi. Ho come l'impressione di sentirmi fuori luogo e di non avere niente da dire alle persone».

«Ma dài? Non l'avrei mai detto, sembri così spiritosa e di compagnia…».

«E d'accordo! Ho sbagliato a trattarti in quel modo, ma per quanto dovrà andare avanti questa storia? Cosa vuoi sentirti dire?»

«Vediamo un po'. Che ne dici di "scusami"? Credo che potrebbe andare bene».

«Scusa e la chiudiamo qui?»

«Sì, tu dillo e ricominciamo come se niente fosse successo. Amici?». E le tesi la mano.

Si mordicchiò il labbro. «Andreas, ti chiedo scusa. E amici sia», acconsentì e la strinse con decisione.

I suoi occhi erano fissi e immobili, incollati dentro ai miei. Se anche quel gesto voleva rappresentare un tentativo di mettere in chiaro le cose, sentivo che i nostri corpi stavano giurando il contrario. Era tesa, stava mascherando quello che provava. Ero bravo a interpretare i messaggi del corpo delle donne, e lei mi stava lanciando un messaggio inequivocabile. Era combattuta. Eppure non mi sembrava una tipa da rischiare tutto per una testa calda come me. Quindi cosa voleva davvero? Ma la domanda più importante era: cosa volevo io da lei?

La cena trascorse in fretta, tra risate, brindisi e chiacchiere tra persone che condividevano la stessa passione e amore per gli animali. Non mi accorsi neanche del tempo che passava, almeno fino a quando il cellulare di Isabel non suonò. Il display si illuminò, mettendo in bella mostra una foto di lei insieme a Mattia. Per qualche insolito motivo, vedere la faccia del marito mi fece andare il sangue al cervello. Aveva spezzato un momento solo nostro e a cui non ero ancora pronto a rinunciare. Isabel era sua e lui aveva tutte le ragioni per chiamarla, però io non potevo ancora lasciarla andare.

«Pronto?», disse rispondendo al telefono. «Ciao tesoro! Sì, la cena è appena finita e stavo salutando tutti prima di partire», continuò e mi fece cenno di scusarla mentre si allontanava per proseguire la conversazione. «Scusami, non ho visto l'ora. Vedo di mettermi subito in viaggio».

Era strana. Sembrava quasi che avesse paura di parlare con suo marito e cercasse di trovare una scusa per giustificare l'orario. Non aveva fatto niente di male, si era solo fermata a una cena che si era protratta oltre il previsto. La osservavo mentre camminava avanti e indietro, e ogni tanto sollevava gli occhi al cielo e sbuffava. Poi guardava verso di me, come a verificare che fossi ancora lì. Più volte fece segno di sì con la testa e poi mise giù la chiamata.

«Bene, direi che è arrivato il momento di andare a recuperare la tua auto e poi tornare a casa», suggerii quando tornò a sedersi. «Io preparo uno scudo per proteggermi dagli insulti di Regina.Secondo te riusciranno a rimbalza-re o lo bucheranno?», conclusi cercando di farla ridere.

Isabel non recepì la battuta o forse non aveva sentito una sola parola. Si limitò a sospirare e ad annuire. «Sì, è meglio. Così Mattia mi farà per un po' compagnia al telefono, giusto per non sentirmi sola. Prima andiamo e prima arrivo».

Quel breve tragitto in auto sembrò infinito. Mille parole mi attraversavano la mente, ma ogni volta che provavo ad aprire bocca, la richiudevo all'istante. Volevo solo godere della sua compagnia senza rovinare niente.

Accostai e scesi per primo, aprendole poi la portiera. Speravo di strapparle un grazie che rompesse quel silenzio innaturale e così pesante.

«Allora alla prossima, campionessa».

«Anche a lei, campione».

Era impacciata e forse lo ero anche io. Sembravamo due adolescenti al primo appuntamento, nessuno dei due riusciva a trovare il coraggio per fare il primo passo. Percepivo un filo invisibile di corrente ad alto voltaggio che ci attraversava e ci teneva legati. Una calamita tra di noi che ci obbligava a non a separarci. Mille pensieri attraversarono in pochi secondi la mia testa, non riuscivo a capire perché fossi a corto di parole in quel momento. Forse era merito della serata appena trascorsa o forse era semplicemente merito suo. Avevo scoperto una donna nuova, una donna che, per qualche assurda ragione, mi piaceva. E anche tanto. La cosa mi spiazzava.

«Allora vado», disse indicando la sua automobile, tenendo Frida al guinzaglio.

Feci un passo verso di lei, tendendole la mano. Mi sembrava la cosa più giusta in quel momento. Lei la guardò, come a cercare una spiegazione di fronte al mio gesto.

Percepii una sensazione di disordine nel mio stomaco, come se lei avesse appena spostato tutte le mie certezze. Mi aspettavo che stringesse la mia mano e invece avanzò verso di me, si sollevò sulle punte e lentamente sfiorò la mia guancia con le labbra. Anche se lieve e appena accennato, percepii tanto calore sprigionarsi da quella bocca perfetta a forma di cuore. Chiusi gli occhi per assaporare meglio quel contatto. Ne volevo ancora, non ero sazio. Immaginai cosa sarebbe successo se all'ultimo momento mi fossi girato di qualche centimetro e quella bocca fosse finita sulla mia. L'avrei davvero baciata?

4 giugno 2015 ore 3:05

Destinazione raggiunta. Tempo di infilare l'auto in garage e mi fiondo a letto. Sto crollando dal sonno, e tu? Ancora in viaggio?

4 giugno 2015 ore 3:07

Allora non sarai a letto prima di un'ora, calcolando la tua rapidità nel parcheggiare. Mi sento sollevato sapendo che sei a casa tua. Grazie per avermi avvisato, ora sono più rilassato. A me manca circa un'ora.

Buonanotte cara Isabel.

4 giugno 2015 ore 3:08

È troppo strano sentire la tua voce in una registrazione audio su Facebook. Lo sai che sembra più dura di quanto non sia in realtà? Comunque hai ragione, non sono mai stata brava a guidare, però ho sempre tempo per migliorare. Magari con un maestro come te, Miyagi. Se ci sarà di nuovo occasione di incontrarci, potresti aiutarmi a fare pratica. Apprendo in fretta.

4 giugno 2015 ore 3:09

Ma davvero? Non mi sono mai ascoltato, però adesso mi hai incuriosito. Allora deve essere la mia voce che spaventa i clienti quando mi chiamano in officina. Li faccio scappare prima che possano arrivare. Grazie a te ho scoperto finalmente il motivo!

Per il resto, ti prometto che farò del mio meglio per farti vedere che anche una donna può parcheggiare con due semplici manovre.

4 giugno 2015 ore 3:11

Mi accontento anche di cinque! Comunque ora è meglio salutarci, devo entrare in garage e lì non c'è segnale. Non sono molto brava con le parole però… grazie! Ho passato davvero una bella giornata.

4 giugno 2015 ore 3:12

Lo stesso vale per me, è un'esperienza da ripetere. Chissà cosa ci riserverà il futuro. Dolce notte, Isabel.

Capitolo diciotto
Andreas

Mi guadagnerò il mio lieto fine. Lotterò per non essere come uno di quei graffiti sulle pareti, logorato dal passare degli anni e dalle intemperie.

La città era silenziosa. Le strade erano libere, una manciata di automobili mi teneva compagnia. Le facciate dei palazzi erano ancora buie e assonnate. Qualche commerciante aveva già acceso la luce e iniziava a prepararsi per aprire la propria attività. Presto l'aria si sarebbe riempita di profumo di pane ancora caldo. L'alba era il momento della giornata che preferivo, quando la città si risvegliava ma sembrava ancora disabitata. Ti obbligava a riflettere, ti trascinava alla scoperta di nuovi angoli che, con il traffico, non riuscivi a catturare. Imboccai corso Vittorio e proseguii sempre dritto. Per la prima volta riuscii a sfruttare l'onda verde, non spostai mai il piede sul pedale del freno. Ancora due chilometri e sarei arrivato a casa. Ulisse si era addormentato in autostrada. Lui era fatto così, era come un bambino. Giocava, si divertiva, non stava fermo un attimo e poi la sera crollava. Probabilmente aveva anche russato, ma io avevo ascoltato la musica per tenermi sveglio. Qualche ora prima avevo avvisato Regina del mio ritardo, informandola del cambio di programma deciso all'ultimo momento. Non le avrei mai rivelato che era l'invito di una donna ad avermi fatto cambiare idea.

Trovai posto al primo tentativo, senza dover fare diversi giri attorno all'isolato. Una fortuna che non si ripeteva mai con la stessa frequenza. Ulisse sollevò il muso e si rizzò sulle zampe. Aveva riconosciuto la *sua* zona. Ero certo che nella sua testolina era spuntata una vignetta con su scritto "casa, cibo, biscottini, divano". Era un cane viziato, ma la colpa era solo mia. L'avevo abituato così.

Recuperai lo zaino sul sedile posteriore, chiusi l'auto e mi avviai al portone.

Entrai in casa, attento a non fare troppo rumore. Mi tolsi addirittura le scarpe all'ingresso.

Ulisse sembrava aver intuito qualcosa, si trattenne dal correre come un pazzo per le stanze. Si limitò a camminare con molta calma fino a raggiungere la sua ciotola piena fino all'orlo di croccantini. Mi spogliai e mi chiusi in bagno per farmi una doccia veloce.

Mi aspettavo che Regina dormisse, invece la trovai sveglia. Era seduta sul letto con le gambe piegate, un cuscino davanti alla pancia e due occhi gonfi e segnati da profonde occhiaie. Perché aveva pianto?

«Tesoro, ehi! Che è successo?», le sussurrai, sedendomi preoccupato al suo fianco. Regina scivolò verso di me.

Immaginai che mi avrebbe abbracciato, soffocando i singhiozzi sulla mia spalla, raccontandomi cosa la stesse turbando. Invece si spostò di qualche centimetro e rivolse lo sguardo dal lato opposto. Ero parecchio confuso.

Le afferrai una mano, ma lei la ritrasse, recuperando un fazzoletto per soffiarsi il naso.

«Bene, immagino di essere io il tuo problema», sospirai, stropicciandomi la faccia, stanco ed esausto.

Desideravo solo tornare a casa e fiondarmi a letto. Avevo guidato per tutto il tempo con quel pensiero in testa. Ero sfinito, incapace di parlare e gestire una discussione. Di lì a tre ore mi sarei dovuto alzare per aprire l'officina.

«Non so che cosa hai, ma possiamo riparlarne domani».

Mi coricai spossato e spensi la luce. Lei si voltò dall'altra parte. Qualsiasi cosa avesse, l'avrei affrontata il giorno successivo e con la mente lucida e riposata.

Regina non era dello stesso parere. «Scusami, non vorrei disturbarti ma hai visto che ora è? Io ora dovrei lasciarti dormire, quando tu non ti sei minimamente preoccupato per me che non ho chiuso occhio per aspettarti?», sbottò piena di rabbia.

Dalla stanchezza non riuscivo neanche a trovare forza per aprire gli occhi.

«Ti ho scritto in un messaggio che avrei fatto tardi. Preferivi forse un telegramma? O una lettera inviata con il gufo come in quel film che ti piace tanto? Mi dispiace, non capiterà più».

Regina accese la luce e sbuffò.

Cazzo, cosa dovevo fare per farla tacere per le prossime tre fottute ore?

«Ma ti stai sentendo? Hai bevuto per caso? Mi avevi fatto una promessa e pazienza se non hai potuto mantenerla, ma hai parlato di un leggero ritardo e a casa mia quattro ore non sono un leggero ritardo. Non si parla del tempo di una sigaretta».

Di dormire ormai non c'era più verso. Le sue parole così dirette avevano acceso un fuoco dentro di me. Qualcosa che pensavo di aver spento, ma che ora tornava a prendere vita. Eccomi di fronte a uno dei tanti motivi per i quali non volevo una relazione. Odiavo discutere.

Odiavo giustificarmi di fronte alle paranoie inutili di una donna.

«Ti ho già chiesto scusa, non puntarmi una pistola alla testa». Moderai il tono di voce, cercando di riacquistare il controllo. «Possiamo dormire ora e riparlarne domani? Ti prego, sono davvero stanco».

«È già domani se non te ne fossi accorto. Ho pianto fino a poco fa, il tuo telefono era irraggiungibile. L'hai spento di proposito o si è scaricato?», tuonò scattando fuori dal letto e rovistando nella tasca dei miei pantaloni.

«Ehi, cosa stai facendo?»

«Voglio scoprire quello che tu non vuoi dirmi».

In un attimo fui davanti a lei e le tolsi il cellulare dalle mani. Forse non era il comportamento più indicato per calmare le acque, ma nessuno doveva invadere la mia privacy. «Ho già risposto alla tua domanda. Ho fatto tardi perché mi stavo divertendo, tutto qua. Ti ho avvisato e ho fatto di tutto per rientrare a casa il prima possibile, per te», esplosi ormai fuori controllo. «Per te, lo vuoi capire?».

Lei scoppiò a piangere. Con il pollice sfiorai il suo volto e catturai una lacrima. Socchiuse gli occhi e spostò la testa di lato. Era di nuovo la *mia* Regina, era tornata da me.

«Guarda, lo vedi che non si accende più? Si è scaricato. Non avevo alcun motivo per spegnerlo. Immagino che appena lo accenderò troverò qualche messaggio poco carino, giusto?».

Lei annuì. «Sì, ma non sono cose che penso davvero. Scusami…».

La strinsi forte, cercando di farla calmare. Le accarezzai i capelli. Mi ritrovai a fare una lenta danza, i nostri corpi stavano ondeggiando anche senza musica di sottofondo. Aveva un profumo così diverso da quello di Isabel, più agrumato, e i suoi capelli non mi facevano il solletico. Per qualche assurdo motivo, provai un senso di insoddisfazione… come se mi mancasse tutto in quel momento. Tutto quello che mi aveva fatto innamorare di lei era come se di colpo avesse perso l'effetto su di me.

Le baciai affettuosamente la nuca. «Shhhh… possiamo andare a letto e cancellare quello che è successo?».

Mosse la testa. «Però mi coccoli un po'?».

Sospirai. «Sì, almeno finché non crollerò dal sonno».

La riportai a letto e mi presi cura di lei, come se fosse una bambina da proteggere. Crollammo dopo pochi secondi.

«Ti vedo distratto, che succede?», mi domandò Giorgio, spuntando con la testa da dietro l'auto. Isabel non solo aveva portato una ventata d'aria fresca nella mia vita, ma anche una buona dose di fortuna. Nelle ultime settimane il lavoro era raddoppiato. Niente di così rilevante da far aumentare il conto in banca, ma sufficiente per saldare i debiti con i fornitori. Ed era già qualcosa.

Gli passai un attrezzo dalla cassetta. «Niente, sono solo stanco. Dopo la gara mi sono fermato a cena con gli altri partecipanti e non mi sono accorto dell'ora. Quando sono rientrato a casa Regina era pronta con il fucile. Mi dispiace essere duro con lei, ma certe volte mi fa davvero perdere il controllo».

Giorgio abbandonò quello che stava facendo e si limitò a fissarmi. «Ribadisco: sei troppo distratto. Che cavolo mi hai passato! Mica devo fare un cambio gomme! E comunque, cerca di farti scivolare le cose addosso, lo sai come sono fatte le donne. Regina è una brava ragazza, probabilmente l'avrai fatta preoccupare. Secondo me ti immaginava già in una puntata di *Chi l'ha visto?*».

Scossi la testa e mi lasciai andare su una sedia. «No, lei mi immaginava nel letto con un'altra. È il suo chiodo fisso. Lei non si fida di me e forse non lo farà mai. Più andiamo avanti e più sembra che la nostra storia faccia come un gambero e torni indietro. Arriverà il giorno in cui scoppierò e non sarà un bel momento...».

«I casi sono due: o stai esagerando o lei è vicina alla verità».

Corrugai la fronte. «Dài, spara! Tanto tu sei dalla sua parte».

«Senti, Andreas...». Si fermò per asciugarsi la fronte. «Io non voglio giudicare la tua vita e le scelte che fai, ma è inevitabile notare che sembri assente nell'ultimo periodo. E non sto parlando di assenza fisica, ma di quella mentale. Ed è ancora peggio».

«Sono stato preso dalla gara, non c'è altro».

«Guarda che con me le tue bugie non attaccano. Lo senti questo rumore? Sono le tue unghie sullo specchio. Piuttosto, prova a dirmi che cosa ti passa per la testa».

Ulisse individuò una lucertola che era spuntata attraverso una crepa del muro, e iniziò a rincorrerla. Abbaiava, cercando di infilare il naso umido in quella piccola fessura. Poi si abbassava sulle zampe inferiori e balzava in alto, pensando di intimidirla.

«Ho conosciuto una donna, ma non è come pensi. Ti fermo prima che tu possa dirne una delle tue. Ci siamo incontrati durante una gara, e non so... abbiamo iniziato a sentirci su Facebook. Tutto qui, non è successo altro», gli spiegai, sperando che recepisse il messaggio.

Giorgio mi puntò un dito contro. «E lo sapevo io! Andreas, ti stai cacciando in un guaio. Smettila finché sei in tempo, perché poi sarà troppo tardi. Cerca di fare chiarezza dentro di te, ormai è palese che il problema non è Regina, sei tu. Vale davvero la pena rischiare di rovinare il rapporto con la tua fidanzata?».

Non ebbi il tempo di replicare che un anziano signore varcò la soglia dell'officina e si fermò a scrutare l'interno. Fuori la temperatura sfiorava i trenta gradi, ma lui non sembrava accorgersi di niente. Indossava un completo in fresco di lana, un berretto grigio a coprire i pochi capelli bianchi e teneva le mani sprofondate dentro le tasche dei pantaloni.

«Salve, possiamo aiutarla?». Ero abituato a ricevere visite di persone anziane, soprattutto con l'arrivo della bella stagione e la vicinanza dei giardini pubblici all'officina. Non sapevano come occupare le giornate e spesso passavano a scambiare due parole per trascorrere qualche ora fuori casa.

«Sì, sto cercando Thomas», esclamò sicuro di sé.

Mi girai verso Giorgio e lui fece spallucce, come a dire "non chiedere a me".

«Mi dispiace, qui non lavora nessun Thomas. Magari si è confuso, qualche metro più in là c'è un ricambista… forse lo troverà lì».

Il signore scosse la testa quasi infastidito e fece un lungo respiro per recuperare fiato. «Non mi deve dire lei dove devo andare. Sto cercando il signor Thomas, il proprietario. Devo parlargli, è una lunga storia».

«Sta parlando di Thomas Keller?», gli domandai diretto e quasi impaurito. Dentro di me speravo che mi dicesse di no.

I suoi occhi si illuminarono e la bocca si distese in un sorriso, mettendo in mostra qualche dente ingiallito. «Lo sapevo di essere nel posto giusto. Sto cercando proprio lui. Può aiutarmi?».

Mi alzai e mi avvicinai ancora scosso. «Credo che abbia fatto un viaggio a vuoto. Ora qui ci lavoro io, l'officina era di mio padre ma è venuto a mancare ormai molti anni fa». Pronunciai quelle parole con un nodo alla gola.

«Oh, dannazione! Ho fatto tardi», borbotto tra sé e sé, grattandosi il mento. «Mi dispiace, spero che non abbia sofferto. Era un tipo in gamba e sono contento che tu non abbia fatto morire questo posto. Lui ci teneva così tanto».

Annuii. «Sì, è così. Posso chiederle cosa cercava da mio padre?».

Mosse qualche passo verso di me. La sua andatura era incerta, zoppicava sulla gamba destra. Tirò fuori dal portafoglio una foto consumata e me la mostrò. Immortalava un tavolo pieno di prelibatezze e i miei genitori con i calici alzati. Al loro fianco qualche viso sconosciuto. «È del mio compleanno. Ho fatto una promessa tempo fa a quest'uomo e io sono di parola. Abitava al piano sotto al mio a Dresda, l'ho visto crescere e diventare un ragazzo. Poi ha conosciuto tua madre e si è spostato fino a Torino per seguirla. Per un po' ci siamo ancora sentiti, ma poi le condizioni di mia moglie sono peggiorate e ci siamo trasferiti altrove. Tuo padre mi ha sempre aiutato a sistemare le mie auto senza mai chiedermi niente in cambio. Aveva un dono e non lo faceva pagare».

Ero rapito da quello che mi stava raccontando. Ascoltarlo era come viaggiare nel passato e recuperare parti di una vita che non avevo vissuto in prima persona.

«Forse è anche per questo che l'officina è piena di debiti. Era troppo buono e la gente se ne approfittava», risposi senza preoccuparmi di dosare l'ironia.

«Hai detto bene, ragazzo! Continuavo a dirgli che in quel modo non sarebbe mai diventato qualcuno, perché il lavoro va pagato. Ma io le promesse me le ricordo bene, anche se la mia testa fa spesso cilecca». Mise via la foto e tirò fuori un pezzo di carta. «Questo è tuo. Ormai sono vecchio e non posso più guidare, ho venduto le mie auto da collezione e voglio godermi il tempo che mi resta per visitare qualche luogo in cui non sono mai stato. Non è mai tardi per farlo».

La mano mi tremava mentre afferravo quel foglietto piegato: era un assegno. Non era una cifra significativa in grado di rivoluzionarmi la vita, ma poteva alleggerirla per qualche tempo.

«È sicuro? Questi soldi sono suoi. Se mio padre l'ha aiutata non era per ottenere qualcosa in cambio».

Lui scosse la testa e brontolò qualcosa in tedesco. Poi aggiunse: «Te l'ho detto, la storia è molto lunga. Prendi questi soldi e compra qualche fiore per tuo padre anche da parte mia»

Prima che potessi replicare, una donna fece il suo ingresso e prese sottobraccio l'anziano signore. «Il dottore ha detto che con questo caldo devi stare al fresco. Ritorniamo in albergo che questa sera ci attende il volo», gli spiegò offrendogli una bottiglietta d'acqua.

«Come ho già detto, ormai sono vecchio. Per fortuna che mi sono scelto una badante fantastica, almeno morirò felice. Lo sai che parla ben tre lingue?», mi informò mostrando pollice, indice e medio.

La donna arrossì e scoppiò a ridere. «Credo che non gli interessi conoscere la mia vita. Chiedo scusa, ma dobbiamo davvero andare. È stato un viaggio già molto faticoso per lui, ma non sono proprio riuscita a fargli cambiare idea. È voluto venire qui di persona».

«È stato un piacere», mormorai abbracciandolo. Lui ricambiò e mi diede due pacche sulla schiena.

«Sei un bravo ragazzo. Fa' come ti ho detto», e si allontanò, salendo su un taxi che attendeva in doppia fila.

Rimasi immobile a salutare, finché l'auto non svoltò l'angolo e sparì.

Mi girai e incontrai lo sguardo di Giorgio. Anche lui era piuttosto confuso e incredulo per quell'incontro inaspettato.

«Ma sarà vero?», gli chiesi mostrandogli l'assegno.

«C'è solo un modo per scoprirlo», mi suggerì, indicando il timbro della banca.

5 giugno 2015 ore 20:54

Giusto per sapere, ma sei reale o sei un portafortuna? Perché da quando ti conosco mi stanno succedendo cose molto strane. Belle ma strane.

5 giugno 2015 ore 20:58

Oh, ciao! Non pensavo di sentirti così presto. Aspetta che mi pizzico un braccio così ti dico. No, mi sono fatta male e quindi direi reale. Ora sono curiosa, cosa ti è capitato?

5 giugno 2015 ore 21:02

Il lavoro è aumentato, cosa che non succedeva da tantissimo tempo. Per carità, niente di così sconvolgente ma per me significa molto. E poi oggi ho fatto un incontro pazzesco: si è presentato un uomo che conosceva mio padre. Ancora adesso devo riprendermi dalla sua visita. Sento che c'è qualcosa di magico nell'aria, com'è possibile? È merito di qualche tuo incantesimo?

5 giugno 2015 ore 21:05

Wow, queste sono davvero delle belle notizie. Sono felice per te. Magari un giorno mi racconterai meglio. Magari è il tuo periodo fortunato, dicono che la ruota giri per tutti.

5 giugno 2015 ore 21:10

Sì, ma magari non così velocemente. Soprattutto se poi deve rimetterci l'amore.

5 giugno 2015 ore 21:11

Non ho capito. Cosa intendi dire?

5 giugno 2015 ore 21:16

Che la mia vita sentimentale invece è un gran casino! Ho avuto l'ennesima discussione con Regina dopo la gara. Inizio a essere stanco.

5 giugno 2015 ore 21:20

È solo un momento, vedrai che passerà. Se ti va di parlarne, puoi sfogarti con me. Magari da donna posso aiutarti in qualche modo...

5 giugno 2015 ore 21:25

Posso chiamarti domani mattina? Posso usare Facebook, non voglio metterti nei casini chiedendoti il tuo numero.

5 giugno 2015 ore 21:34

Mi fido di te perché io non sono capace, quindi aspetterò una tua chiamata. Magari possiamo fare verso le nove? Forse per te è tardi, ma almeno sono certa di essere sola in casa. Sì... più che altro per parlare con calma.

5 giugno 2015 ore 21:36

Allora d'accordo così. Io adesso vedo di preparare qualcosa per cena.

Sogni d'oro.

Capitolo diciannove

10 giugno 2015 ore 8:56

- *Hai inviato una foto* - Ma buongiorno! Oggi io e Frida, visto che siamo sole, ci siamo alzate prestissimo e guarda cosa sto mangiando di buono. Ne vado matta. Invece Frida si è appena spazzolata due fette biscottate e ne pretende ancora. Credi che dovrei pagare la tassa sui rifiuti anche per lei?

10 giugno 2015 ore 8:58

Buongiorno anche a voi. Ulisse deve ancora svegliarsi del tutto, sta russando peggio di un maiale e aspetta solo di sentire il rumore delle chiavi per alzarsi. Lui è fatto così, non si scomoda finché non ha la certezza di uscire. Chiamalo scemo! Ora vorrei che mi spiegassi come diamine fai a mangiarti una coppa di fragole con cinque centimetri di panna sopra per colazione. Non te ne frega niente della linea? Io mi sono accontentato di un caffè senza zucchero, me lo faccio bastare fino a pranzo.

10 giugno 2015 ore 9:01

Anche Frida! Lei si accorge del rumore della scarpiera. Magari un attimo prima è spalmata sul divano e non dà segni di vita, e un attimo dopo sembra sotto effetto di qualche stupefacente. Comunque, caro Andreas, la colazione è il pasto più importante della giornata, non te l'hanno mai detto? Se fai una colazione sostanziosa, poi il corpo riesce a carburare e a resistere meglio fino a pranzo. E poi è tutto cibo sano, le fragole sono bio e la panna è vegetale, niente che faccia male al mio organismo.

10 giugno 2015 ore 9:03

Bio? Gesù, ma non sarai una di quelle donne fissate e attente a comprare solo queste stronzate? L'avevo capito che eri strana, ma non bastava essere vegetariana? Una volta si campava meglio e di certo non c'erano tutte le trovate commerciali di oggi. Maestrina, comunque lo so benissimo anche io che la colazione è il pasto più importante della giornata, solo che non trovo proprio il tempo per mangiare come si deve.

P.S. Mi chiedo dove lo metti tutto questo cibo. Sei magrissima.

10 giugno 2015 ore 9:05

Tu e Regina non fate colazione insieme? Noi la facciamo quasi tutti i giorni, almeno quando Mattia non è fuori per lavoro, tipo come oggi. Dovresti provare, è un bel modo per iniziare la giornata e fa bene alla coppia. Forse bisogna iniziare dalle piccole cose per conquistare la fiducia dell'altra persona. Provaci ;)

P.S. Non lo so neanche io, sarò una donna fortunata.

10 giugno 2015 ore 9:06

Quando ero piccolo mi piaceva sorseggiare il latte nella mia tazza preferita e inzupparci quanti più biscotti potevo. Facevo a gara con mia madre per chi riusciva a tenere in mano il biscotto per più tempo, senza farlo rompere. Ora è tutto diverso o forse sono io a essere cambiato. La mattina siamo sempre di corsa, soprattutto quando non sentiamo la sveglia, e molto spesso i turni di Regina non coincidono con i miei. Se lei lavora di notte, non si alza prima di mezzogiorno. Rientro a casa e la sveglio preparandole il pranzo, o almeno quello che riesco a cucinare nell'ora di pausa.

10 giugno 2015 ore 9:08

Che cosa simpatica, lo sai che lo facevamo anche io e mio fratello? Solo che vinceva quasi sempre lui e non mi ha mai rivelato il suo trucco. Era un nanetto malefico fin da piccolo.

Dài, cucini? Non l'avrei mai detto, di solito è difficile trovare uomini in grado di preparare qualcosa che non sia un uovo sodo. Cosa sai fare di buono?

10 giugno 2015 ore 9:10

In realtà mi arrangio con quello che mi ha insegnato mia madre.

Lei è davvero brava in cucina, fa delle vere magie. Anche se non riuscirò mai a raggiungere il suo livello, lei ha un vero dono. Sai, si è molto impegnata per rendermi un uomo indipendente. Dopo quello che è successo a mio padre, si è resa conto che la vita può davvero essere imprevedibile e le cose possono cambiare da un momento all'altro. Ancora oggi teme di lasciarmi solo, per questo motivo si è sempre preoccupata di insegnarmi le cose che considera più importanti. So cucinare, stirare, fare una lavatrice, pulire casa… be', in parole povere è solo grazie a lei se sono capace di fare più o meno tutto.

10 giugno 2015 ore 9:15

È una cosa bellissima. Leggere questo messaggio mi ha fatto venire la pelle d'oca. Sono una sciocca sentimentalista! Tua madre deve essere una grande donna e deve andare fiera di quello che ha fatto. Scusa se te lo chiedo, sei libero di non rispondermi se è una domanda troppo intima… Non si è più rifatta una vita dopo aver perso tuo padre?

10 giugno 2015 ore 9:18

Non mi ha mai fatto mancare niente, ha sempre cercato di darmi tutto quello che aveva perché non mi sentissi in difetto rispetto agli altri bambini. A volte mi ha regalato anche quello che non aveva. Si privava di tutto per me. La vedevo rientrare la sera dopo aver passato l'intera giornata a correre da una casa all'altra per pulirla, spostandosi in autobus perché non ha mai voluto prendere la patente. È sempre stata terrorizzata all'idea di guidare una macchina… curioso aver conosciuto e sposato un meccanico, no? Non si è mai lamentata del suo lavoro, non si è mai messa a piangere davanti a me. A volte la sentivo nel cuore della notte soffocare i singhiozzi nel cuscino, e io morivo dentro. Si chiudeva in camera e si lasciava andare solo dopo essersi assicurata che io mi fossi addormentato. Non ho mai osato bussare alla sua porta e stringermi nel letto accanto a lei. Forse è questo che rimpiango ancora oggi. Forse era lei quella ad aver bisogno di me in quel momento. E comunque no, non ha voluto rifarsi una vita. Amava troppo mio padre e ha sempre pensato di fargli un torto. Per carità, ha frequentato altri uomini ma non si è mai spinta oltre. Spero che cambierà idea, credo che abbia già sofferto a sufficienza.

10 giugno 2015 ore 9:25

Io ho avuto la fortuna di avere una famiglia molto unita. Posso solo immaginare il dolore di perdere l'amore della tua vita, non deve essere facile pensare di sostituirlo con un altro. Perché in fondo il rapporto non è finito per una decisione presa insieme, ma per volontà di una forza superiore. L'amore c'era e quello nessuno può cancellarlo. Permettimi di dirti che hai ancora tantissimo tempo a tua disposizione e non sei in ritardo se vuoi chiedere adesso scusa a tua madre per tutte le volte che non hai bussato a quella porta.

10 giugno 2015 ore 9:32

Chissà, magari capiterà l'occasione o forse no. Solo una cosa è certa: adesso sono io a vergognarmi. Ma raccontami di te, mi dicevi che hai un fratello. E i tuoi genitori dove vivono?

10 giugno 2015 ore 9:41

Sì, Simone. Mia madre non desiderava altri figli, non è mai stata una donna adatta a ricoprire quel ruolo. Per carità, non voglio dire che non sia una brava madre ma è molto particolare. Credimi. È una persona attenta alla cura del suo aspetto fisico, e già dopo la mia nascita si lamentava per la pancia e le smagliature. Ancora oggi, ogni tanto, dice che abbiamo rovinato il corpo tonico e perfetto che aveva. Lo so che lo fa scherzando, ma certe volte è davvero pesante. E quindi Simone è nato quasi per sbaglio, ma è il cocco di casa. Forse ci voleva davvero un altro figlio per rendere i miei genitori ancora più uniti. Mi ritengo fortunata.

Sono anni ormai che non vivo più con loro, è rimasto solo Simone che ha trasformato la mansarda in un appartamento indipendente. O meglio, i miei genitori hanno finanziato il progetto. Abitano a pochi chilometri da me, ma chiamano ogni volta prima di passare. Sanno come sono fatta, che ho bisogno del mio spazio e di organizzarmi.

10 giugno 2015 ore 9:52

Provo già simpatia per tuo fratello. Com'è essere cresciuta con lui? Alla fine, per quel poco che mi hai raccontato, siete molto diversi. Scusa, ma hai bisogno di una richiesta ufficiale per vedere i tuoi?

10 giugno 2015 ore 9:54

Sai, certe volte avrei preferito essere figlia unica. Non adesso, ma quando eravamo piccoli era insopportabile averlo in casa. I miei genitori stravedevano per lui e lui ovviamente se ne approfittava. Così la colpa per i danni che combinava ricadeva sempre su di me. E poi siamo troppo diversi, l'adolescenza è stata un vero incubo. Quando i miei non c'erano, la casa si trasformava in un inferno. Entravano e uscivano persone a ogni ora del giorno, c'era la nebbia per quanto fumavano e puzza di erba in ogni stanza. Davvero uno schifo. Ovviamente toccava sempre a me ripulire per nascondere le sue bravate. Era bravo a portarmi all'esasperazione. Per i miei genitori, intendo dire che io organizzo sempre le mie giornate. Appuntamenti compresi.

10 giugno 2015 ore 9:59

Ma sei seria o stai scherzando? Vedere i tuoi genitori non è mica un appuntamento! Semmai un piacere. Adesso si spiegano tante cose sul perché sei così rigida. Isabel, sciogliti un po'…

10 giugno 2015 ore 10:01

Perché le persone pensano che sia strano questo mio modo di fare? Io non vado a giudicare i comportamenti degli altri, e non capisco perché gli altri debbano farlo con me. Ognuno è com'è, giusto o sbagliato che sia. Io preferisco essere così che una fotocopia di qualcun altro.

10 giugno 2015 ore 10:05

Perché non ne sono sicuro? Ti ho visto l'altra sera, non ti sei resa conto di come ti sentivi libera fuori dalle tue mura domestiche? Non hai guardato neanche per una volta l'orologio. Ti sei limitata a goderti la vita e la vittoria. Goditi la vita, Isabel.

E non te lo sto dicendo perché ho qualcosa da insegnarti, ma perché sei bellissima quando lo fai.

10 giugno 2015 ore 10:07

Forse agli altri sembra che non lo faccia, ma non è così. Solo perché non vivo all'insegna del divertimento o del rischio, non vuol dire che la mia vita valga meno delle altre. Mi sono sposata anni fa con un uomo meraviglioso, ho una bella casa, ho Frida, posso contare sulla mia famiglia... che altro posso desiderare?

10 giugno 2015 ore 10:25

Non ho mai detto questo, ma solo che secondo me la tua vita non è tutta qui. È come se avessi premuto il tasto pausa da troppo tempo. Una parte di te pensa che questa sia la strada giusta, quella più convenzionale, ma sai che devi convivere anche con l'altra parte. Quella che non ha ancora avuto la possibilità di esprimersi.

10 giugno 2015 ore 10:27

Tu parli, parli... ma cosa pensi di aver fatto o di avere più di me?

10 giugno 2015 ore 10:52

Infatti, hai detto bene: io non ho niente. Però quel niente lo vivo come se fosse il mio ultimo giorno, come se fosse l'ultimo desiderio per un condannato. Domani potrei non esserci e allora perché privarmi di tutta la meraviglia del mondo per paura di non fare la cosa giusta? Che senso ha passare una vita a racimolare qualche soldo, se poi basta un imprevisto per privarci di tutto quello che abbiamo messo da parte? Io preferisco avere qualche spicciolo nelle tasche, ma un bagaglio di esperienze da raccontare.

10 giugno 2015 ore 10:54

Tu mi spaventi.

10 giugno 2015 ore 10:54

Perché? Come faccio a spaventarti?

10 giugno 2015 ore 11:02

Perché non ho mai dato confidenza a nessun uomo dopo essermi sposata. Nemmeno per scambiare due parole. Non amo le discussioni e se un problema si può eliminare all'origine, allora preferisco farlo. Mattia si fida di me perché sa come sono fatta, sa che non gli farei mai del male. Però, vedi, c'è una cosa che non sa... lui non sa di te.

10 giugno 2015 ore 11:30

Io ti ammiro molto, lo vedo che sei una bella persona... certo, a volte un po' stronza, però diretta. Non devi parlare di me a tuo marito, certe cose devono rimanere nascoste a fin di bene. Si chiamano bugie bianche, e servono a non fare del male a nessuno. Perché tu non vuoi far soffrire Mattia, giusto? E in fondo che cosa stiamo facendo di così sbagliato? Parlare non è mica un reato.

Rispondimi con sincerità, vorrei sapere cosa ne pensi.

10 giugno 2015 ore 11:32

No, hai ragione. Parlare non ha mai ucciso nessuno. Ora scusami, ma devo proprio andare.

Ti auguro una buona giornata e da' un bacio a Ulisse.

10 giugno 2015 ore 11:32

Ehi, non scappare. Che ti è successo?

10 giugno 2015 ore 11:56

Isabel, ci sei?

Capitolo venti
Isabel

Mi dimentico le cose. Il posto in cui parcheggio la mia auto, quante uova servono per fare una torta, dove ho appoggiato le chiavi di casa, una parola che resta sulla punta della lingua. Eppure, in tutto questo disordine, non mi dimentico mai di te.

Controllare il cellulare era diventata una fissazione. Qualcosa di cui non potevo fare a meno. Mi svegliavo al mattino con un chiodo fisso: leggere un messaggio di Andreas. Aprivo il cassetto del comodino e accendevo il telefono, mi tremavano le mani mentre aspettavo quei sessanta secondi necessari per poter accedere a Facebook. Ormai l'andamento delle mie giornate era scandito da Andreas. Quando non si faceva sentire per interi giorni, non riuscivo a darmi pace e arrancavo fino a sera con un senso di delusione cucita addosso. Continuavo a schiacciare il tasto centrale per illuminare il display o entrare e uscire dall'applicazione per verificare che funzionasse. Lo negavo a me stessa, ma il suo buongiorno era come una droga. E io ne ero dipendente. Cercavo di non scrivergli mai per prima, mi trattenevo, ma dovevo ricorrere a tutto il mio autocontrollo per mantenere la parola. Era ridicolo, lo so. Avevo fatto già diversi passi verso di lui, e ogni passo mi avvicinava alla scoperta di una verità che non potevo accettare. Alternavo momenti pieni di euforia ad altri di insofferenza, come se la mia vita dipendesse ora dai suoi messaggi. Mi stavo legando a delle parole scritte da qualcuno che si trovava a chilometri di distanza da me. Erano semplici lettere dell'alfabeto, ma per me rappresentavano molto di più. Quando vedevo spuntare il suo nome, mi trasformavo in un'altra persona. Mi sembrava di tornare ragazzina, quando non si mandavano SMS perché costavano troppo, e ci si limitava a fare gli squilli per dire "sai, ti stavo pensando". Nell'ultimo periodo Mattia era troppo preso dal lavoro, e io ero sollevata che non avesse tempo e voglia a sufficienza per fermarsi e osservarmi. Se solo lo avesse fatto, si sarebbe accorto del mio cambiamento. Gli sarebbe bastato incrociare i miei occhi per leggere tutte le bugie dette. La situazione mi stava sfuggendo di mano, ma più mi obbligavo a tirare il freno, più il piede schiacciava sul pedale dell'acceleratore. Non sarei mai uscita illesa da quella situazione. Stentavo a riconoscermi. Certe volte quando Mattia rientrava a casa, preparavo la cena distrattamente. Ero lì, ma con la testa altrove. Mi parlava, e anche tanto, ma le mie orecchie non riuscivano a recepire alcun suono. C'era solo un nome che mi martellava nella testa… e non era più il suo. Ero una moglie orribile. Desideravo che si addormentasse per rileggere le conversazioni con Andreas. Certe notti non facevo altro che verificare se fosse online, e poi iniziavo a digitare sulla tastiera. Volevo scrivergli, ma poi cancellavo tutto. Mi sentivo in colpa. Altre notti curiosavo nel suo profilo, controllavo gli ultimi post e poi passavo al setaccio anche il profilo di Regina. Da principiante, mi ero trasformata in un'esperta di Facebook. Nella mia vita non avevo fatto altro che rispettare le regole, ero sempre stata nel posto giusto al momento giusto, mi ero sempre preoccupata più degli altri che di me stessa.

Mi guardai allo specchio e scossi la testa senza speranze. Il mio aspetto era impeccabile, i capelli in piega, il trucco leggero ma curato, e un vestito di cotone con uno spacco laterale, come imponeva la moda. La donna davanti a me aveva ventinove anni e non era quello il tempo per fare le cazzate. Dovevo sforzarmi di allentare quella dipendenza, solo in quel modo mi sarei dimenticata di lui. Sì, avrei fatto proprio così.

«Mamma mia, quanto sei pesante! Sei proprio una porcella», esclamai senza fiato, mentre sollevavo sulle braccia Frida per adagiarla all'interno di una vasca in acciaio.

Anna era al mio fianco, pronta ad aiutarmi. Aveva bisogno di staccare la spina dalla tensione quotidiana. E lavare Frida era davvero una *mission impossible*. Il più delle volte l'affidavo a una toeletta dietro casa, ma con la bella stagione e le uscite ai parchi sempre più frequenti, aveva bisogno di una sciacquatina più spesso, così ci pensavo io. Dopo l'avrei anche pesata. Ero sempre attenta a dosare la quantità di cibo da somministrarle, doveva rimanere in forma e leggera per gli allenamenti e le gare. Se le avessi dato retta e il permesso di mangiare tutto, a quest'ora si sarebbe trasformata in una palla pelosa che faceva prima a girare intorno all'ostacolo che a superarlo.

Afferrai il braccio allungabile, dotato di un disco per l'acqua all'estremità, e regolai il getto. Anna si sistemò al mio fianco per accarezzare il petto di Frida e tentare di calmarla. Teneva le orecchie rivolte all'esterno e la coda nascosta tra le zampe. Frida ci provava ogni volta a lanciare quello sguardo languido capace di far sciogliere qualsiasi cuore di pietra, ma con me la carta degli occhietti dolci non funzionava. Tanto lo sapeva che alla fine si sarebbe guadagnata anche un premio, quindi poche storie.

«Al prossimo giro vedo di portare Pongo. Inizia a non profumare più di rose e i miei figli lo fanno sempre salire sul letto. E quella era una delle prime regole che mi ero data con mio marito, di tenerlo alla larga dalla camera da letto». Si fermò e si corresse. «Ex marito. Solo che adesso i bambini sentono la sua mancanza e non sono nella posizione per dire di no. Mi sento in colpa ogni volta».

Mi versai sulla mano una generosa dose di shampoo e iniziai a frizionare la schiena di Frida. «Anche lei lo fa sempre e soprattutto quando non la vedo. Pensa di essere invisibile e tenta di mimetizzarsi tra i cuscini. Vabbè, che te lo dico a fare...», replicai, continuando a grattare il corpo del mio cane. «Stai vivendo una situazione delicata e sicuramente ci vorrà del tempo per ritrovare la serenità. Quindi se Pongo rende felice i tuoi figli, lascia correre così, almeno per il momento. Sono ancora piccoli per capire tante cose».

«Sto cercando di spiegargli come mai papà non abita più con noi. È difficile trovare le parole adatte, per il momento sanno che è molto preso dal lavoro e deve viaggiare. Vogliamo che il distacco non sia immediato, e lui comunque potrà vederli tutte le volte che vorrà e lo faremo presente al giudice. Loro un padre ce l'hanno e desidero che possano goderselo, a prescindere dai nostri problemi che devono restare nostri e basta».

Frida non mi lasciò il tempo di rispondere. «Porca miseria! Non ti mettere giù», la sgridai tentando di sollevare più di trenta chili di peso. Si era appena accovacciata sul fondo della vasca ed era intenzionata a non spostarsi da lì. Quando si lasciava cadere a peso morto, neanche Braccio di Ferro poteva alzarla. Strinse gli occhi, riducendoli a due fessure, e mi lanciò un chiaro messaggio della serie "padroncina, ti sto odiando. Non ti faccio un po' di pena?". «Scusami, ma Frida è più cocciuta di un mulo. Comunque ritornando a te, sì, sono d'accordo. Vedrai che andrà tutto per il verso giusto e molto presto riuscirai a farti una nuova vita», dissi con il fiato corto. Frida si rifiutava proprio di collaborare.

«Vedremo... per il momento sto bene così e voglio tutti gli uomini di questo pianeta a debita distanza da me».

«Se pensi di riuscirci. Loro di solito hanno un fiuto infallibile per queste cose. Riescono a sentire ogni volta che una storia finisce e spuntano proprio in quel momento, non so come facciano».

In mezzo a tutto quel trambusto, il telefono nella mia tasca prese a suonare. Ero certa che si trattasse di Andreas. Non mi aveva scritto un solo messaggio ma ben tre di seguito. Avevo contato ogni singolo suono. Il desiderio di leggerli era fortissimo, ma dovevo terminare di lavare Frida e non volevo destare sospetti. Feci un lungo respiro per placare la mia agitazione, lottando contro l'impeto di controllare che cosa mi avesse scritto.

Anna sembrò non accorgersi di niente, e regolò l'intensità del getto. «E allora con me cascano male. Chi vuole incasinarsi la vita con una donna separata e con figli a carico? Ormai gli uomini di oggi si spaventano con poco».

«Certo che anche tu... un po' di positività, no?».

Il telefono tornò a suonare e io non riuscii a non sorridere. Non controllavo più nessuna parte del mio corpo quando c'era di mezzo Andreas. Cervello incluso. Come poteva una chiacchierata a distanza scombussolare a tal punto le mie giornate?

Anna mi guardò attentamente. «Bello rumoroso il tuo telefono oggi. Dico solo la verità. Comunque non voglio assillarti con i miei problemi. Nell'ultimo periodo non facciamo altro che parlare di me. Tu che mi racconti? Sei carica per la prossima gara?»

«In realtà sono terrorizzata! Dopo aver vinto, la paura di fallire è tanta. Sogno sempre di cadere e di essere squalificata. Ormai sta diventando una mia ossessione».

«Non preoccuparti, è solo colpa del nostro inconscio. Meglio non farti sapere cosa sto sognando nell'ultimo periodo, in confronto i libri di Stephen King sono delle favole. Lo stai ancora sentendo Andreas?», mi domandò diretta, cogliendomi impreparata.

Ero sorpresa. Speravo si fosse dimenticata. In una precedente conversazione mi era sfuggito il suo nome e Anna non aveva perso tempo a chiedere maggiori chiarimenti.

«Ogni tanto…», risposi vaga.

Anna mi sfiorò il polso per ricordarmi di chiudere l'acqua. «Quanto spesso?».

Non avevo via d'uscita.

«Ogni giorno», ammisi colpevole.

Frida si scrollò l'acqua di dosso, bagnandomi fino alla punta dei capelli. Anna mi aiutò a terminare il lavaggio e poi ad asciugarla, prima con l'asciugamano e poi con il phon. «Isabel, è un gioco pericoloso. Tu non hai idea di quante persone conosco che hanno chiuso le loro relazioni per via dei social. In qualche modo noi siamo affascinati dal pericolo, diventa una sfida chiacchierare con una persona molto lontana da noi, ma presto uno non riesce più a dividere le due cose: la vita vera e quella virtuale. In alcuni casi queste storie vanno a buon fine, ma non sempre è così. Il più delle volte si rischia di rovinare tutto, e tu sai bene a cosa mi riferisco».

Scossi la testa. «Non è come pensi. Siamo solo amici, però sto cercando di prendere le distanze perché...». Mi bloccai cercando di trovare le parole per spiegare. «Sono sempre lì a sperare di ricevere un suo messaggio. Lo so che sembra assurdo, ma erano anni che non provavo quel brivido che ti scorre dentro il corpo. Lui mi fa stare bene quando mi scrive, e a me piacciono le nostre chiacchierate. Forse proprio perché è uno sconosciuto mi sento libera di confidargli qualsiasi cosa. Non mi sento giudicata».

«La conosco bene quella sensazione e si chiama "smettila subito!". Ognuno di noi è vittima o lo è stata di una tentazione, e i social sono un'arma a doppio taglio. Con la scusa di conoscere nuove persone, si rischia poi di instaurare dei rapporti che, proprio per il fatto che non siamo naturalmente monogami, si trasformano in altro. E non è qualcosa che possiamo prevedere, succede e basta».

«Sei davvero fuori strada. Io e Andreas parliamo soltanto, non ho alcun interesse per lui... e mi riferisco soprattutto a *quel* tipo di interesse. Poi non è neanche lontanamente il mio prototipo di uomo. Che cosa ridicola anche solo pensarci».

«Allora meglio così, però ti consiglio di informare Mattia. Lo so che stai agendo in buona fede, ma basta davvero poco a mettere in allarme le persone quando non c'è niente di cui preoccuparsi. Ed è meglio sapere le cose in tempo che scoprirle troppo tardi».

«Devo solo trovare il momento giusto, ma lo farò», dissi mettendo il guinzaglio a Frida. «Anna, grazie per l'aiuto e per la chiacchierata. Ci vediamo domani?»

«Sì, forse tarderò un po' perché devo prendere il piccolo all'asilo, ma tu aspettami».

«Lo farò, a domani», e la salutai allontanandomi con Frida lungo via Nazionale. Stavo valutando le varie alternative per la cena. Mattia mi aveva appena chiamato, promettendomi una serata solo per noi. Dopo l'ultimo periodo pieno di impegni, era quello che ci serviva. Un momento solo per noi. Era stato qualcosa di inaspettato e piacevole, quando già mi ero rassegnata all'idea di consumare il mio pasto sul divano in compagnia di Frida.

Qualche ora prima avevo visto una ricetta davvero interessante in un programma di cucina e poteva essere l'occasione perfetta per replicarla. Prima di arrivare a casa mi fermai a comprare l'occorrente al mio negozio di fiducia. Ormai la commessa mi conosceva da diversi anni, e sapeva a memoria quali prodotti avrei acquistato. Frida aveva un fiuto eccezionale e riconosceva da lontano il tappeto all'ingresso. Tirava per arrivare più in fretta possibile, perché sapeva che qualche biscottino l'otteneva sempre. Abbassai lo sguardo e l'osservai. Quanto era bella la mia Frida. Dopo il bagno era così morbida e gonfia, e il suo pelo soffice emanava un dolce profumo di pulito. Tutte le volte che la portavo in giro con me, la gente non faceva altro che inginocchiarsi per accarezzarla.

Il mio orologio segnava quasi le sette. Frida seguiva il mio passo e ogni tanto sollevava il muso verso di me, come per dirmi "padroncina, lo sai che amo stare vicino a te?". Era adorabile. Mi persi a osservare i passanti, li scrutavo con la vana speranza di veder spuntare quei due occhi azzurri che mi avevano spiazzato il primo giorno. Magari ci saremmo scontrati e io avrei perso l'equilibrio. Mi avrebbe offerto la sua mano, e io l'avrei stretta. Non mi sarei tirata indietro. Chissà cosa stava facendo. Era ancora in officina o a casa? Regina era con lui? Mi domandai come dovesse essere vivere a Torino, se anche lì la gente andava di fretta. Se sarebbe piaciuta anche a me, come città. Poco più avanti scrutai una giovane coppia che camminava mano nella mano, mentre lei era occupata a chiacchierare al telefono. Una ragazza bella e appariscente passò davanti a loro e lui la divorò con uno sguardo famelico, spogliandola in pochi secondi. Mi bloccai di colpo in mezzo alla via, le mie gambe si erano fatte di piombo. Cosa mi ero messa in testa? Stavo chattando con una persona da diverse settimane e non mi ero mai soffermata troppo sulle conseguenze del mio gesto. Se Mattia l'avesse scoperto, che cosa avrei potuto dirgli? Tra di noi non c'erano mai stati segreti. Il nostro motto era "non fare agli altri quello che non vorresti fosse fatto a te". Chiaro e conciso, racchiudeva il successo del nostro matrimonio.

Con o senza il permesso di Andreas, avrei messo in chiaro la nostra situazione. Mia madre me lo ripeteva sempre, che i momenti belli non sono destinati a durare per sempre.

20 giugno 2015 ore 18:57

Buonasera, sei ancora in officina a litigare con i conti? Sono curiosa di sapere chi ha la meglio. Se invece hai del tempo libero, posso rubarti cinque minuti? Hai passato una buona giornata? La mia non è stata così male.

20 giugno 2015 ore 19:05

Ciao, sto finendo di sistemare delle pedane che sono arrivate oggi e poi vado a casa. Oggi è stata una di quelle giornate da segnare con la X sul calendario. Piena di scocciature, problemi con clienti e fornitori, non ho trovato neanche il tempo per respirare. Davvero, volevo scriverti, ma attendevo di chiudere l'officina. Poi non so mai se ti disturbo o meno, quindi preferisco aspettare un tuo messaggio. Comunque, ora che ti sento sto decisamente meglio.

20 giugno 2015 ore 19:10

Allora è un miracolo se riusciamo a scriverci. Io aspetto te e tu aspetti me, che pessimo tempismo. Non ti facevo un uomo così riflessivo, mi hai dimostrato ben altro. A volte sai essere anche troppo impulsivo. Sai, ho fatto una lunga passeggiata con Frida e un giro per negozi. Finalmente stasera Mattia cenerà a casa, inutile dirti la mia felicità. Ho preso tutti gli ingredienti per preparare una cenetta indimenticabile. Potrei apparecchiare fuori sul terrazzo, magari con qualche candela per creare la giusta atmosfera. Lo stupirò, devi sapere che me la cavo anche io piuttosto bene in cucina.

20 giugno 2015 ore 19:12

Isabel, di parole ne ho tante ma alcune fanno fatica a uscire. Vorrei urlare al mondo tutto quello che sento dentro, ma ho le mani legate e tu sai il perché. Meglio tenere tutto chiuso a chiave e attendere tempi migliori, perché sono certo che arriveranno. Spero, per la salute del tuo uomo, tu non gli faccia trovare qualche erbetta scondita e una carota bollita per cena. Giuro che chiamo io una rosticceria e mando a mie spese un pollo con patate. Potrò pure odiare tuo marito, ma sono un uomo altruista. Perdonami, io ci sto provando con tutto me stesso, ma ho difficoltà a immaginarti in cucina. Non ti vedo tra fornelli, pentole sporche e piatti da lavare. In realtà ti immagino molto bene, ma in altre situazioni…

20 giugno 2015 ore 19:15

Mi dispiace deluderti, ma il tuo sesto senso fa spesso cilecca. Non valutare mai l'idea di diventare un veggente, faresti schifo. Sono davvero brava in cucina, e non ti preoccupare per mio marito, lo tratto più che bene. Lo sai che non si può lanciare il sasso e poi nascondere la mano? Le consiglio, caro Andreas, di essere più chiaro. La sottoscritta è molto curiosa di scavare nella sua testa e afferrare i pensieri più contorti. A scuola mi dicevano che avevo un talento naturale nel capire le persone.

20 giugno 2015 ore 19:17

Adoro quando passi a darmi del lei. Lascia perdere, ti potresti spaventare del suo contenuto.

20 giugno 2015 ore 19:18

Spaventare mi sembra un termine esagerato. Magari rimarrei senza fiato…

20 giugno 2015 ore 19:20

Voglio vederti!

20 giugno 2015 ore 19:22

Sono un po' confusa… è per me il messaggio?

20 giugno 2015 ore 19:22

Io lo sapevo! Lo sapevo che avresti risposto così. Ora chi è che lancia il sasso e nasconde la mano? Hai capito benissimo…

20 giugno 2015 ore 19:23

Ok, dove?

20 giugno 2015 ore 19:24

Anche stanotte, anche subito. Basta che mi dai un appuntamento e io non mancherò. Hai la mia parola.

20 giugno 2015 ore 19:25

Stiamo giocando con il fuoco ed è troppo rischioso. Io sono una donna sposata, Andreas. O te ne sei dimenticato? Che cavolo di scusa vuoi che mi inventi per improvvisare una gita fuori porta?

Dovrei dire a Mattia: «Ciao, amore. Non ci crederai, ma oggi ho pensato di andare a fare un giro fino a Torino per vedere il museo egizio?».

20 giugno 2015 ore 19:25

Wow, brava! Il museo egizio è la scusa perfetta. Nessuno può dire di no alla cultura.

20 giugno 2015 ore 19:27

Che cosa ti dice il cervello? E magari incontriamo pure Regina, così giriamo il film: *Io, te e l'altra*. Magari riusciamo anche a sbancare il botteghino.

20 giugno 2015 ore 19:28

Be', ci sono tantissime altre città dove poter andare. Magari il mare, che ne pensi? Isabel, basta che mi dici di sì e mi occupo io di ogni cosa. Pensi di poterlo fare? Ho davvero voglia di parlarti guardandoti finalmente negli occhi. E non di incontrarti sempre in mezzo ad altre persone e durante una gara. Io sono stanco di andare avanti così, e tu no?

20 giugno 2015 ore 19:31

Come fai a essere stanco di qualcosa che è destinato a morire? Andreas, tutto questo non è la realtà, te ne rendi conto? Sono conversazioni virtuali dettate dal bisogno di aprirsi con uno sconosciuto. È più facile farlo perché non ti senti giudicato, sai che qualsiasi cosa dirà l'altra persona, resterà lì e basta. Io mi sveglio al mattino con la speranza di trovare un tuo messaggio, perché dopo mi sento così leggera e contenta. Mi scorre nel sangue una meravigliosa energia, qualcosa che non provavo da tempo. Mi fai sentire viva. Però so che non potrò mai avere altro oltre a questo. Sei una bella parentesi della mia vita, o forse sei un ostacolo che è stato messo sul mio cammino per essere superato, e perché mi renda veramente conto di quello che voglio. Supponi che ci incontriamo... cosa pensi che succederebbe? Perché sono sicura che tu avrai pensato anche a questo.

20 giugno 2015 ore 19:35

Io ho già immaginato tutto. Isabel, tu non hai neanche idea… Penso continuamente a te, e a ogni cosa che faccia parte di te. Controllo ossessivamente le tue foto su Facebook, perché non ho altri mezzi per rivedere il tuo volto. Dio, Isabel, cosa mi hai fatto? Sarà il fascino dell'ignoto, sarà la distanza che mi spinge a desiderarti sapendo di non poterti avere, sarà che ami gli animali, sarà che quando ti guardo mi sento un uomo messo a nudo. Io penso che succederà solo quello che noi vorremmo che succedesse. Niente di più e niente di meno.

20 giugno 2015 ore 19:35

Voglio sentirtelo dire. Sei davvero pronto a correre questo rischio?

20 giugno 2015 ore 19:36

Lo sono perché ho smesso di privarmi delle cose che mi fanno sentire vivo. La vita è una, e io voglio godermela finché potrò. Quindi, Isabel, la domanda la giro a te: tu sei pronta?

20 giugno 2015 ore 19:38

Credo che la miglior cosa per entrambi sia quella di continuare le nostre vite. Io con Mattia e tu con Regina. Loro non hanno colpe se non quella di essere all'oscuro delle nostre conversazioni. Ti chiedo di cancellare questi messaggi e di dirmi se ti può ancora bastare la mia amicizia. Ho solo questo da offrirti. Io ho bisogno di respirare, di aria, ma non posso farlo finché tu continui a scrivermi queste cose. Non posso farlo finché non mettiamo un freno a tutto questo. Chissà, magari in un lontano futuro ci saranno due come noi che decideranno di incontrarsi e provare a correre il rischio che noi abbiamo evitato. E sono sicura che sarà meraviglioso. Ma tra noi… è diverso. Non voglio rinunciare a quello che abbiamo, però non posso continuare se tu non ti limiti a essere un mio amico. Credo che per entrambi sia la miglior cosa. In fondo partecipiamo a delle gare, ed è meglio rimanere così… no?

20 giugno 2015 ore 19:40

Complimenti, sei molto brava a sparare un sacco di stronzate. Chissà perché mi viene da pensare che questo non sia l'unico "segreto" che nascondi a Mattia. Quanti altri uomini hai ammaliato e poi messo da parte come stai facendo con me? Questo è il tuo gioco? Peccato che a me delle tue regole non me ne freghi un cazzo. Devi essere pronta anche ad accettare gli imprevisti. Perché la vita è fatta così: è una continua fonte di imprevisti. Non è una brutta parola, lo sai? Cerca di ripeterla più spesso ad alta voce, perché nasconde anche delle belle sorprese.

20 giugno 2015 ore 19:42

Preferisco non continuare questa conversazione, si è fatto anche tardi. Quando sei nervoso, non ti riconosco più e non mi piace la tua maleducazione. Come ti permetti di giudicarmi? Tu una come me te la sogni!

20 giugno 2015 ore 19:45

Complimenti! Vedo con piacere che anche tu, quando sei nervosa, sei più letale del veleno di un serpente. Comunque, no. Tieniti pure la tua proposta e cancella quello che vuoi, conversazione, profilo… Quello che c'era tra di noi era destinato ad andare avanti o finire. Tu hai scelto e adesso ne paghi le conseguenze. Ti auguro di avere più coraggio nella vita, non sempre tutto va come hai previsto. Impara ad ascoltarti un po' di più. Anche le ginocchia sbucciate insegnano sempre qualcosa. Comunque, eccoti accontentata, ho cancellato la nostra amicizia su Facebook. È l'atteggiamento di un bambino? Forse, però non sai quanta soddisfazione.

20 giugno 2015 ore 19:49

Davvero fantastico! Ti odio con tutta me stessa e mi auguro di non incontrarti mai più.

Capitolo ventuno

2 luglio 2015 ore 5:14

Ciao, come stai? Sono passati dodici giorni dall'ultima volta che ci siamo sentiti. È più di un'ora che cerco di trovare le parole giuste per iniziare questo messaggio che temo non leggerai mai. A ogni modo dovevo farlo. Scusami, lo so che è un po' presto e sicuramente starai dormendo, ma ho bisogno di sfogarmi in qualche modo e sei la prima persona a cui ho pensato. Magari dirai "Ma è idiota?", anzi no… forse ti verrà più spontaneo chiederti "Ma ancora lui?". Sì, Isabel, sono ancora io. Questa sera sono rientrato a casa prima del previsto e ho trovato Regina a frugare tra le mie cose. Non so cosa sperava di trovare nelle mie tasche e tra i miei cassetti. Forse una prova per sbattermi in faccia tutto quello che la sua mente aveva creato. Non lo so. Il problema è che avevo dimenticato di fare log out da Facebook e lei, ovviamente, non ha perso tempo per passare al setaccio il mio profilo. Ho dovuto contare fino a cento, e sarei andato anche oltre se lei non mi avesse fermato a suon di insulti. Perché vedi, la mia fidanzata mi ha detto cose che nessuno si augurerebbe mai di sentirsi dire. Io sono impulsivo, forse esagerato, ma ho stretto i pugni per non ripagarla con la stessa moneta. Non solo si è permessa di curiosare in casa mia, quella casa che l'ha accolta per avere un futuro insieme, ma ha letto tutte le nostre conversazioni. No, non ho avuto il coraggio di cancellare niente, perché ho passato questi nove giorni a capire dove potevo aver sbagliato con te. Isabel, io voglio la tua amicizia e sono stato un coglione a lasciarti andare via. Non avrei dovuto.

Forse ti starai facendo una grossa risata o forse dirai: «Be', non abbiamo detto o fatto niente di male». In realtà Regina si è legata al dito tutto quello che ti ho rivelato e confidato di me, della mia famiglia e di lei. Mi ha rinfacciato di essermi aperto con una sconosciuta. Vedo nero davanti a me e vorrei solo sentire la mia coccinella portafortuna per calmarmi. Chissà quanto dovrò attendere, però aspetterò perché ne vale la pena.

2 luglio 2015 ore 8:56

Buongiorno, Andreas, anche se di buono c'è ben poco. Grazie a te sono diventata un'esperta dei social, e controllo quotidianamente quella cartella. Una parte di me continua a odiarti, l'altra sperava di poter leggere presto un tuo messaggio e così è stato... Forse sto per commettere uno sbaglio enorme, immenso, grandissimo, però voglio seguire l'istinto. Sai, me l'ha insegnato qualcuno. Quindi, eccomi qui! Immagino che tu non abbia chiuso occhio. Ora cosa stai facendo? Dove sei? Ti sei calmato?

2 luglio 2015 ore 8:58

Eccoti, aspettavo e speravo di sentirti. Allora alla fine qualcosa di buono l'ho fatto anche io. Comunque sì, hai indovinato. Non sono riuscito a chiudere occhio. Non me la sentivo di stare accanto a Regina che non aveva fatto altro che piangere e singhiozzare. Non mi ha rivolto parola. Si è limitata a bere una tazza di latte e mi ha ignorato per tutto il tempo. Aveva un aspetto pessimo, proprio come il mio umore. Davvero, volevo parlarle e cercare di risolvere la situazione, ma proprio non ci sono riuscito. Ero ancora troppo incazzato, e lo sono ancora. Non mi piace essere controllato e spiato. Non posso essere messo in croce tutte le volte che mando un messaggio a qualcuno che sia di sesso femminile. Deve capire che sono fatto così e ho bisogno di conoscere gente. Se lei è introversa e chiusa, non è un problema mio. Non può pretendere di cambiarmi se è questa la mia natura. Cazzo, mi ha quasi ucciso per uno scambio di messaggi.

2 luglio 2015 ore 9:05

Sicuramente avrei trovato il modo di portarti qualche fiore al cimitero. A proposito, colore preferito?

2 luglio 2015 ore 9:10

Dài, non scherzare su queste cose. Tu non hai visto la rabbia nei suoi occhi, era una furia. Io non so se posso andare avanti così… Aiutami, dimmi cosa posso fare. Mi ha appena inviato un SMS in cui dice che ha paura di perdermi. Ha ammesso che era la prima volta che lo faceva, e solo perché nell'ultimo periodo mi vedeva distaccato. So che mi ama e io non vorrei mai farle del male. Ci tengo a lei. Solo che non so se questo può bastare. Cosa ne pensi? Vorrei averti di fronte per parlare di persona o almeno chiamarti.

2 luglio 2015 ore 9:15

Andreas, mi stai mettendo di nuovo in difficoltà. Te lo chiedo con il cuore in mano, non torniamo indietro, cerchiamo di fare dei passi in avanti. È meglio evitare le chiamate, limitiamo il tutto a dei messaggi. Magari presto capiterà l'occasione di incontrarci durante una gara e avremo modo di parlare con calma. Sai benissimo che sono sposata e anche io mi trovo in una situazione non facile. Mattia ha fiducia in me e, nel caso ci scoprisse, non credo reagirebbe come la tua fidanzata… però io non posso darti più di questo.

2 luglio 2015 ore 9:18

Io non voglio di più. Quello che mi dai mi basterà. Non so spiegarti ciò che sento, ma so che di te posso fidarmi. Magari la prima volta mi hai un po' giudicato, ma sei una buona confidente. Quando parlo con te mi sento libero, riesco a svelare cose che molti non sanno ancora di me. Come ci riesci? Isabel, perché non sei arrivata prima?

2 luglio 2015 ore 9:59

Isabel, ora devo riprendere a lavorare. Il tuo incantesimo continua a funzionare.

5 luglio 2015 ore 21:34

Isabel, ci sei? Lo sai che ti stai facendo odiare? E inizio anche un po' a preoccuparmi ☹

6 luglio 2015 ore 9:05

Ho visto che ti sei collegata e hai visualizzato i miei messaggi. Quindi ora non venirmi a dire che non hai avuto tempo perché sono passati diversi giorni. Se non hai più piacere di sentirmi, basta dirlo. Cosa pensi? Che venga sotto casa tua a farti una scenata? Non mi conosci, ho il massimo rispetto per te e per il tuo matrimonio. Non farei mai niente contro la tua volontà. Vuoi che ti lasci in pace per sempre? Dimmelo e tornerà tutto come prima.

7 luglio 2015 ore 20:56

Non ho fatto altro che rileggere i tuoi messaggi in questi giorni, e mi sentivo in colpa ogni volta che iniziavo a digitare, così cancellavo tutto. Io non ti ho mai creduto capace di rovinare la mia vita o il mio matrimonio. Però, ammettilo, quello che c'è tra noi si sta trasformando in qualcosa di più. Tu hai quasi rischiato di perdere Regina e io non voglio litigare con Mattia. Prima di te andava tutto bene, adesso mi sembra di vedere le cose intorno a me con occhi nuovi. Sto notando situazioni che mi vanno strette, difetti a cui prima non davo importanza e che ora mi infastidiscono da morire. Dovevo allontanarmi un po' da te. Cerca di capirmi.

7 luglio 2015 21:15

E tu puoi capire me? Quindi cosa vuoi dirmi? Parla chiaro! È un addio?

7 luglio 2015 ore 21:18

Io devo pensare a proteggermi. No, per ora è solo un arrivederci.

7 luglio 2015 ore 21:25

D'accordo, coccinella. Lo sai che la porta per te è sempre aperta. Ti auguro il meglio da questa vita.

Con affetto, Andreas.

Capitolo ventidue
Andreas

28 luglio 2015 ore 9:05

Ciao Andreas, come stai? Ho visto che ti trovi al mare. Come te la passi?

Non era un'allucinazione e non era colpa della temperatura che sfiorava i quaranta gradi. Isabel era tornata. Avevo appena evitato una tragedia, visto che il mio cellulare era stato tra le mani di Regina. Con un gruppo di amici eravamo alle prese con una partita di beach volley e lei si divertiva a scattarci delle foto. Era ancora più egocentrica di me e non aveva perso tempo per caricarle su Facebook e taggarmi. Chissà se Isabel aveva visto l'album e, soprattutto, fino alla fine. Una parte di me sperava di no, visto che le ultime due foto immortalavano un bacio mozzafiato con Regina.

Rimasi per qualche secondo immobile, sdraiato sull'asciugamano. Guardai alla mia sinistra: Regina era ancora sotto l'ombrellone a parlare con Sabrina e altre due ragazze. Non si era accorta di niente, ma dovevo fare attenzione a non farmi scoprire. Ci mancava solo una litigata davanti a tutti e addio vacanze.

Come potevo iniziare un messaggio senza rischiare di risultare patetico? Non volevo fare la figura del coglione e ammettere che non avevo fatto altro che pensare a lei.

Mi passai nervosamente una mano davanti agli occhi, cercando le parole giuste per iniziare.

28 luglio 2015 ore 10:56

Ti giuro che non speravo di risentirti. Io sto alla grande, mi trovo in Puglia, ospite a casa di amici. Ho deciso all'ultimo di chiudere l'officina per dieci giorni, avevo bisogno di staccare un po' da tutto e da tutti. E tu, cosa mi racconti di nuovo?

Volevo farle capire che la mia vita andava a gonfie vele anche senza di lei.

Non avevo comunque accennato alla presenza di Regina. E non ero intenzionato ad approfondire l'argomento se lei non me l'avesse chiesto.

Non riuscivo a smettere di mangiucchiarmi le unghie. Ero nervoso. Ma quanto ci metteva a rispondere? Era online, ma ancora non aveva visualizzato il messaggio. Stavo odiando quel pallino verde che mi ricordava la sua presenza. Osservai meglio e notai qualcosa di diverso. Aveva appena cambiato la foto del profilo.

Isabel, cosa stai combinando? Rispondimi subito, invece di cazzeggiare. La sua risposta finalmente arrivò.

28 luglio 2015 ore 11:10

Hai fatto benissimo. Ci sono stata anni fa e il posto è fantastico. Io non so ancora se andrò in vacanza, almeno non per il momento. Mattia sta puntando tutto sul lavoro e per adesso non può prendere ferie. Credo che rinvieremo le vacanze a settembre, se tutto andrà bene, magari qualche meta lontana… chi lo sa ☺

Per istinto mi voltai verso Regina, sperando che non si fosse accorta del suono della notifica. Lei incrociò il mio sguardo e mi regalò un sorriso strabiliante. Non aveva sentito nulla, e pensava che la stessi guardando per altri motivi.

E infatti mi fece l'occhiolino. Non c'era un solo uomo in quella spiaggia che non la divorasse con gli occhi. Nell'ultimo periodo aveva perso anche qualche chilo, e ora il suo seno risultava ancora più generoso. Con la pelle abbronzata e quell'aria sbarazzina, catturava tutte le attenzioni su di sé. Era bella, era davvero bella… ma per qualche assurdo motivo non ero geloso. Non mi infastidiva beccare lo sguardo di uno sconosciuto posato sopra il suo fondoschiena, o le battutine che facevano i camerieri quando ordinava qualcosa da bere. Con Isabel era diverso. Leggere il nome di suo marito e sapere che continuava a preferire il lavoro a lei, mi faceva incazzare. E anche tanto. Non si rendeva conto della pietra preziosa che aveva tra le mani.

Abbassai il volume.

28 luglio 2015 ore 11:11

Tu sì che sai goderti la vita, e ti invidio anche un po'. Noi ci accontentiamo di questi pochi giorni per il 2015, magari il 2016 ci riserverà delle sorprese.

Non riuscivo a crederci. Avevo parlato al plurale e tutto per colpa di Massimo che mi aveva appena chiesto quando pensavamo di ripartire. Vaffanculo, Massimo! Vaffanculo!

«Ehi, non volevo farti spaventare», mi sorprese Regina, accomodandosi in quei pochi centimetri di asciugamano libero. «Sembri teso. È perché dobbiamo tornare a Torino?».

Non mi ero neanche accorto della sua vicinanza. Aveva visto qualcosa? No, impossibile. Il sole si rifletteva sopra il display del cellulare e non permetteva di vedere nulla. Ma per non correre rischi, mi alzai e lo infilai dentro al mio zaino.

«Non me lo ricordare… Solo di una cosa sono felice: potrò rivedere quel cane pasticcione che mi ritrovo. A te non manca?», chiesi a Regina per stuzzicarla. Purtroppo la situazione non era per nulla cambiata. Lui continuava a rubare le sue scarpe, e io continuavo a ricomprarle.

«Chi, Ulisse il cane che sopravvisse? Perché è solo grazie a te che è ancora integro», mi sfidò scherzando.

L'afferrai per i polsi e la gettai sulla sabbia. Poi, tenendo le sue mani strette tra le mie, avvicinai il mio viso fino quasi a sfiorare il naso. «Devi essere punita per aver parlato male del mio migliore amico, lo sai?», la provocai.

Lei si fermò di colpo per riprendere fiato, e bastò uno slancio di pochi millimetri per ritrovarmi la sua bocca contro la mia. Intrappolò il mio labbro e poi cominciò a leccarlo con un lento movimento, per tutta la sua lunghezza. Accompagnò il gesto con un gemito. Sgranai gli occhi e mi buttai a pancia in giù. Il mio amico là sotto si era appena svegliato.

Regina scoppiò a ridere e poi mi sussurrò all'orecchio. «La vittima che mette KO il proprio carnefice. Per la rivincita, attenderò stasera», e si allontanò, lasciandomi in balia di un'erezione che neanche i mutandoni della mia vicina di casa sarebbero riusciti a contenere.

28 luglio 2015 ore 11:16

Sono felice di sentirti così positivo, te lo meriti. E sono anche contenta che le cose tra te e Regina si siano aggiustate. Purtroppo in ogni coppia ci sono aspetti che sembrano incompatibili, bisogna solo venirsi incontro e accettarli.

Mi tirai su e rilessi più volte quel messaggio. Avevo la conferma, nero su bianco, che aveva visto ogni singola foto di quell'album. Merda.

Non mi restava che ammettere tutto e non lasciar trapelare niente di più. Non volevo essere più io a fare il primo passo, ero sicuro che, prima o poi, lei si sarebbe risvegliata dal suo letargo e avrebbe aperto gli occhi. Era solo questione di tempo.

28 luglio 2015 ore 12:18

Forse quella litigata è servita davvero per dire tutto quello che avevamo dentro. Ci siamo chiariti e ho notato dei cambiamenti positivi nel nostro rapporto. Sì, ora ti sto scrivendo perché lei è salita in camera. Regina non è una lucertola e dice che il sole oggi le dà alla testa. Io mi fermo in spiaggia a mangiare un po' di frutta e dopo mi addormenterò sicuramente. Sono davvero contento di sentirti. Ti ho pensato molto in questo periodo...

Se assegnassero il premio Oscar per la banalità, credo che lo vincerei senza riserve. Ma era possibile scrivere delle frasi decenti, senza cadere nei luoghi comuni e risultare una patetica femminuccia? Ormai l'aveva visualizzato, quindi che scusa potevo inventare? Mi aspettavo un suo rimprovero, visto che continuavo a lanciare chiari segnali per farle capire che mi era mancata.

«Vieni o vuoi restare qui da solo? Gli altri sono al chiosco a fare una partita a carte», mi informò Massimo.

Scossi la testa. «Due minuti e arrivo. Inizia pure ad andare».

Massimo mi lanciò un'occhiataccia. Aveva capito tutto. «Poi se ti va ne riparliamo», si limitò ad aggiungere, prima di indossare una maglietta e allontanarsi.

28 luglio 2015 ore 12:20

Ho visto le foto che hai pubblicato. Siete davvero bellissimi e già super abbronzati. Anche io sono contenta di sentirti, lo dico davvero.

Ahhhh, beccata! Non riuscivo a contenere l'euforia di fronte alla sua risposta. Lei mi spiava, e se lo faceva era perché non gli ero indifferente. Poteva anche negarlo fino alla morte, ma era così. Voleva curiosare ed essere aggiornata sulla mia vita. Chissà se aveva provato una nota di gelosia nel vedere il bacio con Regina. Speravo di sì. Decisi di non rovinare il punto a mio favore e di giocarmi al meglio la partita.

28 luglio 2015 ore 12:25

Allora ti auguro buon pranzo, scappo, il mio amico mi sta aspettando.

Capitolo ventitré
Andreas

Sbàgliati e non sbagliati.

Quante espressioni può assumere il volto di una persona di fronte a una proposta inaspettata? È normale sentire i muscoli della faccia così rilassati, e accorgersi di un sorriso che nasce all'improvviso? Se la risposta alla mia domanda è sì, allora non mi era mai successo prima.

Quando il telefono mi aveva segnalato l'arrivo di un messaggio da parte di Isabel, non mi sarei mai aspettato di leggere quelle parole. Ormai ero abituato ai suoi repentini sbalzi di umore. Un giorno voleva essermi amica e quello successivo mi mandava al diavolo. Era lunatica, la ragazza. Erano trascorsi mesi dall'inizio delle nostre conversazioni e non c'era giorno in cui non avessi sperato in una sua mossa… E finalmente era arrivata. Mi aveva preso in contropiede. Avevo interrotto il lavoro su una macchina perché rischiavo solo di fare danni, tanto mi tremavano le mani dall'emozione. Sembravo una femminuccia al concerto del suo cantante preferito. Non poteva essere vero. Continuavo a spegnere e accendere il display, come a verificare che non fosse il frutto della mia immaginazione. Stavo quasi per convincermi, fino a quando mi balenò l'idea che si potesse trattare di un trabocchetto del marito. Magari si era impossessato del suo telefono o era riuscito a entrare nel profilo di Isabel, e mi stava mettendo alla prova per poi picchiarmi a sangue. Non che non mi sarei difeso, parliamoci chiaro, ma anche lui a corporatura era ben piazzato. Almeno basandomi sui discorsi di Isabel e sulle foto che avevo intravisto. Fanculo, avrei corso il rischio, anche a costo di trovarmi un naso rotto e qualche costola ammaccata. Per rimettere in sesto le ossa c'era sempre tempo, ma non per raggiungere lei.

Dovetti sedermi per non finire a terra. Non era il momento di morire e non prima di aver incontrato Isabel. Giorgio si era subito accorto del mio repentino cambio d'umore e si era avvicinato preoccupato, convinto che si trattasse di un qualche malore. Alzai la mano per dirgli che andava tutto bene e mi intrufolai dentro il bagno. Ulisse fu più veloce di me ed entrò per primo.

Si poteva avere un po' di privacy almeno lì dentro?

Era piuttosto fastidiosa la sensazione dei suoi occhi puntati su di me, non sbatteva neanche le palpebre. Con la lingua penzoloni, iniziò a scodinzolare. Ma cosa voleva? Tentai di convincerlo a smettere, ma lui mi ignorò. Mi voltai per non incrociare il suo sguardo, chissà perché in quel momento mi metteva ansia.

Mi sedetti sul water, cercai di recuperare un po' di lucidità, poi cominciai a digitare sullo schermo. Ma cancellai tutto un secondo dopo. Mi sentivo incapace di trasferire le parole dal mio cervello alla tastiera. Mi guardai intorno, sperando che la soluzione potesse materializzarsi da un momento all'altro. Almeno una frase di senso compiuto, non chiedevo poi molto. Ulisse si avvicinò e mi toccò il ginocchio con la sua zampa.

«Ehi, lo so che mi vuoi aiutare, ma non so da che parte

iniziare. Deve essere un messaggio non troppo euforico ma neanche distaccato. Ecco, una giusta via di mezzo...», gli spiegai, guardandolo attentamente. Perché tutte le volte mi ostinavo a fargli un resoconto delle mie azioni?

Lui inclinò il muso di lato e riprese con più decisione a grattarmi la gamba. Incrociai i suoi occhi azzurri e tutto mi fu chiaro. «Grazie, amico».

9 agosto 2015 ore: 14:56

Ciao Isabel, ho appena letto il tuo messaggio. D'accordo, per me va bene.

Toglimi una curiosità: l'invito è valido anche per Ulisse?

Purtroppo Giorgio non prese bene la notizia. L'avevo informato che mi sarei assentato per altri due giorni, anche se ero da poco rientrato, per capire meglio cosa volevo dalla vita. Non gli avevo nascosto nulla, tanto era inutile fingere con lui. Ero trasparente davanti ai suoi occhi e prima o poi mi avrebbe scoperto. Giorgio non mi aveva giudicato, anche se all'inizio avevo acceso la fresa per non sentire i suoi insulti. Si era limitato a consigliarmi di raccontare subito la verità a Regina. Lui era un buon marito e un ottimo padre di famiglia, e non trovava corretto il mio atteggiamento nei suoi confronti. Continuava a ripetermi che un tipo come me non lo avrebbe voluto come fidanzato per sua figlia, e non potevo dargli torto. E che non potevo tenere il piede in due scarpe. In realtà con Isabel non era ancora successo niente. Era il desiderio di scoprire le sue intenzioni che mi aveva spinto a dire di sì. Volevo delle conferme, ero stanco di trascorrere le mie giornate in perenne attesa. Forse, così facendo, sarei riuscito a trovare una via d'uscita o, chi lo sa, di ingresso per una nuova esperienza.

Perché la felicità ha sempre un prezzo da pagare? Come poteva far sentire viva una persona a discapito di un'altra? Non era giusto. Mi sentivo scorretto nei confronti di Regina, spesso la guardavo mentre dormiva e mi ripetevo che non si meritava quel comportamento. Non ero quello giusto per lei. Forse si accontentava perché era innamorata e accettava quel poco che avevo da offrirle. Ma perché doveva accontentarsi delle briciole? In più occasioni eravamo arrivati al limite, però ogni volta lei era tornata. Ma la sicurezza riconquistata, non durava mai più di qualche giorno.

Isabel mi aveva colto impreparato informandomi che la sua amica Anna aveva rinunciato alla loro gita fuori porta a causa dell'ex marito e che all'ultimo momento si era ritrovata con una camera in più già pagata. Aveva provato a convincere Mattia, ma non c'era stato verso. Era troppo occupato con il nuovo ufficio e le aveva detto di andarci comunque, se voleva.

In fondo lo sapeva anche lei, nel momento in cui aveva scritto quel messaggio, che quei giorni avrebbero potuto cambiare le nostre vite. Io ne ero convinto. Non stavo più percorrendo una strada a senso unico.

Passai le ore successive con il suo volto perennemente impresso nella mia testa. Rivedevo nitida, come se fosse ieri, l'immagine delle sue gambe nude sul sedile della mia auto. Il profumo di vaniglia che si incollava alla mia pelle. Fantasticai sul suo corpo, immaginando di poterci giocare per ore. Non era solo un bisogno carnale. Io volevo tutto di lei. Tutto.

Giorgio alzava di continuo gli occhi al cielo e sbuffava, consapevole che niente mi avrebbe fatto cambiare idea.

Avevo scelto e non mi sarei tirato indietro. Una parte di lui riusciva a comprendermi, perché non mi aveva mai visto così preso da una donna, ma l'altra parte mi ripeteva che era tutto un enorme sbaglio. Forse avrei dovuto ascoltarlo. Ma come si poteva vincere una lotta tra testa e cuore?

L'albergo che Isabel aveva scelto permetteva l'ingresso in stanza agli animali, visto che di fronte c'era anche una spiaggia riservata a loro.

Rientrai a casa di corsa e recuperai uno zaino dall'armadio. Lo buttai sul letto e poi iniziai a camminare avanti e indietro, seguendo il disegno delle piastrelle sul pavimento. Perché ero così nervoso?

Speravo che una volta tornato nel mio habitat, avrei trovato il coraggio per affrontare Regina e invece, ovunque posassi lo sguardo, c'era qualcosa che mi ricordava la sua presenza e che mi faceva sentire ancora più in colpa. Una cornice con una nostra foto sopra la cassettiera, un reggiseno dimenticato sul comodino, il peluche che aveva vinto alle giostre. Con che coraggio potevo guardarla negli occhi e dirle: «Amore, lo sai che parto per due giorni? No, tu non sei la benvenuta».

Era una situazione al limite del ridicolo e ora dovevo trovare il modo per uscirne illeso. No, non avrei detto la verità a Regina. Almeno non ancora.

Ero troppo codardo per partire dopo una litigata, col pensiero di lasciarla a piangere per giorni interi. Non volevo sentirmi colpevole delle sue lacrime. La parte razionale di me mi consigliava di lasciarla libera di cercare la sua felicità altrove. Perché io non sarei mai riuscito a completarla come donna. La parte più istintiva mi suggeriva di aspettare, perché le avrei spezzato il cuore.

Regina non era ancora tornata e avevo due ore a disposizione per trovare la scusa più plausibile a giustificare la mia partenza. Aprii un cassetto dopo l'altro alla ricerca di qualcosa da portare via. Un ricambio era sufficiente? Non sapevo neanche che cosa avremmo fatto. Non era importante. In fondo io volevo solo godere della sua compagnia.

In quel momento il telefono di casa suonò, interrompendo i miei preparativi.

«Pronto?», chiesi.

«Ciao, tesoro. Come stai? Ti disturbo?».

Era mia mamma, la sola donna della mia vita.

«Non preoccuparti, tu non disturbi mai. Sto organizzando le cose da portarmi dietro per la prossima gara, e poi vedo di cucinare una cosa veloce per cena. Spero ancora di avere nel freezer un barattolo del tuo buonissimo ragù... la prossima volta potresti portarmene un po'? Lo congelo per le situazioni di emergenza come questa».

«Quanto ne vuoi! Ti ricordo che era tuo padre quello che lo preparava meglio di tutti, ma non ha mai voluto svelare il suo segreto e l'ha portato via con sé. Secondo me non c'era nessun ingrediente magico, come sosteneva tutte le volte, ma era semplicemente merito del suo tocco e dell'amore per la cucina», commentò con una nota di malinconia nella voce.

Un ricordo si affacciò alla mia memoria. Mancavano due giorni a Natale e la casa era addobbata con festoni che seguivano il contorno delle finestre e del camino, e un imponente albero, pieno di palline e luci colorate, regnava sovrano in salone. Adoravo il Natale, quando le narici erano solleticate dal profumo di zenzero dei biscotti appena sfornati e tanti pacchetti dai colori sgargianti attendevano di essere scartati. Era il periodo dell'anno che preferivo e facevo il conto alla rovescia sul calendario. Mi intrufolavo di nascosto in cucina, facendo bene attenzione a non farmi sorprendere, mentre rubavo un biscotto ancora caldo. Vedevo mio padre di schiena, inchinato davanti al forno per controllare la temperatura e lo stato di cottura. E non si voltava mai. Mi sentivo un piccolo eroe, tipo Superman, dotato anche io di un superpotere. Ripetevo quell'azione per diverse volte, fino a quando non trovavo il vassoio completamente vuoto. Allora non restava che arrendermi, e superare la soglia esclamando: «Papà, ma quanto ci metti? Ho famissima! Quando posso mangiare un biscotto?». Lui si girava, un ampio sorriso gli si dipingeva sul volto, e io non potevo che saltargli in braccio e stringerlo forte.

Mi mancava. Era andato via troppo presto, quando avevamo ancora bisogno di lui.

«Lo credo anch'io», risposi a mia madre. «Non c'era un solo piatto che non gli riuscisse perfetto al primo colpo. Dimmi se non è un dono questo…».

«Certo che lo è. Però sono convinta che nel tuo sangue scorra un po' della sua magia, magari un domani quando avrai una famiglia tutta tua, uscirà fuori».

Sbuffai. «Mamma, gira e rigira i tuoi discorsi cadono sempre lì. Soffri per caso di perdita di memoria o è una nuova tecnica per convincermi a mettere su famiglia?».

Sapevo già cosa avrebbe risposto.

Dall'altro capo della cornetta sentivo il suono della sua

risata. «Allora quando ti impegni ci arrivi. E certo che voglio diventare nonna, mica vorrai vedere tuo figlio alle prese con una persona incapace di intendere e di volere? Perché se non ti sbrighi insegnerò a mio nipote come far saltare in aria la casa dimenticandosi il gas aperto o a mettere la pasta sopra la dentiera».

Era cocciuta mia madre. Quando iniziava *quel* discorso, era più ostinata di Ulisse. Insieme erano una coppia perfetta e un mix molto pericoloso.

«È ancora presto, e poi un figlio non si può fare così all'improvviso. Non è semplice come mi raccontavi da bambino. Ti ricordi la storia dell'ape e del fiore? Ecco, quella! Bisogna pensarci molto bene, avere una stabilità economica, una casa decente e, soprattutto, la compagna giusta».

«Ora convivi, direi che questo potrebbe essere il prossimo passo. Però vorrei anche conoscerla la tua fidanzata, non me l'hai ancora presentata. Che ne dici, venite una sera a cena da me?», domandò piena di entusiasmo.

Avevo sentito bene?

«Ok, forse è arrivato il momento di dirtelo. Non credo che Regina sia la persona giusta per me. Credimi, vorrei davvero portarti finalmente a conoscere la donna della via vita, ma non l'ho ancora trovata».

«Lo immaginavo e ti stavo mettendo alla prova», si fermò e la sentii sospirare. «Però ascoltami, non prendere in giro quella ragazza. Non è carino. Quindi cerca di fare chiarezza dentro di te e di assumerti le tue responsabilità».

Aveva ragione, purtroppo.

«Lo farò, te lo prometto», mi limitai a mormorare.

Mia madre rimase in silenzio per qualche secondo.

«Ah, dimenticavo il motivo per cui ti ho chiamato. Lo sai che ho sognato tuo padre? Ed era un sogno davvero particolare, e sai perché? Eravamo al tuo matrimonio e lui accompagnava la tua sposa all'altare, sorreggendosi al suo braccio, mentre io mi trovavo seduta in prima fila a reggere tra le mani una bambina di pochi mesi con gli occhi azzurro cielo, proprio come i tuoi. Andreas, quella era tua figlia».

Un brivido risalì lungo la mia schiena. Un'ondata di emozioni contrastanti mi colpì senza preavviso. Socchiusi gli occhi. Lo scatto di una serratura mi fece sobbalzare, riportandomi alla realtà.

«Mamma, ora devo proprio andare. Regina è appena entrata a casa. Ci sentiamo presto». La voce mi tremò appena. «Ti voglio bene, mamma».

Riagganciai, prima che Regina mi abbracciasse e mi baciasse il collo con trasporto.

9 agosto 2015 ore 20:23

Ora viene il compito più difficile: provare a parlare con Regina. Inventerò qualche scusa, ho anni di esperienza in queste cose. Fammi una promessa, se non mi senti entro domani mattina, chiama subito il 118 e avvisa di un possibile delitto passionale.

Divertiti pure quanto vuoi con tuo marito, ma presto sarò io a divertirmi con te.

Capitolo ventiquattro
Isabel

E poi arrivi tu, bussi e mi chiedi il permesso di accomodarti dentro la mia vita. Non ti stavo aspettando, ma non stare lì... entra pure. Per quanto tempo hai intenzione di fermarti?

L'albergo distava pochi metri dal mare. Era un edificio basso, con la facciata appena dipinta di un colore rosa confetto e stretto tra due palazzi di recente costruzione. Era di modeste dimensioni, pulito e riservato, proprio come segnalavano le recensioni sul web. L'avevo scelto insieme ad Anna, durante un pomeriggio davanti a un caffè. Doveva essere la meta per due giorni di svago. In realtà era un favore che facevo più a lei che a me stessa. L'aspetto positivo della struttura, oltre a quello di permettere l'ingresso ai cani, era la presenza di un'intera aerea riservata al benessere. Il piano terra ospitava una vasta zona relax, con tanto di saune, vasche idromassaggio, percorsi con acqua calda e fredda, e la possibilità di ricevere trattamenti per il corpo. Mi guardai intorno alla ricerca dell'auto di Andreas. Chissà se era già arrivato. L'avrei scoperto a breve.

Oltrepassai le porte scorrevoli e mi recai alla reception per registrare la mia presenza. Non ero la prima. Era riuscito a battermi sul tempo. Salii al piano con un fremito di eccitazione e provai a bussare alla sua porta. Tre colpi decisi. Non la smettevo di torturarmi il labbro dall'impazienza e battevo nervosamente il piede a terra. Ritentai ancora un'ultima volta. Peccato, nessuna risposta.

Passai alla camera successiva e infilai la chiave nella serratura. La stanza, invece, era molto meglio rispetto alle foto sul sito. Oltre a essere davvero spaziosa, era dotata di ogni tipo di comfort e di un cancelletto, simile a quello per i bambini, che permetteva di separare la camera da letto e l'ingresso. Sistemai lì la brandina di Frida e lei non perse tempo a sdraiarcisi e a lanciarmi un'occhiataccia il cui sottotitolo era: "Pensavi di fregarmi, è solo mia".

Poi mi spalmai sul letto, affondando tra soffici lenzuola, e mandai un messaggio ad Andreas.

11 agosto 2015 ore 11:38

Qui Isabel Borgia chiama Andreas Keller. La informo che sono arrivata a destinazione sana e salva, ripeto, sono arrivata a destinazione sana e salva. Mi può dare le sue coordinate?

Mi trovai a ridacchiare come una bambina. Ero a chilometri di distanza da casa e mi sentivo leggera, spensierata, e irrimediabilmente felice. La parola felicità non aveva mai avuto un suono tanto bello. Sembrava che niente potesse scalfire quello che provavo in quel preciso momento, neanche una brutta notizia. E sapevo che il merito della mia felicità era composto da sette lettere, sette lettere che componevano il nome: A-N-D-R-E-A-S.

Avevo provato per tanto tempo a negarlo a me stessa, mi ero imposta di raccontarmi delle bugie, ma non potevo negare l'evidenza. Dovevo capire se si trattava di una semplice infatuazione o qualcosa di più. Quel viaggio rappresentava la resa dei conti. Se avesse confermato la prima ipotesi, tutto si sarebbe dissolto nell'arco di qualche giorno, senza ulteriori complicazioni, nell'altro caso… be', per quello non avevo ancora una risposta.

Mi girai da un lato per osservare fuori dalla finestra. Wow, quella vista era un vero incanto. Quando ero partita da Roma il cielo era lattiginoso, carico di umidità e non prometteva nulla di buono, mentre qui era terso e il caldo secco era un toccasana per il corpo.

Il telefono suonò e trascinai la freccia sul display, piena di eccitazione.

11 agosto 2015 ore 11:40

Messaggio ricevuto, ripeto, messaggio ricevuto.
Latitudine, 39.05 Nord. Longitudine, 9.6 Est.

11 agosto 2015 ore 11:41

Dài, scherzavo. In realtà sono coordinate fasulle, in ogni caso vieni allo stabilimento numero 32. Mi trovi lì. Ti aspetto.

Avvertii un calore inaspettato appena lo vidi, l'avrei riconosciuto anche con una benda sul viso. Non era per via del suo aspetto, ma più per un richiamo della pelle. Una sensazione che non saprei spiegare a parole. Non tutte le domande devono per forza avere una risposta. Era seduto sopra un telo, intento a sfogliare distrattamente un libro, lanciando spesso delle occhiate in direzione del mare. Mi fermai. Il fascino di un uomo che legge è qualcosa di inspiegabile a voce, è tutto scritto dentro quel libro che tiene tra le mani. E non ha a che fare con un genere letterario. Può essere disarmante come un thriller mozzafiato, magico come le favole che si raccontano ai bambini, romantico come un romanzo rosa che leggi dopo una giornata di lavoro. Notai anche un'altra cosa. I suoi capelli erano cresciuti di qualche centimetro e mi piaceva il modo in cui incorniciavano il suo volto. L'abbronzatura, merito della vacanza in Puglia, era ancora evidente. Indossava un costume blu con l'elastico bianco. Era bello da togliere il fiato, molto più di quanto mi ricordassi. Ok, forse anche perché era quasi nudo. A ogni modo, rimasi ancora qualche istante a osservarlo da lontano, sperando che sollevasse gli occhi e si accorgesse di me. Volevo incrociare il suo sguardo e restare in silenzio, limitandomi ad ascoltare tutte le parole non dette.

Scossi la testa. Forse ero ancora in tempo per ripensarci e tornare a casa. Però non avevo guidato fin lì per poi rinunciare, ero decisa ad andare fino in fondo. Dovevo fare chiarezza con me stessa. Anche perché, per la prima volta, ero arrivata a destinazione senza perdermi. Forse era un chiaro segno del destino.

La sera precedente ci eravamo scambiati qualche messaggio. Volevo essere certa che non rinunciasse all'ultimo momento. Non potevo reggere una delusione simile.

Attorcigliai meglio il guinzaglio intorno alla mano e mi avvicinai. Il primo ad accorgersi del nostro arrivo fu Ulisse, che si precipitò come un treno in corsa addosso a Frida. Tolsi in tempo la pettorina, prima di essere travolta dal loro entusiasmo. Persi l'equilibrio ma senza cadere. Si rincorrevano e facevano dei salti talmente alti che quasi mi rammaricai di non trovarmi a una gara.

Andreas sembrava sorpreso. Forse anche lui per un attimo aveva pensato che non sarei venuta o che si presentasse Mattia. Era stato l'argomento di discussione per interi giorni. Me la ridevo di gusto immaginando l'incontro tra mio marito e Andreas. No, non gli avrei mai tirato un tiro così basso.

Lo salutai con un cenno della mano e lui ricambiò con un sorriso, con tanto di adorabili fossette laterali. Da quella distanza era impossibile non notare la perfezione del suo fisico, sempre nascosta, fino a quel momento, da strati di tessuto. Non era una di quelle bellezze esagerate o palestrate, il suo corpo era definito ma non troppo. Petto spesso, braccia e gambe erano solcati da molti più tatuaggi di quanti immaginassi.

Mi sentii subito in imbarazzo di fronte a lui. Anche lui mi stava osservando. Chissà se si aspettava una donna più vicina al suo tipo ideale, magari con qualche tatuaggio o dalle forme più generose. Abbassai lo sguardo per ricordarmi cosa avevo indossato.

L'avevo detto io che era meglio quello con le coppe imbottite, protestò il diavoletto dentro la mia testa. Cosa dici, era meglio quello intero, rispose l'angioletto.

Scossi la testa per mettere a tacere quelle voci. Avevo scelto il mio costume a fascia preferito, ma era nascosto da una di quelle canottiere lunghe da usare in alternativa a un vestito. Era bianca con una fantasia a fiori e le spalline sottili. Conoscevo bene quello sguardo e no, non me la sarei tolta.

Si alzò. «È davvero bello rivederti, e noto con piacere che sei arrivata integra a destinazione», esordì, allungandosi per sfiorarmi le guance con due baci.

Un po' titubante di fronte al suo gesto, ricambiai. «Ti ho stupito, eh? In realtà sembra impossibile anche a me, ma eccomi qui. Oggi la fortuna era dalla mia parte, devo dire che il viaggio è stato perfetto e il navigatore non ha mai perso il segnale».

«Sì, anche perché non è che ti sia spostata di chissà quanto…», sottolineò. «Sono io quello che ha fatto un sacco di chilometri per raggiungerti. Se proprio vogliamo essere precisi».

«Me lo stai dicendo per farmi sentire in colpa? Perché mi dispiace deluderti, ma non mi ci sento neanche un po'».

«Assolutamente, no», rimarcò lui piuttosto ironico.

«Eh, sarà meglio», bofonchiai girandomi dall'altra parte.

Posai la mia borsa sulla sabbia e distesi un asciugamano accanto al suo. Vicino, ma non troppo. Era meglio tenere un minimo di distanza o rischiavo di non rispondere delle mie azioni. Il suo profumo aveva già messo KO un paio di neuroni, per non dire altro.

Andreas non staccò mai lo sguardo da me, seguendo ogni mio minimo spostamento. Ma non stava leggendo? Ormai il libro era un ricordo lontano.

«Isabel, ma tu prendi il sole vestita? Perché tra qualche ora ti resterà un bel segno, lo sai? Come quelli degli operai costretti a lavorare in autostrada», mi fece notare.

Presi una crema solare e iniziai a spalmarla sulle gambe. «Non preoccuparti, ho messo una protezione molto alta, non rischio niente. Poi non amo tanto il sole... non sono una di quelle persone che stanno distese per ore e si girano come uno spiedino da entrambi i lati. Meglio stare vestita e ben protetta. Non senti anche tu che c'è un po' di arietta?», domandai stringendomi nelle spalle.

Andreas si mordicchiò l'interno guancia e scrutò il cielo. «Già, propongo quasi di prendere una coperta...».

Ma cosa stavo dicendo? Io adoravo le giornate come quelle, e soprattutto amavo abbronzarmi. Facevo sempre a gara con Mattia per chi aveva il segno del costume più evidente, e tutte le volte mi arrabbiavo perché lui vinceva. Facile, partiva già avvantaggiato grazie alla sua pelle olivastra.

Mi stesi e mi guardai intorno. La spiaggia era quasi vuota, almeno quella dove ci trovavamo noi, perché bastava scrutare la parte oltre la recinzione e non si riusciva a vedere un solo centimetro di sabbia libero. In un certo senso fui sollevata.

Frida infilò il muso dentro la mia borsa e rovistò all'interno, per poi afferrare la pallina che avevo nascosto. Era gialla e consumata dagli anni, ma restava la sua preferita e non c'era stato verso di buttarla via. La strinse tra i denti, soddisfatta, emettendo un fastidioso suono continuo che produceva il fischietto. La mordeva fino a schiacciarla e poi la lasciava andare per riempirla di nuovo d'aria. Ulisse balzò al suo fianco e cominciò a puntarla. I suoi occhi erano vispi e attenti.

Mi ero appena seduta e non avevo proprio voglia di alzarmi e mettermi a giocare con loro. Percepivo i loro musi puntati su di me e quell'alito di manzo e piselli.

«Guarda che il tuo cane vuole qualcosa da te», mi fece presente Andreas.

«Guarda che è il tuo cane che vuole rubare la palla alla mia», replicai indossando un paio di occhiali da sole.

«Guarda che è il tuo cane che sta abbaiando, richiamando la tua attenzione», continuò cocciuto.

«Guarda che è il tuo cane che sta correndo in cerchio, buttando sabbia a destra e sinistra», continuai, sforzandomi di apparire seria.

Ero pronta a un'altra sua controrisposta, invece lui mi afferrò per un braccio e mi obbligò ad alzarmi. Mi sollevò senza alcuna difficoltà, come se fossi di piume. «Ehi, ma che modi», sbraitai infastidita. «Cosa c'è?». Incrociai le braccia al petto, ero stufa di vedere i suoi occhi sopra al mio seno.

«Niente, solo che i cani vogliono divertirsi e anche io», scherzò, agitando il sedere come Frida e Ulisse. Avevo di fronte a me ben tre pagliacci.

Provai a trattenermi dal ridere ma non ci riuscii. Era davvero ridicolo. «E va bene», dissi, e rubai la pallina dalla bocca di Frida.

Non mi accorsi del tempo che passava. Era un momento magico, unico, straordinario. In tanti anni di fidanzamento e di matrimonio, non mi era mai capitato di vivere situazioni simili con Mattia. Forse era successo durante i primi mesi, ma non eravamo mai stati così spensierati come dei ragazzini. Frida e Ulisse correvano velocissimi lungo la riva, pronti ad afferrare la pallina che gli lanciavamo. Era una dura lotta. Appena vedevano la mano in aria, pronta a lasciarla andare, puntavano gli occhi, seguendo la traiettoria nel cielo, e poi si catapultavano per entrarne in possesso. Nessuno dei due voleva darla vinta all'altro. A volte la riportavano indietro, altre dovevo correre verso di loro e cominciava una coreografia scoordinata tra finte e dispetti per acciuffarla. Quando riuscivo a sfilarla dalla loro bocca, la lanciavo verso Andreas e lui la prendeva al volo e la nascondeva dietro la schiena. Era troppo buffo il loro muso che si trasformava in un grande punto interrogativo. Scrutavano a destra e sinistra per vedere dove fosse finita, annusavano la sabbia, si guardavano tra di loro, e poi si giravano verso di me come per dire "Wow, bravo bipede. Che magia!".

Ero felice e lo ero sul serio, non mi ero posta nemmeno per un attimo il problema di essere lontano da Roma e in compagnia di Andreas. Non c'era niente che potesse strapparmi dalla contentezza di quel momento irripetibile. Avevo bisogno di una giornata così da troppo tempo. Perché mi ero privata di tutto questo? Perché non mi ero mai arrabbiata con Mattia del tempo che toglieva a noi per via del suo lavoro? Perché mi ero lasciata sempre scivolare tutto addosso, accontentandomi di dire "Ti capisco"?

Per anni mi ero nascosta dietro una facciata all'apparenza perfetta e impeccabile, senza rendermi conto che in realtà era piena di crepe coperte con lo stucco. Bastava raschiarci sopra con l'unghia, per farle riemergere.

Avevo i crampi in ogni parte del corpo tanto avevo riso. Ogni muscolo stava chiedendo una tregua. Era qualcosa che non mi succedeva da tantissimo tempo. Non avevo pensieri, non avevo preoccupazioni. Non avevo Mattia e la priorità del suo lavoro in testa. Non avevo una casa da pulire, non avevo una cena da preparare, non avevo la mia vita invidiata da tanti. Non avevo niente di tutto quello, ma in realtà avevo molto di più. Tenevo tra le mani una donna nuova, me stessa, finalmente.

La pallina finì in acqua, rimanendo a galla, e avanzai di qualche passo per recuperarla. Frida e Ulisse iniziarono a saltellare sul posto e ad abbaiare. Avevano paura dell'acqua, riuscivano appena a bagnarsi le zampe, ma niente di più.

Mi ero appena chinata per afferrarla, quando Andreas mi colse alla sprovvista, prendendomi per un braccio e trascinandomi con sé. L'acqua superava l'altezza delle ginocchia e ormai la canottiera aveva il bordo bagnato, ma lui continuava a tirarmi ancora più a largo.

«Oh, no, no. So che cos'hai in mente ma è meglio di no. Ti prego, lasciami», lo sgridai, sperando di risultare abbastanza convincente. Puntavo la punta dei piedi, sperando di affondare nella sabbia e rallentare così la sua camminata. Niente da fare. Lui non aveva intenzione di mollare la presa, le sue dita erano ancorate a me.

Se ne stava zitto, palesemente divertito dalla situazione. Non ebbi il tempo di aggiungere altro che mi attirò in modo brusco a sé. Gli finii quasi addosso, scontrandomi contro il suo petto. Non mi restò altra alternativa che provare una tattica che di solito funzionava sempre: quella del solletico. Evidentemente Andreas non lo soffriva perché non riuscii a divincolarmi. Era una lotta impari.

«Sono anche vestitaaaa», gridai mentre le sue mani mi afferravano dietro le gambe e mi sollevavano.

D'istinto circondai con le braccia il suo collo, come se fosse un salvagente. Non mi sarei staccata da lì.

«Be', ancora meglio, no? Vorrà dire che farai miss maglietta bagnata solo per me», mi punzecchiò, mostrandomi ancora una volta il suo sorriso tanto irritante quanto malizioso.

E prima che potessi avere il tempo di reagire o di dirgliene quattro, lui mi lanciò in acqua.

Toccai subito il fondo, visto che ci trovavamo a pochi metri dalla riva. Appena riemersi non vidi Andreas da nessuna parte. Mi voltai verso destra e poi sinistra. Dove si era nascosto?

Lo capii quando mi sentii afferrare per i fianchi, sprofondando di nuovo sott'acqua. Quando ritornai in superficie, mi trovai faccia a faccia con lui. Pochissimi centimetri dividevano le nostre bocche, sarebbe stato sufficiente un piccolo slancio per assaggiarne il sapore. Ero sempre più convinta che si trattasse di un gusto proibito, al limite della decenza. Non riuscivo a pensare a nient'altro. E i miei pensieri erano privi di ogni pudore. Davanti alla sua pelle bagnata, mi prudevano le mani per il desiderio di sfiorare ogni centimetro di quel corpo. Chissà perché il mare riusciva sempre a creare un'atmosfera particolare e piena di sensualità.

Quando Andreas mi allontanò una ciocca di capelli dal viso, i suoi occhi brillavano di uno strano luccichio. Mi stavano divorando. Gli piaceva quello che vedeva e non lo nascondeva. Il suo sguardo mi bruciava la pelle, mi attraversava. Ora ero consapevole, non sarei mai uscita illesa da quella giornata. Dopo il passaggio di Andreas, più potente di un uragano, mi sarei ritrovata a raccogliere solo qualche resto della donna che ero prima di lui.

Era davvero un rischio che volevo correre? Potevo ancora tirarmi indietro.

Andreas scivolò con lo sguardo più in basso, lungo la mia canottiera che ora si era incollata al mio corpo come una seconda pelle, mettendo in mostra le mie forme. Mi sentivo impacciata, timida. Però lasciai che quel residuo di sfacciataggine che mi era rimasto uscisse fuori.

Strinsi le gambe attorno a lui e ci trovammo petto contro petto. Le onde iniziarono a cullarci e noi assecondammo il loro movimento, dondolando. Mi stavo facendo guidare da lui, mi volevo fidare.

Tutto era così perfetto.

Affondai il viso nell'incavo del suo collo. Quella nicchia, così ampia e calda, sembrava creata su misura per me. C'era il mio nome scritto lì sopra. Solo il mio.

«Dio, Isabel…», si limitò a sussurrare senza fiato, quando sentì il tocco delle mie labbra su di lui.

Il mare aumentò il proprio ritmo, e le onde iniziarono

a danzarci intorno, quasi volessero essere complici di quel momento.

Un brivido mi risalì rapido lungo la schiena. Sentivo il calore delle mani sotto le mie natiche. Desideravo che quella fosse solo la sosta di un viaggio e che non si fermassero lì a lungo. Volevo essere una mappa per quelle mani, libere di visitare qualsiasi luogo e senza limite di tempo. Non volevo pormi dei limiti, poteva toccarmi. Poteva fare di me ciò che voleva. Gliel'avrei permesso...

Il cuore di Andreas era sul punto di esplodere, sentivo il suo battito accelerato contro il mio petto. «Fammi calmare, Isabel. Io non ce la faccio più», bisbigliò dentro al mio orecchio.

La sua voce era calda e vellutata. Un'ondata di piacere mi colse impreparata e sentii un formicolio passare dal cervello e arrivare fino alla punta dei piedi. Entrambi avevamo raggiunto il limite della sopportazione, e io non avrei resistito ancora molto di fronte alle sue provocazioni. Ero in balia di sensazioni nuove e inesplorate.

«*Shhhh*», mi limitai a rispondere. «Ti prego, non aggiungere altro, non dire niente. Fatti abbracciare ancora un po'». Infilai le mani tra i suoi capelli, scompigliandoli. Scivolavano tra le mie dita, tanto erano soffici. Lui socchiuse gli occhi e si lasciò andare. Mi attirò ancora di più a sé, le sue unghie mi avrebbero lasciato i segni. Pazienza, avrei trovato una scusa in più da inventare. Non stavo facendo altro da mesi. Ormai solo lo strato dei nostri costumi ci separava.

«Musetto, mi fai vedere cosa ti passa per quella testolina? Mi fai capire che cosa ti aspetti da me?», sospirò, solleticandomi il collo con la sua barba di qualche settimana.

«Andreas, non sfidarmi...», riuscii a dire senza smettere di accarezzare i suoi capelli.

«Perché? Mi piacciono le sfide. E io so quanto voglio puntare per raggiungere te».

Ero sorpresa dalle sue parole. Lo guardai dritto negli occhi. Che intenzioni aveva?

E poi tutto accadde come a rallentatore. Avvicinò la sua fronte alla mia e mi sfiorò con la punta del naso. Continuò a farlo, spostandosi un po' a destra e un po' a sinistra. Stava giocando, ogni volta che si muoveva le nostre labbra si accarezzavano. Soffocò il suo sorriso malizioso contro la mia bocca. E sentii una sensazione di vuoto fortissima dentro lo stomaco, come quando sei sulle montagne russe e il trenino sale, sale lentamente per poi precipitare vertiginosamente giù.

"Baciami, cosa stai aspettando?", mi ritrovai a gridare dentro di me.

O forse l'avevo detto per davvero, visto che Andreas si bloccò all'istante e si allontanò di qualche centimetro per osservarmi meglio. La prospettiva di spingerci oltre non mi sembrava più così impossibile. Era l'unica cosa che desideravo, non volevo niente di più. Stava per arrivare quel momento che entrambi avevamo fantasticato e atteso per settimane. Le sue labbra si avvicinarono quando un'onda ci travolse in pieno, bagnandoci di nuovo completamente. Frida e Ulisse si erano tuffati, superando la loro paura dell'acqua solo per riprendersi la pallina che galleggiava a pochi centimetri da noi.

Gettai la testa all'indietro ed entrambi scoppiammo a ridere. Sarebbe bastato un secondo in più per sapere l'effetto che un bacio avrebbe avuto su di noi. Eravamo ancora uno contro l'altra. Pelle contro pelle.

Il sole stava tramontando. Avevo ancora parte del costume e i capelli bagnati. Era meglio entrare in albergo per darmi una rinfrescata prima della cena. Nessuno dei due aveva più fatto riferimento a quello che era successo prima. Forse era meglio così per entrambi.

«Credo sia ora di tornare in camera. Non posso di certo andare a mangiare conciata in questo modo. Ho una reputazione da difendere».

«Be', direi di no. Però non farti troppo bella, perché poi rischierei di fare a pugni con tutti gli uomini del locale».

Si stava prendendo gioco di me.

«E chi ti ha dato questa libertà?».

Allargò le braccia, come a sostenere qualcosa di ovvio.

«Guarda che lo faccio perché sei sposata, mica per me. Mattia mi ringrazierà per il mio altruismo».

Lo fulminai all'istante.

Grazie mille, Andreas. Grazie per aver rovinato tutto e avermi appena ricordato di essere una donna sposata.

Dentro di me mi sentii morire. Mi ero appena resa conto di non aver pensato a lui fino a quel momento. Una volta rientrata in hotel avrei dovuto chiamarlo. Decisi di non replicare, non volevo interrompere la magia di quella giornata. Ero intenzionata a godermela fino alla fine, qualunque fosse il prezzo da pagare.

«Cenerentola, vai a farti bella. Vorrà dire che ti terrò d'occhio e basta», e si baciò entrambe le dita come fanno spesso i bambini.

Alzai gli occhi al cielo rassegnata, ormai senza speranza. Recuperai la mia borsa e mi legai i capelli in una coda. «Meglio non giurare su niente, potresti non farcela», e lo lasciai lì, senza dargli la possibilità di aggiungere altro, mentre mi allontanavo con Frida.

Una volta raggiunta la mia stanza, mi infilai sotto la doccia e rimasi a lungo sotto il getto dell'acqua calda. Scivolava accarezzando il mio corpo e cancellando i segni invisibili delle dita di Andreas. Era come se sentissi il bisogno di rimuovere ogni traccia di lui prima di chiamare mio marito. Sapevo che non era necessario. Che ero al sicuro. Anna mi aveva permesso di lasciare il suo numero a Mattia. In quel modo non avrebbe dubitato che fossimo insieme. Lei sapeva in che guaio mi stavo cacciando e a cosa stavo andando incontro, ma continuava a ripetermi che la vita era mia e che avevo il diritto di decidere da sola.

Mi asciugai in fretta i capelli senza stirarli, lasciandoli liberi di arricciarsi. Tirai fuori dalla borsa i vestiti che avevo portato e decisi di indossarne uno che avevo acquistato di recente e mai messo prima. Era di cotone, di un azzurro chiarissimo. Scendeva seguendo le linee del corpo fino all'altezza delle caviglie, e slanciava la mia figura grazie a un lungo spacco laterale. La stoffa si incrociava all'altezza del seno e le spalline erano larghe. Ero soddisfatta del risultato e dell'effetto che quel colore creava sulla mia pelle già leggermente colorita. Non mi rimase che indossare un paio di sandali e attendere che Andreas bussasse.

La serata fu piacevole, superando di gran lunga ogni mia aspettativa. Avevamo cenato in un ristorante sul lungomare di Castiglione della Pescaia, famoso per le sue specialità di pesce. Io mi ero limitata a ordinare un antipasto e delle verdure miste. Andreas aveva invece assaporato tutto al posto mio. Le nostre bocche non si erano riposate per un solo minuto. Ci eravamo raccontati di tutto. Scoprii tante cose su di lui che mi colpirono, ma cercai di non essere mai invadente con le domande. Volevo che fosse lui ad aprirsi per primo. E lui fece altrettanto con me.

Andreas pagò il conto e, per la prima volta, mi trovai impacciata di fronte a quel gesto che era invece naturale nella mia quotidianità con Mattia. Forse perché ero al corrente delle sue difficoltà economiche e non volevo che spendesse i suoi soldi per me, o forse semplicemente perché, fatta da lui, mi sembrava la forma di attenzione e il gesto più romantico che avessi mai ricevuto.

Una volta fuori dal ristorante, Andreas si assentò con la scusa di recuperare una cosa dentro la sua auto. Il suo volto lo tradiva. Era troppo euforico nel pronunciare quelle parole e la cosa iniziava a spaventarmi. Che cosa aveva in mente?

Mi aveva invitato ad aspettarlo sulla spiaggia e così feci. Arrivò poco dopo, tenendo in mano un oggetto ingombrante.

Non riuscii subito a capire, ma tutto mi fu chiaro appena mi raggiunse: si trattava di una chitarra classica. E sulla spalla aveva un telo da mare.

Involontariamente sentii il mio cuore battere all'impazzata. Cercai di fare lunghi respiri per calmarlo perché faceva quasi male.

Lo aiutai a stendere il telo e mi fece segno di accomodarmi accanto a lui.

Ormai era buio. Il cielo era punteggiato di stelle e uno spicchio di luna sembrava l'ampio sorriso dello Stregatto. Gli angoli della mia bocca si piegarono all'insù a quel pensiero, ma non lo rivelai ad Andreas.

Indicai la chitarra. «Da adesso in avanti ti chiamerò l'uomo dalle mille risorse. Non sapevo che sapessi suonare».

Scosse la testa. «Musetto, ci sono tante cose che non sai ancora di me».

Musetto, mi piaceva come soprannome.

Si mise comodo, appoggiando la chitarra sopra il ginocchio e, dopo averla accordata, cominciò a suonare. Le prime note invasero lo spazio intorno ai nostri corpi, solleticando l'aria. Potevo dire addio alla mia razionalità.

«Wow, sei bravo!». Era un complimento sincero.

Lui non rispose e si limitò a sfoderare quel sorriso che riservava solo a me. Perché ne ero gelosa e io volevo che fosse solo mio, lo pretendevo. Perché io volevo ricordarmi di quella serata. Per sempre.

Si schiarì la gola. Dopo qualche secondo, iniziò a intonare una canzone e fu in quel preciso istante che tutto mi fu chiaro. Ero perdutamente, follemente, smisuratamente cotta di lui.

Andreas Keller mi aveva messo KO.

Mi mancava solo il coraggio di ammetterlo a lui e a me stessa.

Non era qualcosa che avevo previsto, era successo e basta. Con la stessa semplicità con cui accadono tante altre cose che non ci aspettiamo. Mattia e gli uomini prima di lui non avevano mai fatto niente di simile per me. Certo, di sorprese ne avevo ricevute, ma erano sempre di tipo materiale. Niente che potesse competere con quello che mi stava regalando Andreas.

Non avevo mai sentito i brividi di freddo attraversare il mio corpo, lo stomaco sottosopra, le guance prendere fuoco, le gambe tremarmi e le parole bloccarsi sulla punta della lingua. Non avevo mai provato niente di simile fino a quel giorno. E non dipendeva dal fascino innegabile di Andreas, ma da tutte quelle qualità da cui mi ero sempre tenuta alla larga. E solo ora capivo il perché. Volevo proteggere il mio cuore perché ero certa che lui lo avrebbe distrutto. Si sarebbe rotto in un miliardo di frammenti che avrei tentato di raccogliere e incollare, alcuni li avrei persi per strada, ma in nessun modo sarebbe tornato più come prima.

I suoi occhi erano incatenati ai miei, mentre continuava a cantare le ultime strofe di una canzone dolcissima che non conoscevo. Non importava che non riuscissi ad accompagnarlo. I miei occhi sapevano parlare anche per me.

Probabilmente dovevo avere la bocca spalancata per lo stupore, perché quando Andreas terminò, colsi la sfumatura divertita nel suo sguardo. «Ho come l'impressione che qualcuno sia sceso dal suo piedistallo e che si trovi in imbarazzo. Benvenuta tra noi comuni mortali».

Negai, non volevo ammettere di trovarmi in difficoltà. «No, sono solo sorpresa. È che non me l'aspettavo... e poi sono ben altre le cose in grado di farmi sentire in imbarazzo», gli feci presente.

Fece un lungo sospiro. «Davvero peccato, ho sperato per un momento di essere io la causa».

«Comunque te la cavi bene. Che canzone era?», gli domandai per cambiare discorso.

«Be', questa è la canzone che mi ha insegnato mio padre quando ero piccolo. È una canzone tedesca. La suonavamo spesso insieme quando mia madre non si trovava a casa».

Andreas spostò lo sguardo altrove, puntandolo verso il cielo. «Mi dispiace solo di non aver passato più tempo con lui. Posso dire che la maggior parte delle cose belle che ho visto e che so, le devo a lui».

Il mio cuore era gonfio d'amore. Ero emozionata e incapace di replicare. Non mi riconoscevo, lui mi stava cambiando senza che me ne rendessi conto. Di fronte a me avevo un uomo che si mostrava per quello che era, senza il timore di sentirsi giudicato e senza il timore di non essere abbastanza uomo. Non aveva alcun tipo di freno, non ne voleva. Più lo guardavo e più sentivo che anche lui mi metteva a nudo. Avevo abbassato tutte le mie difese, e l'avevo fatto solo per permettergli di entrare nel mio mondo.

Decisi di rompere quel silenzio imbarazzante per non scoppiare a piangere. «Anche io conosco qualcosina, sai?», dissi allungando entrambe le mani per invitarlo a passarmi la chitarra.

Mi alzai in piedi e mi sistemai i capelli dietro le orecchie. Pizzicai prima qualche corda per mettermi a mio agio, e poi mi lasciai andare, affidandomi all'istinto. E mi ritrovai spaesata quando la mia voce cominciò ad accompagnare le note.

«*Tieniti su. Le altre stelle son disposte, solo che tu... a volte credi, non ti basti*», cominciai a canticchiare dolcemente e senza sollevare lo sguardo dallo strumento.

Frida e Ulisse, incuriositi dalla mia voce, si avvicinarono, accoccolandosi ai miei piedi.

Non me ne curai e continuai a cantare, fino a quando Andreas non si alzò in piedi e mise un dito sotto al mio mento, obbligandomi a sollevare il viso. Due occhi azzurri mi stavano fissando. Mi sentii mancare il respiro, ma continuai.

«*Ti brucerai, piccola stella senza cieloooo. Ti mostrerai, ci incanteremo mentre scoppi in volo…*».

Stavo mettendo tutta me stessa in quello che facevo: anima, cuore e testa. Era la mia canzone preferita, e volevo condividerla con lui. Volevo che gli parlasse di me.

Quando finii gli consegnai la chitarra e tornai a sedermi sul telo. Come se non fosse successo niente di particolare.

«Wow, Isabel. Cioè…», commentò sbalordito. «E quello tu lo chiami qualcosina?».

Alzai le spalle. «Ho preso qualche lezione quando andavo a scuola, sono solo brava a memorizzare in fretta», mi giustificai.

«Io invece non lo sono affatto. Perché hai scelto *Piccola stella senza cielo*? Ha qualche significato per te?».

Annuii. «Parla di una stella che è appesa grazie a un filo al suo cielo. Tutte le altre stelle l'ammirano perché è bella, splende più di loro e sono gelose». Mi fermai per riprendere fiato. «Ma quella stella senza il suo cielo non è più niente, perde tutto il suo fascino. La mia vita è un po' così, io sono la donna che vedi grazie agli altri, grazie alla mia famiglia e a mio marito… ma senza tutto questo io non potrei brillare».

Andreas scosse la testa con decisione. «No, Isabel, smettila, non ti permetto di parlare così. Io davanti a me ho Isabel Borgia ed è la stella più luminosa e più splendente che io conosca. E non è merito degli altri, è merito tuo. È merito tuo! Impara ad accettarti, impara a desiderare quello che vuoi tu... perché non è sbagliato. Tu non sei sbagliata senza tutto l'oro che ti luccica attorno».

Si avvicinò e mi sfiorò la mano. «Perché non riesci a vederti? I miei occhi ti vedono e io ho perduto la testa per il fantastico mondo che è racchiuso qua dentro». E puntò l'indice sul cuore. «E non per quello che sei qui fuori», e lo fece scivolare lungo il mio corpo.

Non sapevo cosa dire, ma non era importante perché lui mi abbracciò forte. Restammo distesi uno di fronte all'altra, a fissarci per un tempo che non saprei quantificare, finché lui non mi attirò a sé.

Lo assecondai, perdendomi tra le sua braccia.

«Era ora. È valsa la pena attendere così tanto. Sono questi gli abbracci che mi mandano fuori di testa», mormorò con la bocca affondata contro il mio viso. Il suo alito caldo soffiava sulla mia guancia. Socchiusi gli occhi e assaporai quella sensazione.

La sua mano scivolò lungo la schiena fino a raggiungere il mio sedere. Lui mi guardò, in attesa di una mia reazione. Non dissi niente. Lo lasciai fare. Volevo solo che non si fermasse mai.

«Sei felice di essere qui?», mi domandò diretto.

Spostai per un attimo lo sguardo altrove, prendendomi del tempo per rispondere. «Se ora ti rispondessi di sì, tu cosa faresti?».

Prima che Andreas potesse replicare, le voci di Frida e Ulisse ci riportarono alla realtà. Abbaiavano contro un punto all'orizzonte, troppo lontano per poter vedere da quella distanza. Così mi tolsi le scarpe e mi avvicinai alla riva. Andreas mi seguì.

Restai per un po' a guardare, ma era troppo buio.

«Chissà cosa avranno visto», dissi, voltandomi verso Andreas.

«Secondo me cercavano solo di richiamare la nostra attenzione».

In effetti aveva ragione, appena li raggiungemmo smisero di fare quel baccano e, anzi, sembravano entusiasti di vederci.

«Magari possiamo spostarci. Che ne dici?», proposi indicando la fine della recinzione a pochi metri di distanza.

Lui annuì.

Avanzai di pochi passi e improvvisamente il chiosco della spiaggia accanto si illuminò. Tante piccole luci bianche si accesero contemporaneamente, seguendo il contorno della struttura in legno. Ebbi quasi l'impressione di trovarmi in un luogo magico e lontano.

Una leggera brezza mi colse impreparata, sollevando il mio vestito e scompigliandomi i capelli. E fu in quel momento che la mano di Andreas afferrò la mia e mi obbligò a girarmi.

Mi cinse la vita con le sue braccia forti. Mi faceva sentire una donna protetta, importante, desiderata. E all'improvviso, a rendere il tutto ancora più surreale, giunsero alle nostre orecchie le parole di una canzone. Una canzone che conoscevo fin troppo bene.

I nostri corpi iniziarono a dondolare, seguendo il ritmo. Andreas sapeva muoversi bene e io assecondai ogni suo movimento. Mi lasciai guidare. Era strana la sensazione di essere sfiorata da un corpo che non fosse quello di Mattia. E non era spiacevole, tutt'altro.

Non avevo più fiato per dirgli grazie. Non avevo più fiato per dirgli "resta ancora qui con me".

Le mie spalle, che fino a un attimo prima avevo tenuto contratte, ora iniziavano a rilassarsi.

«Isabel, mi sbaglio o stai facendo fatica a respirare?», chiese con tono malizioso, soffiandomi sul collo.

«Non lo so, forse un pochino?»

«È una cosa da tenere sotto controllo. Problemi al cuore o di cuore?»

«Lo sai», risposi sottovoce.

Capitolo venticinque
Andreas

È crudele strappare un fiore dal suo mondo se poi non sai apprezzarne il profumo.

Quando rientrammo in albergo, il signore alla reception ci consegnò le nostre chiavi e ci osservò con aria curiosa. Non distolse la sua attenzione da noi finché le porte dell'ascensore non si chiusero. Premetti il secondo pulsante e sperai che arrivasse in fretta al piano.

Un debole suono ci segnalò l'arrivo. Mi fermai accanto alla stanza di Isabel e le augurai la buonanotte. Lei aprì la porta in modo impacciato, tentennava sull'uscio, come se fosse in attesa di qualcosa. Tre passi e fui davanti alla mia stanza.

«Sono distrutta, credo che crollerò dalla stanchezza non appena toccherò il letto. Allora ci vediamo domani mattina per colazione?», propose giocherellando con una ciocca di capelli.

«Ok, facciamo per le otto e mezza». Poi aggiunsi: «Credo che ti seguirò a ruota. Spero che il letto sia abbastanza grande per riuscire a dormire con questa palla di pelo», dissi indicando Ulisse, ficcato in mezzo alle mie gambe.

Isabel annuì. «Per eliminare il problema, io mi sono portata la sua brandina e Frida dormirà nell'ingresso, preferisco chiudere la porta della camera. Con lei è impossibile riposare».

«E lo stesso fa Ulisse, però mi piace la sua compagnia.

Almeno non dormirò da solo. Allora buonanotte, musetto».

«Notte, Andreas».

Chiusi la porta e restai fermo con una mano serrata sopra la maniglia. Scivolai con la fronte fino a toccare il legno e feci dei lunghi respiri. Non potevo far finire in quel modo la giornata. Non volevo che finisse così. Il giorno dopo saremmo ripartiti e mi sarei pentito per tutta la vita se in quel momento non avessi tentato il tutto e per tutto. Mi abbassai sui talloni e accarezzai Ulisse. «Tu adesso fa' il bravo qui. Torno subito... ma spero di no».

Abbassai deciso la maniglia e uscii fuori. Avanzai di tre passi fino alla sua stanza e poi tornai indietro. Ripetei la stessa sequenza per altre due volte. Merda, ma che ci voleva a bussare? Mi sentivo una femminuccia, mi odiavo e odiavo Isabel per l'effetto che aveva su di me.

Prima che potessi ripensarci, bussai con due colpi secchi.

Isabel aprì subito la porta, era come se non si fosse spostata mai da lì. Forse si aspettava il mio arrivo. Il suo sguardo era indecifrabile. Era sorpresa? Dispiaciuta? Offesa?

«Ehm», mi trovai a balbettare spaesato. Non mi ero preparato alcun discorso e ora dovevo appigliarmi a qualcosa per giustificare la mia presenza. «Scusami, per caso hai capito come si accende il climatizzatore? Ho qualche problema con il telecomando».

Contro ogni aspettativa non scoppiò a ridere, ma mi afferrò per la T-shirt e mi tirò dentro la stanza. Mi trovai la sua bocca contro la mia, in uno slancio di puro desiderio. Le sue labbra roventi erano maledettamente buone e morbide. Non avevo mai sentito prima quell'urgenza e bisogno. Lei sapeva come muovere quella lingua per cercare la mia, e giocarci. Riuscii a chiudere la porta con il piede, mentre ci spostavamo in direzione del letto. Le nostre mani si muovevano rapide dappertutto. Di sicuro il giorno dopo si sarebbe ritrovata qualche livido.

Non ci staccammo per un solo secondo. Mi riempivo di ossigeno, bacio dopo bacio. Avevo desiderato troppo a lungo quella bocca, che adesso era mia e di nessun altro. Ero felice. Non avevo mai provato niente di simile.

Mi aveva messo KO. Qui giace la mia vita prima di lei. Pendevo dalle sue labbra. Volevo tutto di lei. E non solo adesso, la volevo anche nel mio futuro.

Mi sfilò la maglietta, io ricambiai allo stesso modo, facendole cadere quella sottoveste e godendomi la vista del suo seno scoperto.

Dio, non avevo mai visto niente di più eccitante. Lo toccai e lo racchiusi tra le mani. Era la misura perfetta per me. Per la prima volta mi trovai a desiderare un corpo esile come il suo. Isabel era stata creata su misura per essere mia. Ora sapevo perché avevo atteso così tanto. Dovevo arrivare fino a lei.

La spinsi indietro e cadde con la schiena sul letto. Rideva di gioia, anche con gli occhi, tentando di nascondere in qualche modo la sua nudità. Era una bambola tanto era bella. Mi posizionai sopra di lei e le afferrai i polsi, sollevandoli oltre la sua testa. Afferrai la mia maglietta che avevo lanciato lì vicino e la usai per legarglieli.

«Ora promettimi che non ti muoverai da qui», le ordinai.

«Non andrò da nessuna parte, ora che sono qui con te», sussurrò con il fiato corto.

Isabel era nuda sotto di me. Era un sogno, un meraviglioso sogno dal quale non avrei mai voluto svegliarmi.

Tenevo stretti i suoi polsi mentre iniziavo a depositare una scia di baci su di lei, partendo dalla fronte e arrivando fino al mento. Lei si muoveva, cercando la mia bocca, ma io volevo giocare ancora un altro po'. Raggiunsi il suo collo e cominciai a baciarlo con più passione. Mordicchiavo, leccavo, succhiavo. Ero avido di lei, mentre il suo corpo si dimenava tra le mie mani. Poi scesi lungo il solco tra i seni, e lei inarcò la schiena. Il suo corpo era attraversato da brividi. Sorrisi soddisfatto e appagato.

«Ti prego, basta. Non resisto più…», mormorò soffocando un gridolino di piacere.

«*Shhh*, Isabel. Sono solo all'inizio».

Ed era vero. Non mi sarei accontentato di una manciata di minuti, con lei volevo fare le cose con calma. Volevo assaporarla fino alla fine. Di solito ero abituato ad andare di fretta per soddisfare il mio istinto. Con Isabel non volevo che fosse così, con lei non avevo il piede sull'acceleratore.

Lei si mordicchiò il labbro inferiore e trattenne un gemito. Mi spostai sul suo seno e lo afferrai con l'altra mano libera, mentre con la lingua ero occupato a leccare il suo capezzolo turgido.

Isabel non stava ferma, continuava a stringere le sue gambe e ad avvicinarsi con il petto per diminuire quella poca distanza. Mi feci strada lungo la pancia e arrivai alle mutandine. Le spostai di lato e sfiorai delicatamente la sua pelle. E a quel punto Isabel non trattenne più il suo piacere e si lasciò andare a un vero e proprio grido.

Era perfetta, lo era anche lì sotto. Un fiore delicato e liscio.

Usai le dita per stuzzicarla, creando un gioco di cerchi e movimenti lenti.

«Andreas, forse è meglio...». Soffocai la frase con un dito.

«Ci siamo solo io e te qui dentro. Lascia tutto il resto fuori e lasciati andare...».

Non aspettai un secondo di più e annegai dentro di lei. Per la prima volta mi ritrovai a essere più concentrato nel dare piacere che nel riceverlo. Non chiusi mai gli occhi, non volevo perdermi le sfumature del piacere sul suo viso. Volevo fotografare ogni singolo istante per poi riviverlo quando lei se ne sarebbe andata. Perché sapevo che sarebbe successo. Continuammo a fare l'amore per ore quella sera. Non eravamo mai stanchi, mai sazi l'uno dell'altra. Mi addormentai con Isabel tra le mia braccia, mentre il mio cuore faceva una capriola.

La mattina seguente ci svegliò la voce di Frida. Non era molto contenta di essere stata messa da parte e non faceva altro che grattare contro il cancelletto e sbuffare.

Aprii gli occhi di soprassalto. Dove diavolo ero finito?

Mi girai di lato e incontrai lo sguardo di Isabel. Allora non era un sogno, era successo davvero.

«Ehi», mi sussurrò, scompigliandomi i capelli. «Buongiorno dormiglione».

Mi stiracchiai e poi ritornai accanto a lei. «Buongiorno, ha passato una buona nottata? Non mi è stata molto d'aiuto con il mio condizionatore, lo sa?».

Ridacchiò. «Scemo. Credo di esserti stata utile in un'altra cosa, o vorresti lamentarti?».

Dio, come era bella, anche appena sveglia e ancora stropicciata come le lenzuola del letto. Era una bellezza straordinaria anche al naturale.

«Sarà colpa del vino che ho bevuto a cena, ma ricordo ben poco… forse dovresti rinfrescarmi la memoria», proposi avvicinandomi a lei.

Era stata una notte speciale, una di quelle notti che non avrei mai dimenticato. Come si può dire arrivederci a qualcuno che si è insinuato sotto la tua pelle e ti ha cambiato?

La osservavo. Anche lei aveva già la testa altrove, occupata a pensare a quello che sarebbe stato, invece di godersi le ore che restavano. Lo notavo, stava lottando con se stessa per accettare quello che era successo tra di noi.

«Dove sei?», le chiesi, spostandole una ciocca di capelli dal viso.

Lei mi studiò, sorpresa dalle mie parole.

«Sono qui…». Sospirò. «Sai, pensavo che vorrei fermare il tempo per un po'».

«Non siamo obbligati a lasciare questa camera d'albergo…».

«*Shhhhh*, non roviniamo questo momento. Ti prego…», sussurrò soffiando con il suo alito caldo contro il mio viso. «Andreas, tu sarai per sempre la mia scossa di magnitudo due».

«Due?», domandai confuso.

«Sì», rispose decisa. «Tu sei come una di quelle scosse così leggere da essere avvertita dalle poche persone che si trovano in un idilliaco stato di quiete».

«E tu sei riuscita a sentirmi?»

«Sì, perché hai fatto oscillare il mio cuore».

Capitolo ventisei
Andreas

L'amore è come un animale selvatico. Fa rumore, striscia, graffia, morde, scappa. Lo devi trattare con dolcezza, si deve fidare di te.

Non avevo chiuso occhio per tutta la notte. Ripensavo ancora a quello che era successo qualche settimana prima tra me e Isabel, ed ero ancora scombussolato. Nella mia testa non c'era più posto per altre cose. C'era sempre e solo lei. Faticavo a riconoscermi. La relazione con Regina era ormai finita da tempo, anche se entrambi ci ostinavamo a portarla avanti. O per lo meno io. Credevo di essermi innamorato e di aver trovato la donna con cui fermarmi, almeno per un po'. Forse, se nella mia vita non fosse entrata Isabel, adesso io e Regina saremmo stati felici. Da una parte era meglio così, avevo aperto gli occhi da solo. Non volevo giocare con i sentimenti, credevo di averne per Regina ma si trattava solo di affetto.

Se qualcuno, tempo prima, avesse provato a ipotizzarlo, avrei riso a crepapelle. Andreas Keller che perde la testa per una donna? Eppure era la realtà. Quella donna era peggio di tutte le donne messe insieme. Era lunatica, precisa, arrogante, presuntuosa. Era un concentrato di tutte quelle caratteristiche da cui ero sempre stato in guardia. Però c'era una cosa che non avevo preventivato: era perfetta per me.

Afferrai il telefono per controllare la presenza di un suo messaggio, niente. Non mi restava che scriverle, ormai avevo imparato a conoscerla. Era troppo orgogliosa per fare il primo passo.

5 settembre 2015 ore 18:57

Ciao, sei da sola?

5 settembre 2015 ore 19:00

Sì, Mattia è ancora in ufficio ma credo rientrerà a breve. Sto caricando una lavatrice e tra poco devo prepararmi, questa sera siamo a cena fuori.

5 settembre 2015 ore 19:02

Ok, sai che non voglio metterti in difficoltà. Una serata solo per voi due?

5 settembre 2015 ore 19:03

Non preoccuparti, te l'avrei detto. No, vuole presentarmi a dei colleghi di lavoro. Dovrebbero esserci anche le loro compagne/mogli.

5 settembre 2015 ore 19:05

Perché Mattia ti trascina a queste cene? Lo sa come sei fatta… perché deve esibirti come se fossi un trofeo? Non mi piace questa cosa.

5 settembre 2015 ore 19:06

Ti prego, non insistere, non ho molte altre alternative. Però mi fa piacere di andarci, sai? Almeno evito di sporcare la cucina e di preparare la cena. Ogni tanto è piacevole avere tutto pronto e trovare qualcuno che pensa a te.

5 settembre 2015 ore 19:10

Su questo non discuto. Mi fa solo uscire fuori di testa sapere che qualche giorno fa eri tra le mie braccia e adesso un altro uomo può stringerti tutte le volte che vuole. Isabel, non è giusto. A te non pesa questa situazione?

5 settembre 2015 ore 19:11

Ti ricordo che quell'uomo è mio marito. Ne abbiamo già parlato, non è una situazione facile. Non posso mollare tutto per qualcosa che non so dove mi porterebbe. Gli distruggerei la vita.

5 settembre 2015 ore 19:13

E alla mia, di vita, non ci pensi? È normale sentire questo vuoto dentro lo stomaco quando non ci sei tu? Sono stati solo due giorni, meno di quarantotto ore, ma era come stare con te da sempre. Non credo che riuscirò mai a dimenticarmi di quella notte. Tutto è stato speciale.

5 settembre 2015 ore 19:15

Andreas, vado un po' di fretta. Ti chiedo il favore di non scrivermi fino a domani mattina, vorrei evitare di avere discussioni. Anche io sono ancora molto scossa da quello che è successo. Non posso dimenticarlo. Ti penso continuamente...

6 settembre 2015 ore 8:13

Buongiorno, musetto. Ti sei collegata ma non hai trovato il tempo per scrivermi. Devo pensare che mi hai già dimenticato o che te la sei spassata alla grande ieri sera... Hai fatto l'amore con Mattia? Ti è piaciuto?

Perché io non riesco più a sfiorare Regina. Ieri ha fatto di tutto, ma il mio corpo è come bloccato. Non riesce a rispondere alle sue provocazioni, perché lei non è te. Dobbiamo trovare una soluzione a questo problema, pensi di potermi aiutare?

6 settembre 2015 ore 8:15

Non mi piace che mi controlli, devi fidarti di me. No, non l'abbiamo fatto. Mattia aveva bevuto un po' troppo e ho dovuto guidare io fino a casa e occuparmi di lui.

Isabel.

P.S. Lo sai che non mi tiro mai indietro di fronte a esperimenti che possono essere utili.

6 settembre 2015 ore 8:17

Isabel, adesso basta giocare! Io mollo tutto. Non ce la faccio più. Basta che me lo dici e vengo. Sei la prima donna che mi fa sentire così, e non riesco a reprimere quello che provo.

6 settembre 2015 ore 8:18

Non è facile neanche per me. Sai cosa significa portare al dito una fede, sapendo che ho fatto l'amore con te? È stato qualcosa di struggente, di indimenticabile. Ti arrabbi sempre con me perché sono fredda, ma è l'unico modo che conosco per proteggermi. Ci siamo messi in un bel casino, lo sai?

6 settembre 2015 ore 8:25

Ho chiuso con Regina.

6 settembre 2015 ore 8:28

Ehi, non credo di aver letto bene. Cosa hai fatto?

6 settembre 2015 ore 8:28

Le ho raccontato tutto, ho detto la verità su di noi. Ero stanco di nascondermi dietro a delle bugie per proteggerla. Era giusto che sapesse la verità. Se le cose non vanno, non vanno. Ci si può ostinare cercando di farle andare bene, ma in fondo si sa che sono destinate a finire. E arriva sempre il momento in cui non si ha più la voglia di farle funzionare. Così è stato.

6 settembre 2015 ore 8:35

Quando è successo?

6 settembre 2015 ore 8:39

Ieri sera. Lei mi aspettava in cucina, aveva ordinato del sushi, sperando di farmi una sorpresa. Ma Isabel, io non riuscivo più a guardarla negli occhi e fingere. Se tu ci riesci, buon per te, io non posso. Ora che so cosa significa perdere la testa per una donna, ho deciso che non mi accontenterò mai più. Io voglio te. Non sono uno che si arrende facilmente.

6 settembre 2015 ore 8:41

Perché non me l'hai detto prima? Sono senza parole…

6 settembre 2015 ore 8:42

Perché in realtà non se ne è ancora andata. Ha provato in tutti i modi a farmi cambiare idea, era disposta anche a perdonarmi. Forse perché sa che non abiti a Torino, e quindi è consapevole che non rappresenti una minaccia fisica. Lei sostiene che sono cazzate, sono cose che possono succedere a distanza, ma noi sappiamo che non è così. Mi sono sentito morire dentro vedendola supplicarmi quasi in ginocchio di riprovarci un'ultima volta. C'è stato un momento, però, in cui la sua insistenza è diventata insopportabile. Perché siamo così ostinati nel voler rimanere attaccati alle cose che amiamo, anche se non ci appartengono più?

6 settembre 2015 ore 8:45

Non se lo meritava e tu avresti dovuto fermarla.

6 settembre 2015 ore 8:48

Perché? A che scopo? A differenza di te non ho niente da perdere. Te l'ho sempre detto, io quando rischio, rischio tutto.

6 settembre 2015 ore 8:52

Mi stai dicendo che dovrei rischiare anche io? E se poi le cose tra di noi andassero male? Cosa faremmo?

6 settembre 2015 ore 8:54

Intanto proviamoci, abbiamo tutto il tempo per pensare al resto.

6 settembre 2015 ore 8:56

Per te è facile parlare, ma puoi metterti per un attimo nei miei panni? Cosa faresti al mio posto? Prova a dirmelo tu, prova ad aiutarmi. Io sono troppo confusa per poter ragionare da sola.

6 settembre 2015 ore 9:02

No, è qui che ti sbagli e la soluzione è molto più semplice di come appare. Tu, Isabel, che cosa desideri dalla tua vita? Chiudi per un attimo gli occhi, sgombera la mente e concentrati... cosa vedi nel tuo futuro, come ti vedi nel tuo domani? Preoccupati solo di te stessa e non degli altri. Perché il resto si adatta. Prova a farlo e poi dimmi.

6 settembre 2015 ore 09:35

E se ti dicessi che conosco la mia risposta, ma che ho bisogno di più tempo?

6 settembre 2015 ore 09:37

Vuoi provare a dirmela? O preferisci tenermi sulle spine?

6 settembre 2015 ore 09:43

D'accordo, hai vinto tu. Ho visto che il mese prossimo si terrà una gara in Liguria, ma io non posso partecipare. Ci andrà Anna, la mia amica, e magari pensavo di sfruttare la scusa per venire invece da te. Che ne pensi? È una cavolata? Ho bisogno di più tempo e di parlarne di persona. Mi sono stancata di passare le giornate dietro ai tuoi messaggi, non mi bastano più. Non so come andranno le cose, come finirà questa storia, ma se non mi lancio non potrò mai saperlo.

6 settembre 2015 ore 09:49

Basta che tu mi dica quando, e io sono pronto. La mia casa non è un granché, purtroppo non è un albergo a cinque stelle, però è pulita e accogliente. Puoi fermarti tutto il tempo che vorrai, ci penserò io a prendermi cura di te.

6 settembre 2015 ore 10:07

Anche se non ho mai lavorato in vita mia, non devi sottovalutarmi. Sono una brava risparmiatrice, anche se non si direbbe. Ho da parte una piccola somma in un conto diverso da quello in comune con Mattia. Non mi permetterà grandi cose, ma lo posso usare. Ora che tutto mi sembra più concreto, sto quasi tremando. Mannaggia a te, Andreas. Cosa mi hai fatto?

6 settembre 2015 ore 10:15

Questi giorni saranno lunghissimi. Ho già iniziato a fare il conto alla rovescia sul calendario per rendermi conto che è tutto vero. Ti prometto che ti farò stare bene, e quando sarai qui avrai le idee più chiare. Ne sono sicuro.

6 settembre 2015 ore 10:25

Ho appena sentito Anna, mi ha confermato che la gara è il 7 ottobre. Ci sarai?

6 settembre 2015 ore 10:35

Sì, Isabel, ti aspetterò.

Capitolo ventotto
Andreas

7 ottobre 2015 ore 8:54

Non mi riconosco più, mi sembra incredibilmente sbagliato quello che sto per fare, ma voglio incontrarti. Tra poco andrò alla stazione e prenderò quel treno, consapevole delle conseguenze del mio gesto. Ne parleremo insieme, guardandoci negli occhi e troveremo una soluzione a tutto. Io credo in quello che sto per fare, e tu?

Quel pomeriggio ero rientrato a casa per farmi una doccia e cambiarmi. Volevo accoglierla nel migliore dei modi.

Indossavo una T-shirt verde petrolio e un paio di jeans sbiaditi, un abbigliamento casual ma alla moda. I capelli non li avevo più tagliati dal giorno del nostro incontro, visto che a Isabel piacevano così. Sosteneva che si adattavano meglio alla forma del mio viso, facendolo apparire meno severo. In fondo non mi interessava molto un taglio di capelli, l'importante era piacere a lei.

Presi dal comodino il mio orologio e lo infilai al polso. Quaranta minuti all'arrivo di Isabel ed ero già un concentrato di nervi a fior di pelle.

Avevo fatto del mio meglio per rimuovere ogni traccia di Regina dalla casa e renderla più pulita e accogliente possibile. Sapevo che niente poteva competere con la casa in cui viveva Isabel, ma io avevo molto di più da offrirle.

Io avevo una cosa che lui non poteva darle: tutto il mio tempo solo per lei.

Ulisse si avvicinò e mi diede un colpetto con il naso umido.

«Ehi, amico. Sì, adesso andiamo. Dici che è normale sentirsi così agitati? Quando mai mi era successa una cosa del genere. Tu ne sai qualcosa?», gli domandai, accarezzando il suo muso. Lui socchiudeva gli occhi ogni volta che la mia mano arrivava all'altezza della fronte e poi li riapriva vispi. Se avesse potuto, mi avrebbe parlato.

Recuperai le chiavi di casa e mi girai un'ultima volta a guardare il mio appartamento. Presto Isabel sarebbe stata là. Sorrisi al pensiero e uscii fuori.

Andavo così di fretta che non salutai neanche la vicina del primo piano che incontrai al portone. Mentre percorrevo le strade della mia città, mi chiesi se Isabel si sarebbe sentita a suo agio. Pensai a dove avrei potuto portarla. Sicuramente le avrei mostrato l'officina, il luogo che mi legava ancora a mio papà, poi vari scorci della zona storica e del centro, e poi l'avrei portata a casa senza darle la possibilità di scappare per almeno un paio d'ore. Avevo bisogno di stare da solo con lei, per il resto c'era tempo.

Mi incamminai con Ulisse al guinzaglio dentro la stazione di Porta Nuova. Da quando avevano costruito la metropolitana, c'era un gran viavai. Mi feci strada tra la folla e guardai il tabellone degli arrivi: binario sette. Isabel non mi aveva scritto dalla partenza, magari si era addormentata e non volevo disturbarla. Tanto a breve sarebbe arrivata. Mi misi ad aspettarla in testa al binario. Così mi avrebbe visto di sicuro. Per l'occasione avevo fatto indossare un papillon a Ulisse, volevo farla ridere.

Un fischio accompagnò l'arrivo del treno. Ormai ci separavano pochi minuti. Ero nervosissimo. Abbassai lo sguardo verso Ulisse. «Amico, come sto?».

Lui inclinò il muso e cominciò a scodinzolare, battendo con la coda contro la mia gamba.

«Grazie, fa sempre piacere avere il tuo consenso».

Scrutai tra i volti dei passeggeri che scendevano per individuare quello di Isabel. Restai lì, con Ulisse al mio fianco, in attesa di vedere una chioma bionda e due gambe lunghe spuntare tra quella massa di gente.

Ma aspettai invano.

Capitolo ventinove
Isabel

Dammi un soffio del tuo respiro ma non dirmi cosa cerchi. Non potrei dartelo.

Ciao Andreas,
so già la faccia che farai quando vedrai questo messaggio, perché sono certa che mi avrai aspettato per ore davanti a quel binario. Sei corso verso il binario numero sette o sei rimasto fermo ad attendere di scorgere la mia figura scendere dal treno? Chissà se tra le mani reggevi un mazzo di fiori o se pensavi di stupirmi con una sorpresa delle tue. Questo non potrò mai saperlo, perché quel treno non l'ho preso. Non ce l'ho fatta, ormai saprai anche questo.

E adesso sei in macchina o ancora lì a prendere a calci qualsiasi oggetto ti capiti a tiro?

Molto probabilmente cancellerai questo messaggio ancora prima di leggerlo, e credimi, ti capirei perfettamente. Hai una serie di validi motivi per farlo… però ti chiedo di ascoltarmi e di non lasciare che l'istinto prenda il sopravvento in questo caso.

Sono giorni che scrivo e riscrivo, butto giù qualche frase e poi cancello tutto perché mi fa male. Volevo dirtelo prima, ma una parte di me era convinta che ti avrei incontrato. Credimi perché è vero. Sono rimasta davanti a quel vagone per tutto il tempo, indecisa se salire o meno. Sono arrivata fino a lì, e magari, se tu mi avessi scritto in quel momento, l'avrei preso. Chi lo sa. Mi fa male scriverti e mi fa male l'idea di farti del male, ma non ho alternative. Così continuo a cercare le parole più adatte per raccontarti quello che ho da dirti, ma nessuna sembra andare bene.

Mi sono presa del tempo per riflettere su tutto, sulla mia vita, sul mio futuro e su di noi. E sono giunta a una sola conclusione: che cosa abbiamo fatto?

Io mi sveglio ogni mattina accanto a un uomo che ho sposato quattro anni fa e al quale ho giurato fedeltà, nella buona e nella cattiva sorte, finché morte non ci separi. Hai capito cosa ti ho appena detto? Io ho fatto una promessa e ho mandato all'aria tutto quello che avevo costruito con lui. E ogni mattina mi sveglio e penso che lui non lo meriti. Mattia ha intuito qualcosa, è un uomo troppo intelligente per non rendersi conto del mio cambiamento perché tu, Andreas, mi hai cambiato. Mi ha chiesto spiegazioni, l'ha fatto senza giudicarmi. Mentre io volevo che mi aggredisse verbalmente, si liberasse della delusione che deve sentire dentro di sé. Volevo che si lasciasse andare, che si sfogasse.

E invece mi ha solo chiesto: chi è la donna che ho sposato?

Andreas, dov'è finita quella donna? Mi sto guardando allo specchio e non riconosco la donna che sta piangendo. Ha i capelli arruffati, spenti, gli occhi gonfi per le troppe lacrime, non ha più la voglia di truccarsi perché ha scoperto che un filo di rimmel e di rossetto possono bastare. Dove mi hai nascosto, Andreas? Dimmelo perché io non riesco a trovarmi e sto impazzendo. Ho paura.

Ho paura della donna in cui mi hai trasformato, ho paura di essere sfiorata da qualcuno che non sia tu, ho paura di non riuscire a far battere il mio cuore se tu non mi guardi. Ho bisogno di ossigeno. La mia vita era così perfetta prima di te e ora guardala… Sei soddisfatto del casino che hai fatto? Sei contento di come l'hai sconvolta?

Sei entrato nella mia vita senza che ti abbia dato il permesso, ti sei accomodato senza essere stato invitato e l'hai rivoluzionata con tutta la forza di una scossa di magnitudo cinque. Non ti sei fermato più alla due! E ora cosa dovrei fare? Raccogliere le briciole che hai lasciato dopo il tuo passaggio e mollare tutto per stare con te?

Perché vedi, è questo il fatto: funzionerà? Come puoi sapere che sopravviveremo alle macerie che ci lasceremo alle spalle? Io non lo so, non ho più certezze. E vorrei tanto averne.

Ora gli occhi chiudili tu e immagina come potresti essere tra cinque anni. Io ci ho provato e non riesco a vedermi, Andreas. Io non vedo niente e la cosa mi terrorizza. Mi fa sentire persa.

Fino a qualche tempo fa avevo tutto chiaro e sapevo cosa aspettarmi dal futuro, ma ora c'è solo nebbia. Mi odierai per questo e mi merito il tuo odio, tu hai avuto il coraggio di mollare tutto per me e io ti ricompenso così… sono una codarda.

Il nuovo mi spaventa, e mi spaventa lanciarmi senza il paracadute, anche se la vista da lassù è maledettamente bella.

Sto cercando di trovare un ordine al disordine che il tuo passaggio ha creato, e non so da che parte iniziare. Più provo a sistemare i pezzi e più mi si sbriciola tutto tra le mani.

Mi hai trasformato in una donna di cui ignoravo l'esistenza, che forse era sempre stata da qualche parte dentro di me, in attesa di uscire fuori, e ora non mi riconosco più.

Sei stato la più bella e incredibile parentesi della mia vita. Una storia che auguro a tutti di vivere, perché nasconde qualcosa di straordinario. Io vorrei davvero provarci con tutta me stessa, ma non posso.

Non so neanche cosa ti ho scritto fino adesso, non ho la forza di rileggere tutto. I miei occhi non hanno fatto altro che versare lacrime e bruciano. Ma merito anche questo dolore. Se è davvero così il vero amore, non lo voglio, fa troppo male.

Mattia lo sa, sono sicura che sa di noi. Nonostante io abbia provato con tutte le forze a proteggerlo e a tenerlo all'oscuro. Ho lottato contro me stessa per non dirgli la verità, gli ho mentito. Mi sono convinta che si possano amare due persone, in modo diverso. Io vi amo entrambi e scegliendo uno di voi, farò male all'altro. E non sarò comunque felice, sapendo a cosa ho dovuto rinunciare. E quindi sono giorni che il cuore e la ragione stanno lottando per darmi una risposta. Ma io non voglio che tu mi aspetti.

Spero con tutta me stessa che incontrerai presto l'amore della tua vita, una donna che sia in grado di amarti senza riserve. Spero che sposerai quella donna e che la rispetterai, spero che avrete dei figli e che tu diventi il loro migliore amico. E sono certa che sarai meraviglioso. Ti auguro una vita piena, capace di farti scoprire tutto ciò che di bello ancora non sai. Ti auguro giornate spettinate, che ti dimostrino che la perfezione è solo sinonimo di infelicità. Io resterò sempre una piccola stella senza cielo, amore mio, una stella un po' codarda che preferisce non brillare. Quando ti sentirai solo e avrai bisogno di me, guarda lassù, lo farò anche io e sarà lì che ci incontreremo.

E se in te è rimasto ancora qualcosa del nostro amore, abbi cura di te stesso. E non cercarmi mai più.

Ti amo.

Capitolo trenta
Andreas

Tu vedi nero e io bianco, ma esistono infinite sfumature nella scala dei colori. Siamo noi a non volerle vedere.

Sono giorni che mi domando se meriti una mia risposta. Meriti parte del mio tempo dopo quello che mi hai fatto?

Isabel, non so da che parte iniziare o forse lo so così bene che devo contare fino a cento per non vomitarti addosso tutto quello che ho dentro. Il mio cuore è ormai un fiume in piena, gli argini non terranno ancora a lungo e spero di arrivare alla fine di questo messaggio, salvandoti.

Ok, mi sono innamorato di te. Mi sono innamorato dell'ultima donna che mai avrei pensato di amare. Mi sono innamorato di una donna che non potrebbe essere più diversa da me, se non fosse la passione che ci lega a quelle palle di pelo. Mi sono innamorato di una donna che non sa neanche fare un parcheggio senza entrare nel panico, che ascolta musica terribile, ossessionata dalla perfezione, di una donna che non sa fare nodi stretti alle sue scarpe, di una donna che non sa ballare ed è rigida come un manico di scopa, di una donna che, se dico "Regina", pensa sia il nome di una marca di scarpe.

Questo sei tu, Isabel. Così cocciuta, precisa, irritante, che dovrei odiarti… e invece ti amo! Che idiozia.

Mi piacciono anche i tuoi difetti e credimi, ne hai davvero tanti. Amo il modo in cui pronunci il mio nome, amo la smorfia che fai quando una battuta non è di tuo gradimento, amo il fatto che mangi solo quello che non respira, amo la tua voce, amo la tua dannatissima auto fucsia, amo i tuoi occhi quando parli del tuo cane, amo il fatto che ti perdi anche con un navigatore.

Tu sei tutto quello che non ho mai voluto nella mia vita, sei tutto quello da cui mi sono sempre tenuto alla larga. Io e te insieme?

Troppo ridicolo per poterlo anche solo immaginare. Il motivo è semplice ed è sempre stato davanti ai miei occhi: io non sono alla tua altezza.

Sono un uomo di trent'anni che non ha realizzato niente nella sua vita. Vivo in un buco di casa che non è neanche mia, perché fino a prova contraria appartiene ancora alla banca, arrivo per miracolo a fine mese e ringrazio Dio se riesco a mettermi da parte qualcosa. Non posso permettermi di viaggiare, non posso offrire una cena in un ristorante di lusso, non posso fare niente di tutto questo. Isabel, io non potrò mai competere con tuo marito, e non posso chiederti di cambiare la tua vita per me.

Hai fatto la scelta giusta. A volte è uno schifo pensare in continuazione a come pagare le bollette, se arriveranno nuovi clienti o no, se domani vincerai la lotteria e risolverai tutti i tuoi problemi. Però, sai, io con te quella lotteria l'ho vinta. Incontrandoti è stato come avere tutti i numeri vincenti. Conoscendoti è stato come riscuotere la mia vincita, fare l'amore con te è stato come spendere quei soldi per realizzare un sogno. Tu sei il mio biglietto vincente.

Sono convinto che ogni cosa, se viene trascurata, è destinata a finire. E io non voglio che succeda a quello che abbiamo vissuto. Voglio proteggerlo e conservarlo in una scatola dei ricordi che potrò aprire tutte le volte che ne avrò bisogno.

La rabbia sta lasciando spazio a qualcosa di più piacevole, la delusione si sta trasformando in serenità e mi sento di dirti grazie.

Anche se il mio cuore ha una cicatrice in più, tu sei riuscita a farmi conoscere l'amore. Quello vero. E ora so che sapore ha.

Non ti odio, Isabel. Non ti porterò rancore. Sii sempre te stessa, fiera della donna che sei e tieniti strette tutte le tue imperfezioni. Fanno parte di te. Non le barattare con niente al mondo: sono le cose più preziose che hai.

Capitolo trentuno
Circa un anno dopo...

Da cuore a cuore: questa è la distanza tra me e te.

«Che bella bambina, come si chiama?»

«Celeste», risposi all'anziana signora che si era accomodata al mio fianco. Il legno della panchina scricchiolò leggermente sotto il suo peso, anche se era di corporatura esile. Villa Borghese restava uno dei miei parchi preferiti, anche se da un po' mi rifugiavo anche a Villa Pamphilj. Guardai mia figlia che continuava a dormire, protetta da una copertina realizzata ai ferri da mia madre, con le sue manine strette a pugno. Osservai l'espressione di serenità stampata sul suo viso. Era rilassata, le guance dipinte di rosa e quelle minuscole labbra a cuore che accennavano un sorriso. Aveva ereditato da me quelle lunghe ciglia che, quando teneva gli occhi aperti, spiccavano come ali, e quel nasino così piccino che sembrava la fotocopia del mio. Ogni volta mi incantavo a guardarla per ore. Era il mio splendido miracolo. Non avrei mai pensato di poter amare qualcuno in un modo così intenso.

In quel momento mi ritornarono alla mente le parole di Anna. Aveva ragione. Un figlio ti cambia la vita, e non perché ti toglie i tuoi spazi, ma perché li riempie.

«Quanto tempo ha? Deve averla avuta giovanissima...», continuò la donna, sbirciando all'interno della carrozzina.

«Tre mesi fatti ieri. La ringrazio, ma ho compiuto da poco trent'anni e non sono più tanto giovane».

«Be', i figli ai miei tempi si facevano a diciotto anni, ma per la situazione di oggi...».

«Già», mi ritrovai a dire, incapace di aggiungere altro. Non ero infastidita dalle sue domande né dalla curiosità che mi riservava, ma non desideravo approfondire l'argomento. Il più delle volte si rischiava di avventurarsi in discorsi molto intimi, e non ero la persona più indicata ad accettare consigli da persone sconosciute. «È stato un piacere conoscerla. Ora proseguo con la nostra passeggiata. Ne approfitto finché il tempo regge. Le auguro una buona giornata», e la salutai.

L'aria era frizzante, e un leggero vento si divertiva a creare vortici con le foglie e a far danzare i miei capelli, scompigliandoli. Camminavo per il parco godendomi quella piacevole giornata di ottobre. Un tiepido sole faceva capolino da dietro a una nuvola paffuta, e riscaldava con i suoi raggi il mio volto e quello di Celeste. Socchiusi per un attimo gli occhi e feci un lungo respiro. Frida scattò all'inseguimento di un altro cane e dovetti chiamarla tre volte per farmi ascoltare. Lei si bloccò per osservarmi e poi corse nella mia direzione.

«Cerca di stare nei paraggi che poi non ti vedo», le feci presente, scrutando il suo pelo ricoperto di foglie secche e di terra. «Tenerti pulita per più di un giorno è una missione ormai impossibile, vero?».

Frida sbadigliò e dilatò le narici, diede un colpetto con il naso alla carrozzina e si sollevò sulle zampe anteriori per scrutare Celeste. «Guarda e impara da lei. Hai visto quanto è brava? Non scappa come te. Ma vedrai che sarà ancora per poco tempo, voglio proprio vedere quando inizierà a gattonare cosa succederà in casa».

Frida fece un uggiolio, quasi esprimendo il suo disappunto.

Poi puntò qualcosa in lontananza e sollevò una zampa, rimanendo stabile su tre. La sua attenzione era tutta concentrata su un punto distante. Ridussi gli occhi a due fessure, cercando di capire cosa vedeva che io non riuscivo a cogliere, finché un cane corse verso di noi travolgendo Frida.

Fu questione di un attimo. Ma in grado di rivoluzionare la mia vita. Sentii solo un grande freddo, un gelo pungente invadere ogni centimetro del mio corpo. Il mio cuore perse un colpo. Non potevo crederci, sicuramente mi stavo sbagliando. Non c'era alcuna possibilità che potesse trattarsi di Ulisse.

Eppure i suoi occhi e quella macchia a cuore sul muso li avrei riconosciuti tra mille cani della stessa razza.

Poi un fischio tagliò l'aria e il cane si voltò.

Fa' che non sia lui, fa' che non sia lui.

Un uomo fece capolino dal sentiero alla mia destra e a quel punto dovetti afferrare meglio la carrozzina perché le mie gambe stavano per cedere. Tremavano come due gelatine. Quando mi rivolse quel suo inconfondibile sorriso, tentai di ricacciare indietro le lacrime che minacciavano di uscire. Non avrei pianto. Non l'avrei fatto.

Era passato molto tempo dal nostro ultimo incontro, ma ogni singolo istante di quei due giorni era rimasto impresso nella mia mente. Nonostante gli sforzi fatti per cancellare quel ricordo, il mio cervello non era d'accordo. C'erano state notti durante le quali avevo pregato che gli anni passassero in fretta e che il tempo potesse scalfire quella memoria. Ma lui era rimasto sempre lì, dentro a una scatola chiusa con su scritto "Da aprire quando sarai pronta".

Ogni passo che faceva verso di me era un flashback che mi schiaffeggiava. Ormai contavo quei pochi metri che ci dividevano, e non ero pronta.

Si era lasciato crescere i capelli, quei capelli che avevo accarezzato per ore intere. Ora ricadevano scomposti sulla fronte e ai lati delle orecchie. Lui se li ravviava e loro tornavano dov'erano prima, dispettosi. Era trascorso molto tempo, ma sembrava ancora più giovane dell'ultima volta e quel taglio rendeva giustizia alla bellezza del suo viso. Era sparita quell'espressione da duro che sfoggiava con tanto orgoglio. Sembrava cambiato, diverso… o forse ero io a essere cambiata.

C'era però una cosa che era rimasta immutata: il suo sorriso.

Era disarmante, enigmatico, devastante.

Ormai era vicinissimo, ancora tre passi e me lo sarei ritrovato di fronte.

Che cosa avrei detto? Dove potevo nascondermi?

Lui proseguì con naturalezza e si fermò a un palmo da me. Avevo seguito il suo sguardo che indugiava sulla carrozzina che spingevo, ma in quel momento i suoi occhi guardavano me. Cercava di incatenarmi.

Restammo così, non so per quanto tempo.

Il mio cuore era come impazzito, gonfio di parole dette e non dette. Pieno, pulsante, vivo. Pensavo fosse sul punto di esplodere.

No, non abbassai lo sguardo. Ero troppo orgogliosa. Non avrebbe vinto lui. Poi feci l'errore di scivolare in basso di pochi centimetri e lì mi fermai: alla sua bocca. Un altro flashback mi colpì all'improvviso. Non ero più tra il verde della mia città, davanti a me c'era una camera d'albergo. Una luce soffusa, lenzuola che si attorcigliavano tra le gambe, un dolce aroma di vaniglia che si sprigionava nell'aria e due mani che mi accarezzavano.

«Come stai?», disse, spezzando quel silenzio tra di noi.

Ora che ti ho qui davanti non lo so più.

La sua voce, la sua voce mi era mancata. «B-bene», risposi quasi balbettando. Dannazione, non pensavo fosse così difficile.

«Speravo di incontrarti qui». I suoi occhi azzurri erano diretti e sinceri.

Io non ho mai smesso di farlo.

«Sei appena arrivato?».

Scosse la testa. «No, sono tre giorni che passo le mie giornate a fare su e giù per questo parco, sperando di incrociarti. Mi avevi detto che era il tuo preferito...».

«Celeste non è stata molto bene...», mi giustificai indicando mia figlia.

Andreas avanzò di un passo e guardò dentro la carrozzina. Bastava uno slancio in più per affondare nell'incavo del suo collo, in quel posto speciale che sembrava modellato per accogliermi.

Il suo profumo mi solleticò le narici e me ne lasciai inebriare, come se fosse qualcosa di incredibilmente raro e prezioso. Invidiai le lumache che potevano usare i loro quattro nasi per catturarne quanto più possibile.

«Ti assomiglia molto».

«È vero, me lo dicono tutti. Però i suoi occhi non sono i miei, ed è qualcosa di cui vado fiera».

Andreas spostò lo sguardo su di me e poi su mia figlia. Cercava di dare un senso alle mie parole, senza però riuscirci.

Restammo lì, fermi e impacciati come due adolescenti al primo appuntamento. Nessuno dei due sapeva bene cosa fare e cosa dire.

Decisi di prendere io l'iniziativa, anche perché non avevo intenzione di stare fuori ancora a lungo. Mia figlia era appena guarita dall'influenza.

«Io...», iniziai a dire. «stavo terminando il giro per poi andare a casa. Sai, con lei non ho più le libertà di prima». Era una bugia.

Dimmelo, dimmi che vuoi venire con me. Resta ancora un po'. Sei appena arrivato...

E invece lui non fece niente, si limitò a guardarmi con un'espressione indecifrabile stampata sul volto. Sembrava sicuro di sé, come se avesse fatto già una sua scelta. Dovevo accettarla.

Chinai leggermente la testa, come in segno di resa. «D'accordo. Allora io vado».

La sua mano mi bloccò, stringendomi il polso. Quel contatto mi mandò letteralmente in subbuglio il cuore. «Ti va se ci prendiamo un caffè da qualche parte qui vicino?». Si guardò intorno.

Sospirai. «Lo sai che io e la caffeina non andiamo molto d'accordo...».

«Certo che lo so, mi ricordo anche quello, ma non suonava bene "ti va di prenderci un orzo in tazza piccola"».

Sorrisi e annuii. Erano sempre stati i piccoli dettagli a fare la differenza nelle grandi cose. Me l'aveva insegnato lui. «D'accordo».

«Quanto del tuo tempo puoi dedicarmi?».

Lanciai un'occhiata al mio orologio e poi lo aprii per sfilarmelo. «Avevo fretta ma ora non più. Iniziamo a incamminarci, oggi non metterò alcuna sveglia».

E in quel momento mia figlia si svegliò, stropicciandosi con le manine gli occhi per poi spalancarli al mondo. Erano celesti.

Ringraziamenti

La distanza tra me e te è una storia nata un po' per gioco, dopo una serata passata a confrontarmi su quelle relazioni che durano nonostante la distanza e iniziate grazie ai social. Facebook ormai è una realtà, con i suoi pro e i suoi contro.

Ho immaginato una storia che racchiudesse un po' di questa realtà, che raccontasse di un amore scomodo, capace di dare tanto ma anche di togliere tanto.

In questo viaggio non sono mai stata sola. Mi hanno accompagnato tantissime persone, mentre altre le ho un po' perse per strada. Se vorranno, la mia mano è sempre tesa per loro.

Non starò qui a citarvi una per una, quindi chiedo scusa se qualche nome dovesse sfuggirmi.

Grazie mamma. Potrei stare qui a scrivere chilometri di parole e forse non basterebbero mai per ringraziarti per tutto quello che hai fatto e continui a fare per me. So che posso sempre contare su di te. Sei tu che mi hai dato la forza per andare avanti e per affrontare tutti i miei momenti "NO". Non so come farei senza di te. Ti voglio bene.

Grazie alle mie amiche virtuali e non. Grazie a tutte quelle persone che mi hanno accompagnato in quest'avventura e che mi hanno dato una possibilità. Grazie a chi mi ha scritto in privato, grazie a chi mi ha dedicato il suo tempo, grazie a tutte le blogger che hanno letto e recensito il mio romanzo, grazie a chi ha criticato le mie idee e grazie a chi ha saputo farmi crescere, fornendomi ottimi spunti di riflessione.

Grazie alla mia collega L. Koraline. Le auguro il meglio dalla sua passione per la scrittura, perché è una bella persona e le belle persone meritano cose belle. Grazie alla mia amica romana Sonia S. per l'amicizia nata grazie all'amore per i libri. Sei la numero uno! Grazie a Valentina G. per le nostre chiacchierate/pettegolezzi che a volte ci fanno mettere le mani nei capelli.

E infine, ma non per ordine di importanza, grazie a Baba del blog Desperate bookswife per la sopportazione, per il supporto e per avermi accolto a braccia aperte nel suo mondo, e grazie a Ornella per la sua disponibilità e per essere sempre così positiva.

Grazie alla musica italiana, grazie alle canzoni di Masini e di Ligabue che mi hanno fatto compagnia durante la stesura del libro. Se sei arrivato fin qui, saprai il perché.

Grazie alla casa editrice Newton Compton per avermi dato questa nuova possibilità e grazie ad Alessandra Penna, per i preziosi consigli e il lavoro fatto con me.

Grazie a chi acquisterà questo romanzo e lo leggerà. Vi devo davvero tanto.

Ah, dimenticavo una persona: grazie Bubu. Sei il mio migliore amico a quattro zampe.

Indice

Anagramma

Ultimi volumi pubblicati

Patrisha Mar, *La mia eccezione sei tu*
Anna Premoli, *Un giorno perfetto per innamorarsi*
Lauren Barnholdt, *Vietato non innamorarsi*
Tiffany Reisz, *Guardami, toccami, stringimi*
G.J. Walker-Smith, *E l'amore bussò*
Amy E. Reichert, *Chef per amore*
Juliette Sobanet, *Tutta colpa di Parigi*
Sara Shepard, *Giovani, carine e bugiarde. Assassine*
K.A. Linde, *Senza compromessi*
Jen McLaughlin, *Un disperato bisogno di te*
Kristen Proby, *Ti porto via con me*
Jessica Sorensen, *C'è chi dice amore*
Pepper Winters, *Io ti appartengo*
Elisa Trodella, Loretta Tarducci, *Scusa ma ti amo troppo*
Mia Sheridan, *Se non torni sto male*
Jill Ciment, *Ruth & Alex. L'amore cerca casa*
AA.VV., *Dolci desideri*
Daniela Farnese, *Natale da Chanel*
Daniela Volonté, *L'amore è uno sbaglio straordinario*
Sandy Hall, *Qualcosa di molto speciale*
Kirsty Moseley, *Mi sono innamorata del mio migliore amico*
Karen Swan, *Quell'estate da Tiffany*
Ali McNamara, *Colazione a Notting Hill*
Giulia Ross, *Ho scelto te*
Elisa Gentile, *Ti amo perché sei bugiardo*
Jodi Ellen Malpas, *Tutte le volte che vuoi*
Scott Kylie, *È stato solo un gioco*

Jay Crownover, *Oltre l'amore*
Valeria Luzi, *Mi manchi troppo per dimenticarmi*
Karen Swan, *Natale sotto la neve*
Trisha Ashley, *12 giorni a Natale*
Emma Chase, *Niente regole*
Abigail Barnette, *The Girl*
Abigail Barnette, *The Wedding*
Abigail Barnette, *The Ex*
Abigail Barnette, *The Baby*
Jessica Clare, *Troppo bello per dire di no*
J.S. Cooper, *Quella notte tutto è cambiato*
Jay Crownover, *Oltre i segreti*
Kim Karr, *Cattive abitudini*
M. Leighton, *Averti è impossibile*
Samantha Towle, *Nonostante tutto, ti amo ancora*
Jen McLaughlin, *Ogni volta che sei qui*
Lucrezia Scali, *Te lo dico sottovoce*
Victory Storm, *Ogni tuo desiderio è un ordine, bastardo*
Claire Ashbey, *La libreria dei desideri*
Amy Harmon, *Infinito+1*
Jennifer Mathieu, *Tutta la verità su Alice*
Morgan Matson, *Al centro dell'universo*
Molly McAdams, *La mia fantastica scelta sbagliata*
Penelope Douglas, *Non riesco a dimenticarti*
Sara Oackler, *#amorenoncorrisposto*
Cassandra Rocca, *Ho voglia di innamorarmi*
Isabella Spinella, *Pomettimi che accadrà*
Anna Premoli, *L'amore non è mai una cosa semplice*
Cecile Bertod, *Tutto ma non il mio tailleur*
Emma Chase, *Amore senza regole*
Sara Dessen, *Per sempre noi*
Monica Murphy, *Il mio sogno proibito*
June Gray, *Disarm. Il ritorno*
Menna Van Praag, *I sogni sono desideri*
Lauren Layne, *Sbagliando si ama*
Jodi Ellen Malpas, *Ancora una volta*

L.A. Tucker, *99 giorni*
Kylie Scott, *Nessun pentimento*
Kristen Ashley, *Ti prego dimmi di sì*
Jessica Sorensen, *Con te sarà uno sbaglio*
A. Meredith Walters, *Il nostro attimo infinito*
Carrie Elks, *Abbi cura di me*
Michelle Gable, *Ritorno a Parigi*
Volonté Daniela, *Non chiamarmi di lunedì*
M. Leighton, *Tutto è possibile tra noi*
R.K. Lilley, *Prova a farmi volare*
Jillian Dodd, *That Boy*
Jillian Dodd, *That Girl*
Jillian Dodd, *That Baby*
Megan Maxwell, *Sorprendimi*
Lauren Rowe, *Insieme per gioco*
Lauren Rowe, *Insieme per passione*
Lauren Rowe, *Insieme per amore*
L.A. Casey, *Love. Un nuovo destino*
Brittainy C. Cherry, *L'amore arriva sempre al momento sbagliato*
Andrea Portes, *La ragazza dell'ultimo banco*
Jay Crownover, *Oltre il destino*
Dinah Jefferies, *Il profumo delle foglie di tè*
Patrisha Mar, *Ti ho incontrato quasi per caso*
Kirsty Moseley, *Con te toccherò il cielo con un dito*
Angela Iezzi, *Gli effetti speciali dell'amore*
Olivia Dade, *Il ragazzo del libro accanto*
Staci Hart, *Un meraviglioso amore impossibile*
Adelia Marino, *Ogni giorno per sempre*
Sylvia Kant, *Prova ad amarmi ancora*
Massimo Incerpi, *La storia d'amore più bella del mondo*
Ali McNamara, *Il piccolo negozio di fiori in riva al mare*
Ali Novak, *Uno splendido errore*
Anna Premoli, *L'importanza di chiamarti amore*
Samantha Towle, *The Bad Boy*
Meredith Wild, *Senza difese*

Lucrezia Scali

Te lo dico sottovoce

Volume rilegato di 288 pagine

Mia ha trent'anni, un passato che preferisce non ricordare e una famiglia da cui cerca di tenersi alla larga. Meglio stare lontano dalle frecciatine della sorella e da una madre invadente che le organizza appuntamenti al buio… Di notte sogna il principe azzurro, ma la mattina si sveglia accanto a Bubu, un meticcio con le orecchie cadenti e il pelo morbido. La sua passione sono gli animali e infatti, oltre a gestire una delle cliniche veterinarie più conosciute di Torino, Mia sta per realizzare un progetto a cui tiene moltissimo: restituire il sorriso ai bambini in ospedale attraverso la pet therapy. Il grande amore romantico, però, non sembra proprio voler arrivare nella sua vita. O almeno, così pensa Mia, prima di conoscere Alberto, un medico affascinante, e Diego, un ragazzo sfuggente che si è appena trasferito a Torino dalla Puglia. Cupido sta finalmente per scagliare la sua freccia: riuscirà a colpire la persona giusta per il cuore di Mia?

NEWTON COMPTON EDITORI